SABINE KLEWE

Der Nachtjäger

GOLDMANN
Lesen erleben

d. G.

Sabine Klewe

Der Nachtjäger

Thriller

GOLDMANN

Dieses Buch ist auch als E-Book erhältlich.

MIX
Papier aus verantwortungsvollen Quellen
FSC® C014496

Verlagsgruppe Random House FSC® N001967

1. Auflage
Originalausgabe August 2018

Umschlaggestaltung: UNO Werbeagentur, München
Umschlagmotiv: Sabine Lubenow/getty images
FinePic®, München
Redaktion: Heike Rosbach
em · Herstellung: kw
Satz: omnisatz GmbH, Berlin
Druck und Bindung: GGP Media GmbH, Pößneck
Printed in Germany
ISBN: 978-3-442-48731-8
www.goldmann-verlag.de

Besuchen Sie den Goldmann Verlag im Netz

TAG EINS

Mittwoch, 31. Oktober

Linus

Ich bemerkte den Schatten erst, als er bereits im Vorgarten war. Er bewegte sich dicht an der Hauswand entlang, fast unsichtbar im grauen Nachtlicht der Stadt.

Ruckartig setzte ich mich auf. *Hab ich dich!*

Ohne die Gestalt aus den Augen zu lassen, stieß ich die Wagentür auf und stieg aus, pirschte mich durch den Vorgarten an sie heran. Sie wirkte schmaler und wendiger, als ich erwartet hatte, aber das lag bestimmt daran, dass ihre Konturen mit der Nacht verschmolzen.

Zu meiner Überraschung hielt die Zielperson auf die Gartenmauer zum Nachbargrundstück zu, statt auf den Bürgersteig zu treten. Mit so viel Vorsicht hatte ich nicht gerechnet. Hatte der Kerl mich etwa im Auto sitzen sehen, während ich das Haus observiert hatte? Floh er vor mir? Zugegeben, ich war nicht sonderlich wachsam gewesen, bei Routineaufträgen dieser Art hatte man es normalerweise mit Menschen zu tun, die nicht damit rechneten, beobachtet zu werden. Vielleicht hatte ich es mir zu leichtgemacht. Aber es war noch nicht zu spät, die Scharte auszuwetzen.

Ich schlich näher heran, und als der Mann kurz nach rechts und links blickte, um sich zu orientieren, nutzte ich die Gelegenheit und schoss ein Foto mit meinem Handy. Viel würde nicht darauf zu erkennen sein, dafür hätte ich meine unhandliche große Kamera mitschleppen müssen. Ich musste darauf hoffen, dass sich gleich eine bessere Gelegenheit bieten würde.

Plötzlich hörte ich hinter mir ein Klicken. Die Haustür!

Ich erstarrte, horchte in die Nacht, ohne die Gestalt vor mir, die ebenfalls stehen geblieben war, aus den Augen zu lassen.

Schritte knirschten auf dem Kies in meinem Rücken, jemand lief den Gartenweg hinunter in Richtung Straße. Ich riskierte einen Blick und erkannte die Person, auf die ich gewartet hatte, im Licht einer Straßenlaterne.

Fuck!

Mein Blick schoss zu der Gestalt vor mir. Wer bist du, Dreckskerl? Und was treibst du hier mitten in der Nacht?

Ich machte diesen Job nicht erst seit gestern, ich wusste, dass auch der langweiligste Routineauftrag unangenehme Überraschungen bereithalten kann. Aber ich observierte das Haus seit Stunden, und außer der Zielperson hatte ich niemanden auch nur in der Nähe gesehen. Wie hatte der Unbekannte das Grundstück betreten, ohne dass ich etwas bemerkt hatte? Wie lange war er im Haus gewesen? Und was zum Teufel hatte er dort gemacht?

Kurz spielte ich mit dem Gedanken, dem Fremden zu folgen, dann besann ich mich auf meinen Auftrag, wandte mich um und konzentrierte mich auf den Mann, der gerade die Straße überquerte und vor einem silbernen BMW stehen blieb. Ein elektronisches Piepsen ertönte, die Warnblinkanlage leuchtete auf.

Rasch zückte ich erneut mein Handy, schoss Fotos von dem Mann neben dem Auto, von seinem Gesicht, als er sich noch einmal zum Haus umdrehte, dann vom Kennzeichen. Als er einstieg und losfuhr, trat ich zurück in den Schatten eines Baums.

Ich verfasste eine Nachricht an meinen Auftraggeber, hängte die Fotos an und schickte sie los. Job erledigt. Mehr sollte ich nicht tun. Nur die Zielperson ablichten, in flagranti vor dem Haus, dem sie sich nicht nähern durfte, mit dem Rhein im Hintergrund und der Skyline der Altstadt am anderen Ufer als Beweis. Darüber hinaus interessierte mich die Sache nicht.

Abgesehen von dem unbekannten Eindringling.

Ich schob das Handy zurück in die Hosentasche und schlich wieder in den Vorgarten. Von dem anderen Kerl war nichts mehr zu sehen. Natürlich nicht. Er hatte längst das Weite gesucht.

Wer war er? Ein Einbrecher? Ein Komplize, mit dem die Zielperson sich heimlich getroffen hatte? Sollte ich meinen Auftraggeber darüber informieren, dass noch jemand im Haus gewesen war?

Nach kurzem Überlegen beschloss ich, dieses Wissen zunächst für mich zu behalten. Es war immer gut, noch ein Ass im Ärmel zu haben. Ich kehrte zu meinem Wagen zurück, überquerte den Fluss und fuhr in den Hafen. Mein Boot, seit zwei Jahren mein wankendes Zuhause, lag in einem der hinteren Becken, wo noch keine schicken Büros, sondern Industriebetriebe das Bild bestimmten. Wo es nach Diesel roch und dem Futtermittel, das hier produziert wurde, und wo mir immer mal wieder Rheinschiffer an der Anlegestelle Gesellschaft leisteten.

Alles war dunkel, als ich eintraf. Um drei Uhr morgens herrschte selbst hier Ruhe. Sogar die Sprayer, die nachts an den leer stehenden Fabrikhallen ihre Tags hinterließen, waren längst in ihre warmen Betten gekrochen. Ich tat es ihnen gleich, kletterte in meine Koje und fiel in einen kurzen unruhigen Schlaf.

Azzo

Azzo Lupo schnippte mit den Fingern gegen die kleine, aus Papier gefaltete Figur auf dem Armaturenbrett und lehnte sich zurück. Teil eins des Plans war erledigt, alles hatte perfekt geklappt. Fast perfekt zumindest. Er warf einen Blick durchs Seitenfenster, in die Richtung, wo eben noch der Radfahrer gestanden hatte, die Kapuze tief ins Gesicht gezogen, ein unförmiges Bündel auf dem Rücken.

Ein Zufall, nichts weiter. Vielleicht ein Dealer, der irgendwo hier im Hafen seine Ware lagerte, oder einer von diesen Schmierfinken, den Rucksack voller Spraydosen.

Azzo schob den Zahnstocher mit der Zunge vom rechten Mundwinkel in den linken und nahm wieder das Boot ins Visier. Alles dunkel. Ein gutes Zeichen. Wenn die Zielperson Verdacht geschöpft hätte, würde noch Licht brennen, würde sie jetzt das Boot nach Spuren eines Eindringlings absuchen.

Aber Azzo hatte nicht damit gerechnet, dass so etwas geschehen würde. Er war Profi. Wenn er keine Spuren hinterlassen wollte, hinterließ er keine. Seine Auftraggeber würden zufrieden sein. Wie immer. Und er würde sie in dem Glauben lassen, dass sie in ihm einen ergebenen Handlanger hatten. Er allein wusste, dass er selbst in Wahrheit die Fäden in der Hand hielt. Er war der große Puppenspieler, und alle tanzten nach seiner Pfeife. Auch wenn sie es nicht merkten. Genau aus diesem Grund machte das Spiel solchen Spaß.

Azzo nahm die Figur vom Armaturenbrett und dachte daran, wie leicht es gewesen war, eine neue Identität anzunehmen. Niemand wusste, ahnte auch nur, wer er in Wirklichkeit war. Zwei Landesgrenzen, eine neue Identität und ein wenig den Ball flachhalten, mehr war nicht nötig gewesen. Den Namen hatte er sich extra für seine neuen Auftraggeber einfallen lassen. Der Alte hatte sofort begriffen, der Junge schien bis heute nicht zu wissen, wofür Azzo die Kurzform war.

Ein Donnern erscholl, wurde langsam lauter. Ein Güterzug polterte vorbei, die Bahnlinie verlief ganz in der Nähe des Hafenbeckens. Azzo blickte auf seine Armbanduhr. Fast vier Uhr morgens. Zeit aufzubrechen.

Er fuhr sich durch das Haar, sah noch einmal zu der Stelle, wo der Radfahrer gehalten hatte. Das ungute Gefühl ließ sich nicht abschütteln. Der Kerl war zeitgleich mit der Zielperson aufgetaucht, es hatte so ausgesehen, als wäre er dem Wagen hinterhergefahren. Aber wer verfolgte einen PKW mit dem Fahrrad? Es musste ein Zufall gewesen sein. Dennoch blöd, dass Azzo sich nicht hatte vergewissern können, ohne seine Deckung aufzugeben. Er würde sich erkundigen, ob bei der Villa alles glattgelaufen war. Falls der Radfahrer der Zielperson von dort gefolgt war, mussten seine Leute das bemerkt haben.

Seufzend drückte Azzo den Startknopf. Bestimmt war er übervorsichtig, sah Gefahr, wo keine drohte. Aber sein Instinkt hatte ihm schon mehr als einmal das Leben gerettet. Er würde einen Teufel tun, nicht darauf zu hören.

Linus

Es war noch keine sieben Uhr, und der Morgen dämmerte grau, als ich wieder aufstand, mich an meinen Schreibtisch setzte und versuchte, so viel wie möglich aus dem Foto herauszuholen, das ich von der unbekannten Person im Vorgarten gemacht hatte. Das Bild war sehr grobkörnig, doch ich besaß ein Programm, das wahre Wunder bewirken konnte.

Während ich darauf wartete, dass die Software ihre Arbeit erledigte, starrte ich auf das bleifarbene Wasser, das nur wenige Zentimeter unterhalb des Bullauges gegen den Schiffsrumpf plätscherte, rieb mir die verfrorenen Hände und dachte, dass es Zeit wurde, den alten Kohleofen anzuschmeißen. Der Herbst war bisher mild gewesen, doch bald würde der Winter anklopfen. Die kalte Jahreszeit war nicht die gemütlichste auf dem Wasser. Nicht auf dem Rhein zumindest, und noch dazu in einem betagten Gefährt wie dem meinem, auf dem es durch jede Ritze zog.

Mein Boot war ein alter holländischer Frachtkahn, der vom Vorbesitzer auf den Namen *Tramp* getauft worden war. Er war ziemlich geräumig. Vom Steuerhaus aus ging es über eine Holzstiege unter Deck in einen Wohnraum mit Kochzeile, Esstisch und Sofa. Dahinter lag ein schmaler Gang, von dem das Arbeitszimmer, das Bad und das Schlafzimmer abzweigten. Ein weiterer kleiner fensterloser Raum lag ganz vorne im Bug. Dessen Tür hielt ich immer sorgfältig verschlossen.

Als sich endlich das hochgerechnete Bild vor mir aufbaute, klappte mir die Kinnlade herunter. Ungläubig betrachtete ich das Gesicht einer Frau mit mädchenhaften Zügen und dunklen mandelförmigen Augen. Es lag halb im Schatten der Kapuze ihres Pullis, die auch die Haare verbarg, war aber trotzdem recht gut zu erkennen. Die Frau war einige Jahre jünger als ich, höchstens dreißig, vermutete ich. Was mich am meisten überraschte, war jedoch der Rucksack oder, besser gesagt, das, was ich im Dunkeln für einen Rucksack gehalten hatte. Es war eine Art Dokumentenrolle, die sie an einem Gurt auf dem Rücken trug.

Und in dem Moment begriff ich.

Das Haus, das ich gestern stundenlang observiert hatte, um meine Zielperson beim illegalen Betreten zu erwischen, beherbergte eine der exquisitesten privaten Gemäldesammlungen des Rheinlandes. Eine Sammlung, der jetzt womöglich einige Stücke fehlten.

Zwei Stunden später kehrte ich an meinen Arbeitsplatz zurück, frisch geduscht und versorgt mit der Tageszeitung und einem Cappuccino aus einem Café, das im schickeren Teil des Hafens lag. Ich blätterte in der Zeitung, suchte nach einer Schlagzeile, in der ein Gemälderaub erwähnt wurde, obwohl ich wusste, dass es dafür noch zu früh war.

Stattdessen stieß ich auf einen Artikel, der mich Hals über Kopf in die Vergangenheit katapultierte.

GEBEINE VERMUTLICH VON VERSCHWUNDENEM MAIK
POLIZEI SCHLIESST EIN VERBRECHEN NICHT AUS

Die menschlichen Überreste, die vor einer Woche in einem Waldstück in der Eifel von Wanderern gefunden wurden, stammen wahrscheinlich von dem kleinen Maik Wilkens, der vor zwanzig Jahren spurlos verschwand. Im Sommer 1998 spielte der achtjährige Junge mit Freunden auf der Wiese hinter dem Hof seiner Eltern in Olefthal. Nach einem Streit gingen die anderen beiden fort, Maik blieb allein zurück. Was danach geschah, ist bis heute ein Rätsel. Der Junge tauchte nicht mehr auf, selbst eine groß angelegte Suchaktion mit Spürhunden und einer Hundertschaft der Polizei blieb ohne Ergebnis.

Nun scheint sicher, was die Eltern all die Jahre befürchtet haben. Ihr Sohn ist tot. Ob ein Verbrechen vorliegt, konnte die Polizei bisher noch nicht sagen, auch die Todesursache konnte anscheinend noch nicht ermittelt werden. Erik Hoffmann, ehemaliger Kriminalkommissar und seit Kurzem Bürgermeister von Olefthal, versprach, sich höchstpersönlich darum zu kümmern, dass der Fall aufgeklärt wird und die Familie endlich Gewissheit darüber bekommt, was damals mit ihrem Sohn geschah.

Ich erinnerte mich dunkel an den Fall. Zu der Zeit lebte ich schon nicht mehr in Olefthal, war für meine Polizeiausbildung nach Düsseldorf gegangen, gemeinsam mit Erik Hoffmann, den ich seit der Grundschule kannte. Zwei Jungs aus der Eifel, die glaubten, die Welt zu kennen, weil sie samstagabends wie die Kings mit dem Mofa in die Disco nach Zingsheim gefahren und sich dabei unheimlich cool vorgekommen waren.

Wir waren beide bei der Kripo gelandet, ich in der Mordkommission, Erik bei der Organisierten Kriminalität. Irgendwann hatte er sich nach Aachen versetzen lassen, und wir hatten uns aus den Augen verloren.

Offenbar hatte auch Erik inzwischen das Handtuch geworfen, war nicht mehr bei der Polizei, sondern in die Fußstapfen seines Großvaters getreten und in die Politik gegangen.

Den kleinen Maik hatte ich nicht gekannt, nur seine ältere Schwester Franziska, die auf die gleiche Schule ging wie ich. Jetzt waren also die sterblichen Überreste aufgetaucht. Je nachdem, welche Spuren sich daran fanden, standen die Chancen gar nicht so schlecht, dass der Täter endlich zur Rechenschaft gezogen würde.

Ich schlug die Zeitung zu, schob die Erinnerungen weg und zog den Laptop zu mir heran. Auf dem Bildschirm flimmerte noch immer das grobkörnige Foto mit dem Gesicht der unbekannten Frau. Nachdenklich betrachtete ich es. Im Nachhinein ärgerte es mich, dass ich ihr nicht gefolgt war. Auftrag hin oder her, das hier war ein Rätsel nach meinem Geschmack. Ich überlegte gerade, ob eine Bildersuche im Internet mir weiterhelfen könnte, als eine Bewegung mich innehalten ließ. Das Boot wankte, ich war nicht allein an Bord!

Ich starrte die Frau auf dem Bildschirm an. War es möglich, dass sie mich gestern Nacht im Vorgarten bemerkt hatte? Dass sie mir in den Hafen gefolgt war? Dass sie sicherstellen wollte, dass es keinen Zeugen gab, der sie auf dem Grundstück gesehen hatte?

Kurz entschlossen nahm ich die Walther aus der Schreibtischschublade und entsicherte sie. So geräuschlos wie möglich schlich ich durch den engen Gang in den großen Wohnraum und auf die Holzstiege zu, die an Deck führte. Das Boot wankte noch immer. Wer auch immer mein ungebetener Gast war, kannte sich offenbar nicht mit Booten aus, ahnte nicht, wie sehr jeder Schritt das Gefährt zum Schaukeln brachte. Oder er wollte bemerkt werden.

Die Stiege führte ins Ruderhaus, das rundherum verglast war, und von dort aufs offene Deck. Sobald ich oben auftauchte, würde der Eindringling mich sehen. Ich musste schnell sein.

Ich horchte ein letztes Mal, glaubte, das Klappern von Absätzen zu vernehmen, dann setzte ich den Fuß auf die erste Stufe.

Mit wenigen Schritten stürzte ich nach oben, stieß die Tür des Ruderhauses auf und hob die Waffe. »Hände hoch!«

Im gleichen Moment stutzte ich. An der Reling stand eine Frau, die ich noch nie zuvor gesehen hatte. Sie hielt eine Zigarette in der Hand und blinzelte mich irritiert an.

»Was wollen Sie hier?«, fuhr ich sie an und senkte die Waffe.

»Herr Roth?« Sie wirkte nicht im Geringsten beeindruckt von meinem Auftritt.

Ich betrachtete sie. Mitte dreißig, blonde Mireille-Mathieu-Frisur, die ihr etwas Gouvernantenhaftes verlieh, schwarzer Mantel, enger Rock, hohe Absätze. Attraktiv, aber auf eine unterkühlte Art. »Und wer sind Sie?«

Sie nahm einen letzten Zug, warf die Zigarette ins Wasser und lächelte. »Catrin Wertheim.«

Ich ignorierte die ausgestreckte Hand. »Was machen Sie auf meinem Boot?«

»Oh, entschuldigen Sie. Ich dachte, na ja, ich wollte nicht einbrechen, falls Sie das denken. Ich brauche Ihre Hilfe. Sie sind doch der Privatdetektiv? Spezialisiert darauf, Menschen zu finden, die abgetaucht sind?«

Ich steckte die Waffe weg. »Bin ich.«

»Dann möchte ich Sie engagieren.«

Normalerweise tauchten meine Klienten nicht einfach so ungebeten auf meinem Boot auf, aber ich war nicht in der Situation, wählerisch zu sein. Es gab viele Privatdetektive, aber nur wenige lukrative Jobs. Ständig untreue Ehepartner zu observieren war zudem nervtötend langweilig. Deshalb hatte ich mich darauf spezialisiert, verschwundene Personen zu finden. Die Jagd reizte mich. Das war schon so, als ich noch bei der Polizei war. Deshalb hatten mir die Kollegen den Spitznamen »der Gepard« verpasst. Ein Gepard ist sehr ausdauernd, während er seiner Beute auflauert. Und bei der Jagd verausgabt er sich so sehr, dass er danach am Ende seiner Kräfte ist. Aber er kriegt immer seine Beute. Er ist der erfolgreichste aller Jäger.

Weil ich das Fieber der Jagd so genoss, war ich besonders gut darin, verschwundene Menschen aufzuspüren. Und die Tatsache, dass ich unter den Exkollegen noch ein paar Freunde hatte, half mir, an Informationen zu kommen, die für Privatpersonen schwer zugänglich sind. Deshalb hatte ich mir in den vergangenen zwei Jahren einen Ruf als unerbittlicher Menschenjäger erarbeitet.

Allerdings hatte ich ein Prinzip: Wenn ich während meiner Ermittlungen den Eindruck gewann, jemand wäre aus gutem Grund untergetaucht, lieferte ich ihn nicht aus. Dann cancelte ich den Job und gab meinem Auftraggeber das Geld zurück.

»Also gut«, sagte ich. »Kommen Sie.« Ich hielt der Frau die Tür zum Ruderhaus auf. Hier hatte ich eine Art Empfangszimmer eingerichtet. Ein niedriger Tisch, zwei Armstühle aus Stahlrohr und Leder, ein kleines Schränkchen mit Gläsern und ein paar feinen Flaschen Single Malt für ausgesuchte Gäste. Denn auch die bat ich normalerweise nicht hinunter in mein Wohnzimmer. In den Bauch meines Bootes durften nur wenige Besucher.

»Nett haben Sie es hier«, sagte Wertheim.

»Kann ich Ihnen etwas anbieten?«

»Nein, danke, ich würde lieber gleich zur Sache kommen.«

»Wie Sie wollen.«

Sie öffnete ihre Handtasche und nahm einen Umschlag heraus, den sie mir reichte. »Das ist mein Mann. Exmann. Er hat mich auf einem Berg Schulden sitzen lassen.«

Ich zog zwei Fotos aus dem Umschlag. Zweimal der gleiche Mann, einmal im Porträt, einmal in einem Gartenstuhl, eine Flasche Bier in der Hand. Glatte, etwas zu dünne, fettig aussehende Haare, Bauchansatz, grobschlächtige Gesichtszüge. Mindestens fünfzehn Jahre älter als die Frau im Stuhl mir gegenüber.

»Er heißt Bodo Stein«, erklärte sie. »Und ich bin sicher, dass er irgendwo eine Menge Geld gebunkert hat, von dem mir mindestens die Hälfte zusteht.«

»Haben Sie eine Ahnung, wo er stecken könnte?«

»Nicht die geringste. Er ist Journalist. Es ist seine Spezialität, für seine Artikel inkognito zu recherchieren.«

»Aha.« Zweifelnd betrachtete ich das Foto.

Wertheim studierte ihre Fingernägel. »Ich habe gehört, Sie sind richtig gut.«

»Stimmt. Arbeitet Ihr Mann für eine bestimmte Zeitung?«

»Nein. Und ich habe auch keine Ahnung, an welcher Sache er gerade dran ist. Oder ob er ganz allein meinetwegen abgetaucht ist. Aber ich habe etwas anderes für Sie.«

»Ach ja?«

»Er hat einen Tick. Er benutzt immer Decknamen, die sich irgendwie aus den Buchstaben seines Namens bilden lassen.«

»Interessant.«

»Also übernehmen Sie den Fall?«

Ich stellte mir die Sache nicht sonderlich kompliziert vor. Nur lästig. Wahrscheinlich brauchte ich bloß sämtliche Zeitungen, Online-Magazine, Fernsehsender und so weiter abzuklappern, um auf den derzeitigen Auftraggeber zu stoßen. Dabei musste ich mich nicht einmal von meinem Schreibtisch wegbewegen.

»Ich denke, ich benötige nicht länger als ein paar Tage.«

»Wunderbar.« Sie schlug ein Bein über das andere. »Wollen Sie eine Anzahlung?«

Für eine Sekunde dachte ich, sie würde mir eine Bezahlung in Naturalien anbieten, und ich blinzelte verwirrt. Sie war nicht mein Typ. Doch selbst wenn, hätte ich mich nicht darauf eingelassen. Denn einer meiner Grundsätze lautete, nie etwas mit einer Frau anzufangen, mit der ich eine geschäftliche Beziehung hatte.

Also nannte ich ihr meinen Tagessatz, verlangte drei davon als Anzahlung und geleitete sie die rostigen Eisenstufen hinauf von Bord. Auf dem Weg zurück zu ihrem Wagen, den sie am Rand des Industriegeländes geparkt hatte, drehte sie sich nicht ein einziges Mal um.

Kaum war sie außer Sichtweite, sprintete ich los. Ein weiterer meiner Grundsätze verlangte nämlich, dass ich jeden neuen Klienten zuerst überprüfte, bevor ich mich in die Arbeit stürzte.

Es war nicht schwer, dem schwarzen Mercedes Coupé zu folgen. Entweder hatte Catrin Wertheim mich bemerkt und machte es mir absichtlich leicht, oder sie war völlig arglos. Während wir die Innenstadt durchquerten, rief ich einen Exkollegen an, der mir hin und wieder half, und bat ihn, das Kennzeichen zu überprüfen und abzuchecken, ob es über Catrin Wertheim etwas zu wissen gab.

Fünf Minuten später rief der Kollege zurück. Wir fuhren

inzwischen auf der Cecilienallee in Richtung Norden, und ich hatte mich zurückfallen lassen, weil es hier kaum Verkehr gab, wenn nicht gerade eine Messe war.

»Der Wagen ist zugelassen auf eine Catrin Wertheim«, sagte der Kollege. »Wohnhaft in der Robert-Bernardis-Straße.«

»Ist sie allein dort gemeldet?«

»Sieht so aus, ja.«

»Keine Vorstrafen, nehme ich an?«

»Leute, die vorbestraft sind, wohnen nicht in der weißen Siedlung.«

»Es sei denn, es ist eine Vorstrafe wegen Steuerhinterziehung.« Ich bedankte mich und legte auf.

Inzwischen ballten sich dunkle Wolken am Himmel, die das Tageslicht schluckten, obwohl es noch nicht einmal Mittag war. Wind war aufgekommen und trieb Laub in kleinen Wirbeln über die Straße.

Als Catrin Wertheim in die Siedlung abbog, fuhr ich geradeaus weiter. Ich wendete, gab ihr fünf Minuten, dann folgte ich ihr in die Robert-Bernardis-Straße. Die weiße Siedlung bestand tatsächlich ausschließlich aus weißgetünchten Backsteinvillen mit schwarzen Dächern. Sie war in den Dreißigerjahren von den Nazis als Mustersiedlung erbaut worden, damals wohnte hier unter anderem der Gauleiter in einem prächtigen Anwesen. Heute waren die Straßen nach Widerstandskämpfern benannt, und das Viertel war eine der begehrtesten Wohnlagen der Stadt. Wer hier lebte, hatte keine Geldsorgen. Oder richtig große.

Langsam rollte ich vor das Haus, einen spießigen Kasten mit Sprossenfenstern und kugelig geschnittenen Buchsbäumen rechts und links der Eingangstür. Das Coupé stand vor der Garage, im unteren Stockwerk schimmerte mattes Licht. Nichts rührte sich.

Jetzt musste ich nur noch herausfinden, ob die Frau auch wirklich im Haus war. Ich schaltete den Motor aus und stellte mich auf eine längere Wartezeit ein. Gerade als ich die Sitzlehne in eine bequemere Position rücken wollte, ging oben das Licht an, und Catrin Wertheim trat ans Fenster. Sie blickte kurz hinaus, dann zog sie die Vorhänge zu.

Einen Moment lang fragte ich mich, warum jemand mitten am Tag das Zimmer verdunkelte, doch dann entschied ich, dass es mich nichts anging. Ich hatte genug gesehen. Meine Klientin war ganz offenbar die, für die sie sich ausgab, mehr musste ich nicht wissen. Also drehte ich den Zündschlüssel und kehrte zurück in den Hafen, um mit meiner Arbeit zu beginnen.

Nadja

Nadja Ludwig steckte den Schlüssel ins Schloss und stockte. Nicht abgeschlossen. Ihr Herz schlug schneller. Sie war sicher, dass sie den Schlüssel zweimal umgedreht hatte. Sie schloss immer gewissenhaft ab, und zwar beide Schlösser, sie wusste schließlich, wie leicht man in eine fremde Wohnung gelangen konnte.

Vorsichtig presste Nadja das Ohr an die Tür und horchte. Drinnen war alles still. Hatte sie wirklich einfach nur vergessen abzuschließen? Hatte der Zwischenfall letzte Nacht sie dermaßen aus dem Konzept gebracht? Unmöglich. Sie hatte wahrhaft schon Aufregenderes erlebt und dennoch immer an die grundsätzlichen Sicherheitsvorkehrungen gedacht. Das war schließlich lebenswichtig. Vor allem in ihrem Job.

Lautlos legte sie die Brötchentüte ab, öffnete die Tür und schlich in die Diele. Das Holz knarzte unter ihren Schuhen. Sie erstarrte. *Verfluchtes Parkett!*

Wieder horchte sie, glaubte eine Art Rascheln aus dem Wohnzimmer zu hören. So leise wie möglich nahm Nadja ihren Rucksack ab, stellte ihn auf den Boden und zog das Handy aus der Hosentasche. Mit dem Telefon in der Hand bewegte sie sich langsam auf die Flügeltür zu, hinter der das Wohnzimmer lag.

Als sie die Wohnung vor Jahren gekauft hatte, waren der knarzende Parkettboden, die hohen stuckverzierten Decken und die riesigen Sprossenfenster mit Blick auf die alte Platane, deren Zweige so nah an die Scheiben heranreichten, dass man das Gefühl hatte, in einem Baumhaus zu wohnen, die Erfüllung eines Traums gewesen. Sie war in einem schäbigen Plattenbau groß geworden, umgeben von trostlosen Rasenflächen und so hellhörig, dass man den Nachbarn bei den Alltagsverrichtungen lauschen konnte.

Überglücklich hatte sie damals den Kaufvertrag unterschrieben. An die Nachteile einer solchen Wohnung hatte sie in dem Augenblick nicht gedacht. Jetzt waren sie ihr nur allzu bewusst.

Hastig tippte sie die Notrufnummer ein. Beim kleinsten Anzeichen für einen Eindringling würde sie das grüne Hörersymbol drücken. Aber nicht früher. Es wäre ein überflüssiges Risiko, in ihrer Situation ohne Not die Polizei auf sich aufmerksam zu machen. Auch wenn sie sicher war, dass sie bisher noch nie auch nur am Rande einer Ermittlung aufgetaucht war. Dazu war sie viel zu vorsichtig.

Dennoch wollte sie lieber unter dem Radar bleiben. Für die Polizei war sie ein unbeschriebenes Blatt. Und daran sollte sich nichts ändern.

Nadja erreichte die Flügeltür, die offen stand, genau wie vorhin, als sie zum Bäcker aufgebrochen war. Alles sah aus wie immer. Das graue Sofa mit der schwarz-weiß gemusterten Decke darauf schien unberührt, ebenso ihr Lieblingssessel am Fenster mit der Leselampe. Auch an den Bücherregalen hatte sich niemand zu schaffen gemacht. Erleichtert stieß sie Luft aus.

Das Schlafzimmer lag hinter dem Wohnzimmer, die Tür war angelehnt. So leise wie möglich schlich Nadja quer durch den Raum darauf zu.

Gerade als sie über die Schwelle treten wollte, regte sich hinter ihr etwas. Sie spürte mehr, als dass sie hörte, wie ein dunkler Schatten sich mit großer Geschwindigkeit auf sie zubewegte.

Entsetzt fuhr sie herum, doch sie war nicht schnell genug. Noch bevor sie sich ganz umgedreht hatte, stürzte sich eine Gestalt auf sie und warf sie bäuchlings zu Boden. Der Aufprall war hart, raubte ihr für einen Moment den Atem. Durch ihre Hüfte jagte ein stechender Schmerz, ihr Gesicht brannte. Das Smartphone glitt ihr aus der Hand und schlitterte unter das Sofa.

Seltsamerweise war ihr erster Gedanke, dass sie nicht wegen einer Verletzung ausfallen durfte. Dann besann sie sich, ihr Überlebensinstinkt sprang an. Wenn der Kerl sie umbrachte, wäre es egal, wie viele Knochen er ihr vorher brach.

Nadja versuchte, sich aufzurichten, doch kräftige Hände drückten sie zu Boden. Sie schnappte keuchend nach Luft, blinzelte die Tränen weg, die der Schmerz ihr in die Augen getrieben hatte, wand sich hin und her, um sich aus dem Klammergriff des Eindringlings zu befreien. Gleichzeitig winkelte sie die Beine an und trat ihm mit den Fersen in den Rücken.

Doch der Unbekannte zuckte nicht einmal, hockte auf ihr wie ein Sack Blei auf einer Fliege. Er schien die richtigen Griffe zu kennen, um sie bewegungsunfähig zu machen. Viele Muskelprotze waren ungefährlich, weil sie viel zu träge reagierten, doch dieser Kerl wusste, was er tat. Ein Profi? Was wollte er von ihr?

Nadja blickte sich um, soweit das ihre hilflose Position zuließ. Das Telefon war unerreichbar. Ebenso jeder andere Gegenstand, den sie eventuell als Waffe benutzen könnte. Also blieb nur eins. Sie hob den Kopf und schrie. Sie hatte die Wohnungstür nicht zugemacht, vielleicht hörte einer der Nachbarn sie und kam ihr zu Hilfe.

Sofort presste der Mann ihr die Hand auf den Mund.

Nadja versuchte zuzubeißen, doch der Fremde drückte ihr mit seiner Pranke die Kiefer zusammen. Verdammt, wie konnte ein einzelner Mann so viel Kraft besitzen? Mit der anderen Hand presste er ihren Oberkörper so fest auf das Parkett, dass sie vor Schmerz aufstöhnte.

Nadja überlegte fieberhaft. Vielleicht ließ der Kerl von ihr ab, wenn sie sich nicht länger zur Wehr setzte; wenn sie so tat, als wäre sie ohnmächtig geworden.

Falls es ein Einbrecher war, wollte er womöglich einfach nur unerkannt abhauen. Sie zumindest würde das an seiner Stelle wollen. Falls es allerdings ein Perverser war, der sie erst vergewaltigen und dann umbringen wollte …

Nein, darüber wollte sie nicht nachdenken.

Nadja entspannte sich, schloss die Augen, ließ alle Muskeln erschlaffen.

Zunächst geschah nichts, der Fremde löste seinen Klammergriff nicht. Dann hörte sie ein merkwürdiges metallisches Geräusch.

Im nächsten Moment schoss ein brennend heißer Schmerz durch ihren Schädel, und ihr wurde schwarz vor Augen.

Linus

Am späten Nachmittag machte ich mich auf den Weg nach Belgien. Die Suche nach Bodo Steins Auftraggeber hatte nichts ergeben, einige Online-Magazine hatten zwar bestätigt, dass der Journalist gelegentlich für sie arbeite, doch es gab keinen aktuellen Auftrag.

Dafür hatte ich eine andere Spur. Stein hatte die GSM-Ortung seiner SIM-Karte nicht deaktiviert. Er versteckte sich ja auch nicht vor der Mafia, sondern lediglich vor seiner Frau. Für einen Journalisten, der sich extra Decknamen zulegte, wenn er eine brisante Story recherchierte, fand ich das trotzdem reichlich unbedarft.

Jedenfalls hatte ich sein Handy zwei Stunden zuvor im Einzugsgebiet eines Funkmastes in der Eifel zwischen Monschau und Simmerath lokalisiert und sofort sämtliche Hotels und Pensionen in der Nähe abtelefoniert. Die Geschichte, die ich mir ausgedacht hatte, war zwar ziemlich an den Haaren herbeigezogen, doch alle gaben bereitwillig Auskunft.

Während ich die Liste abarbeitete, betete ich, dass Stein keine Ferienwohnung angemietet hatte, was die Sache deutlich komplizierter gemacht hätte. Schließlich hatte ich in einem Hotel im belgischen Eupen Glück. Dort hatte ein Ben Dostoi eingecheckt, angeblich für einen Wanderurlaub. Stein dachte wohl, auf der anderen Seite der Grenze wäre er sicher. Falsch gedacht.

Ich war lange nicht mehr in meiner alten Heimat gewesen, und es fühlte sich seltsam an, durch die vertraute Landschaft der Eifel zu fahren. Hier war der Herbst schon weiter fortgeschritten als in der Stadt, die Bäume leuchteten gelb und rot, manche waren sogar bereits kahl, und in den schattigen Senken hing feuchter weißer Dunst.

Als der Name Olefthal auf einem Hinweisschild auftauchte, versetzte es mir einen Stich in den Magen. Unwillkürlich dachte ich an den Zeitungsartikel, an meinen alten Freund Erik und an den kleinen Maik, dessen Eltern jetzt endlich zumindest sterbliche Überreste hatten, die sie beerdigen konnten. Vielleicht würde ich Erik in den nächsten Tagen mal anrufen und fragen, wie der Stand der Ermittlungen war.

Es war früher Abend, als ich das Hotel betrat, das in einer einspurigen Straße zwischen Weiden und abgeernteten Feldern am Ortsrand lag. Die Einrichtung war plüschig und in die Jahre gekommen, es roch nach altem Qualm, dessen vergilbte Rückstände noch an den Decken auszumachen waren. Eine dunkle Stiege führte neben der Rezeptionstheke in den ersten Stock, rechts der Lobby zweigte ein Raum ab, auf dem bereits fürs Frühstück eingedeckt war.

Noch bevor ich jemanden nach Ben Dostoi fragen konnte, entdeckte ich Stein an der Bar, die im hinteren Teil der Eingangshalle lag. Er saß allein auf einem Hocker und starrte in sein Bierglas.

Mit einem lauten Seufzer ließ ich mich auf den rissigen Ledersitz neben ihn gleiten und bestellte ebenfalls ein Bier.

»Auf die Freiheit«, murmelte ich und prostete niemandem im Besonderen zu, bevor ich einen Schluck nahm.

Stein reagierte nicht.

»Ich feiere meine Scheidung«, fügte ich hinzu. »Und die

Tatsache, dass dieses blutsaugende Miststück es nicht geschafft hat, mich arm zu machen.«

Das brachte mir immerhin einen halb interessierten Seitenblick meines Opfers ein.

»Das Geld ist gut versteckt.« Ich zwinkerte ihm zu.

»Na dann, herzlichen Glückwunsch«, murmelte Stein und leerte sein Glas.

»Noch eins für meinen Freund hier«, rief ich dem Barkeeper zu und deutete auf Stein.

»Oh, danke.«

Eine Weile tranken wir schweigend. Ich wollte nicht zu schnell wieder aufs Thema kommen, um ihn nicht misstrauisch zu machen, hoffte darauf, dass er von allein etwas sagte. Doch er schien nicht sonderlich gesprächig zu sein.

»Wissen Sie, wo Sie das Geld verstecken müssen?«, nuschelte ich schließlich, um das Gespräch wieder in Gang zu bringen. Vielleicht gelang es mir, Stein noch ein paar Informationen zu entlocken, die für meine Klientin nützlich sein konnten. Vor allem aber musste ich sicherstellen, dass er sich nicht aus gutem Grund vor ihr versteckte.

»Was für Geld?«, fragte er.

»Die geheimen Konten, von denen Ihre Ex nichts wissen darf.« Wieder zwinkerte ich. »Was halten Sie von den Kaimaninseln? Der Schweiz? Oder Luxemburg?«

Stein starrte mich an. »Was soll das?«, blaffte er erstaunlich nüchtern.

»Nur eine Frage unter Leidensgenossen. Bei mir ist Ihr Geheimnis sicher.«

»Ach ja?« Er warf einen Blick über die Schulter, wirkte mit einem Mal unruhig. »Wer sind Sie überhaupt? Und was soll das mit Luxemburg?«

Volltreffer.

»Schon gut, schon gut. Ich finde ja nur, man soll diesen Hyänen nicht auch noch sein sauer verdientes Geld hinterherwerfen. Sie nicht auch?«

Er lehnte sich zu mir herüber. »Wenn Sie wirklich Geld im Ausland gebunkert haben, würde ich das an Ihrer Stelle nicht so herausposaunen.« Er richtete sich wieder auf, zog sein Smartphone aus der Jacketttasche und beugte sich darüber. Der Hinweis hätte nicht deutlicher sein können, für ihn war unsere Plauderei beendet.

Für mich ebenfalls. Ich nahm einen letzten Schluck Bier und klopfte ihm auf die Schulter. »Nichts für ungut, Kumpel. Einen schönen Abend noch.«

Als ich wieder auf dem Hotelparkplatz stand, entdeckte ich auf der Straße einen SUV mit abgedunkelten Scheiben, der vor der ländlichen Kulisse irgendwie fehl am Platz wirkte. Zu sauber, zu protzig.

Ich warf einen Blick zurück zum Eingang, dachte an den Mann an der Bar, an das kurze Aufflackern von Angst in seinen Augen. Vielleicht recherchierte er tatsächlich für eine brisante Story über organisierte Kriminalität oder die Mafia. Noch während ich überlegte, was ich machen sollte, setzte sich der Wagen in Bewegung und fuhr davon. Ich zuckte mit den Schultern und ging zu meinem eigenen Auto.

Bevor ich losfuhr, schickte ich Catrin Wertheim eine SMS mit der Adresse des Hotels und dem Namen, unter dem Bodo Stein eingecheckt hatte, und fügte hinzu, dass er auf die Erwähnung eines Bankkontos in Luxemburg ertappt reagiert hatte.

Die Antwort kam umgehend. *Danke. Ziehen Sie sich sofort zurück, den Rest erledigt mein Anwalt. C. W.*

Es war stockdunkel, als ich erneut an dem Abzweig nach Olefthal vorbeikam. Diesmal konnte ich der Versuchung nicht widerstehen. Ich bog ab und lenkte den Wagen durch das Städtchen, dessen Straßen um diese Uhrzeit menschenleer waren. Oben bei der Burg parkte ich und blickte hinunter auf die Fachwerkhäuser und das Wasser der Olef, das geheimnisvoll schimmerte. Eine Eule segelte über den Fluss und verdunkelte ihn sekundenlang mit ihrem Schatten.

Mich durchzuckte so etwas wie eine düstere Vorahnung. Unwillig schüttelte ich das Gefühl ab, stieg in meinen Wagen und machte mich auf den Heimweg. Ich glaubte nicht an Vorzeichen. Deshalb verschwendete ich keinen weiteren Gedanken an den kurzen Moment des Unbehagens.

Als ich eine knappe Stunde später über die dunkle Mole zu meinem Boot lief, merkte ich sofort, dass etwas nicht stimmte. Allerdings wusste ich nicht gleich, was es war. Dann fiel es mir auf. Die *Tramp* lag nicht ruhig im Wasser wie sonst, sondern bewegte sich, wenn auch kaum sichtbar.

Mein Blick schoss in alle Richtungen, manchmal schaukelte das Boot, wenn ein anderes gerade vorbeigefahren war. Doch im Hafenbecken war es still. Neben meinem Boot waren einige Jachten eines Sportvereins vertäut, und ein Frachtkahn, der voll beladen tief im Wasser lag. Nirgendwo rührte sich etwas.

Ich tastete nach meinem Gürtel. Dann fiel mir ein, dass ich die Walther nicht mitgenommen hatte. Sie lag in meiner Schreibtischschublade. Da war sie mir keine große Hilfe.

Im Schatten einer Lagerhalle schlich ich näher, bis ich im Zwielicht der Laternen, die an der Außenseite der Halle angebracht waren, die Konturen einer Gestalt an Deck ausmachen konnte.

Klein. Zierlich. Eine Frau.

Meine Auftraggeberin? War sie vorbeigekommen, um sich

einen detaillierten Bericht von mir geben zu lassen? Um elf Uhr abends?

Oder wollte sie Geld zurück, die zwei Tage Vorschuss, die ich zu viel erhalten hatte, weil ich ihren Mann schon am ersten Tag gefunden hatte? Nein, für so eine Krämerseele hielt ich Catrin Wertheim nicht.

Lautlos bewegte ich mich auf das Boot zu. Plötzlich trat der Mond hinter den Wolken hervor und beschien das Gesicht des Eindringlings.

Fuck!

In natura wirkte die Frau, die ich in der vergangenen Nacht vor der Villa in Oberkassel fotografiert hatte, noch jünger. Ein hilfloses kleines Mädchen mit großen Rehaugen und kastanienbraunen Haaren, die sie brav hochgesteckt hatte.

Aber ich wusste, dass sie nicht so unschuldig war, wie sie aussah. Abrupt trat ich aus dem Schatten und war mit drei langen Schritten am Boot. Das Deck lag fast zwei Meter tiefer als der Kai, was es mir erleichterte, abschätzig auf sie hinunterzublicken. »Was machen Sie hier?«

Noch während ich die Worte aussprach, schoss mir der Gedanke durch den Kopf, dass das heute bereits die zweite Frau war, die mich ohne Einladung auf meinem Boot besuchte. Ein Zufall?

»Auf Sie warten.«

»Das Boot ist Privatbesitz.«

»Nun haben Sie sich mal nicht so. Sind Sie noch nie ohne Erlaubnis irgendwo eingedrungen?«

Die Art, wie sie das fragte, machte mir klar, dass sie genau wusste, wer ich war und was ich beruflich machte. Damit war sie eindeutig im Vorteil.

»Wer sind Sie?« Ich stand noch immer auf dem Kai und blickte auf sie hinab, behielt dabei jedoch auch die Umgebung im Auge, achtete auf mögliche Bewegungen im Schatten der Hafengebäude, für den Fall, dass die Frau nicht allein gekommen war.

»Das wissen Sie nicht?«, fragte sie zurück.

»Sollte ich?«

»Wir müssen reden.«

Ich hatte genug von der Plänkelei und sprang an Deck. Die Frau wich zurück.

»Haben Sie etwa Angst vor mir?«

»Sagen wir so: Ich traue Ihnen nicht.«

»Dann hätten Sie besser nicht allein mitten in der Nacht aufkreuzen sollen.«

Sie zuckte mit den Schultern. »Ich habe mich abgesichert.«

»Ach ja? Ich könnte bewaffnet sein.« Das wäre in der Tat besser, denn statt dieser zierlichen Frau, die ich ohne Probleme jederzeit überwältigen konnte, hätte auch irgendeine kräftig gebaute, zwielichtige Gestalt auf meinem Boot auf mich warten können. Manchmal war ich einfach noch zu sehr auf Bulle gepolt, hatte die Autorität des Gesetzes sowie die Verstärkung durch meine Kollegen im Hinterkopf, obwohl es die für mich längst nicht mehr gab.

»Besitzen Sie mehr als eine Waffe?«, fragte die Frau und legte den Kopf schief. Heute trug sie kein Kapuzenshirt, sondern einen dicken Schal und einen Strickpulli über der schlabberigen Cargohose.

Irritiert starrte ich sie an.

Mit einer raschen Bewegung zog sie eine Pistole aus der Hosentasche. »Die hier habe ich nämlich vorsorglich aus Ihrer Schreibtischschublade genommen.«

Eine Mischung aus Wut und Schreck durchfuhr mich. »Geben Sie die sofort her! Sie haben wohl den Verstand verloren!«

Wortlos zog die Frau einen kleinen Gegenstand aus der anderen Hosentasche und stellte ihn auf die Reling.

»Was soll das? Lassen Sie die Spielchen und geben Sie mir die Waffe!«

»Erst wenn Sie mir sagen, was das ist.«

Ich überlegte kurz, ob ich die Frau mit einem schnellen Angriff überwältigen konnte. Aber sie stand zu weit weg, das Risiko war zu groß. Also trat ich an die Reling und betrachtete den Gegenstand. Es war ein aus Papier gefaltetes Tier, kaum größer als ein Feuerzeug, ein Wolf, wenn ich mich nicht täuschte.

Stirnrunzelnd sah ich die Frau an. »Das ist nicht Ihr Ernst, oder?«

»Doch, ist es.« Sie trat einen Schritt auf mich zu.

Und jetzt erkannte ich, dass sie eine Schürfwunde auf der rechten Wange hatte, die dort definitiv noch nicht gewesen war, als ich vor nicht ganz vierundzwanzig Stunden das Foto von ihr geschossen hatte.

Schlagartig verstärkte sich mein ungutes Gefühl.

»Okay«, sagte sie leise und hielt mir die Walther mit dem Griff hin.

Rasch schnappte ich sie mir. Offenbar hatte ich einen Test bestanden, auch wenn ich nicht genau wusste, worin er bestanden hatte. »Was ist mit Ihrem Gesicht passiert?«

»Genau darüber wollte ich mit Ihnen reden.«

Ich nickte, zögerte. Dann beschloss ich, meine Prinzipien über Bord zu werfen und sie unter Deck zu bitten. Wir konnten schließlich nicht stundenlang draußen in der Kälte stehen und plaudern. Ich war nicht sicher, ob mein Beschützerinstinkt den Ausschlag gab, Neugier oder ihre braunen Rehaugen, und ich wollte auch nicht darüber nachdenken. »Ich würde Sie gern auf einen Drink hereinbitten, aber ich weiß nicht einmal Ihren Namen.«

»Nadja Ludwig.«

»Linus Roth, aber das wissen Sie sicherlich längst.« Ich machte eine einladende Geste. »Kommen Sie.«

Fünf Minuten später saßen wir unter Deck. Ich hatte jedem von uns einen doppelten Talisker Skye eingeschenkt. Ohne Wasser, ohne Eis. Und dann erzählte Nadja von dem Mann, der am Vormittag in ihre Wohnung eingedrungen war und sie angegriffen hatte.

»Er hat nichts gestohlen?«, fragte ich, als sie geendet hatte.

»Ich habe alles durchgesehen, ich vermisse nichts.«

»Und er hat Ihnen …« Ich wusste nicht genau, wie ich meine Frage formulieren sollte. Aus meiner Zeit bei der Mordkommission wusste ich, dass Männer, die in die Wohnung einer Frau eindrangen, ohne die Absicht, etwas zu entwenden, es gewöhnlich auf die Frau selbst abgesehen hatten.

»Er hat mich nicht vergewaltigt, wenn Sie das meinen«, beantwortete Nadja meine unausgesprochene Frage.

Dann gab es noch eine dritte Möglichkeit, die allerdings einen Haufen neuer Fragen aufwarf. »Wenn er es nicht auf Sie und nicht auf Ihr Geld oder Wertgegenstände abgesehen hatte, dann hat er vielleicht nichts mitgenommen, sondern etwas dagelassen.«

Nadjas Blick schoss zu dem Origami-Wolf, der vor uns auf dem Couchtisch stand.

»Den hat er zurückgelassen?«

Sie nickte.

»Haben Sie einen Verdacht, was er bedeuten könnte?«

»Nein.«

»Es gibt niemanden in Ihrem Bekanntenkreis, der solche Tiere faltet?«

»Nicht, dass ich wüsste.«

»Was ist mit einem Exfreund, der noch einen Groll gegen Sie hegt?«

»Auf keinen Fall.« Sie schüttelte heftig den Kopf. »Glauben Sie, der Wolf ist eine Drohung?«

»Gut möglich.« Ich nahm einen Schluck von meinem Whisky, ließ das Getränk langsam die Kehle hinunterbrennen und sah sie an. »Wieso glauben Sie, dass dieser Überfall mit mir zu tun hat? Das tun Sie doch, oder? Deshalb sind Sie hier.«

Nadja senkte den Blick. »Wegen gestern Nacht. Sie haben mich vor der Villa gesehen. Ich bin Ihnen gefolgt …«

»Sie sind mir gefolgt? Ich habe keinen Wagen bemerkt.«

»Ich war mit dem Fahrrad unterwegs. Ich habe kein Auto, ich habe nicht einmal einen Führerschein. War leichter, als ich dachte. Zweimal habe ich Sie verloren, aber zum Glück an der nächsten Ampel wieder eingeholt.« Sie schob sich eine Haarsträhne, die sich aus ihrer Hochsteckfrisur gelöst hatte, hinter das Ohr. »Jedenfalls werde ich in meiner Wohnung überfallen, keine zehn Stunden nach unserer Begegnung. Halten Sie das für einen Zufall?«

Ich zuckte mit den Schultern. »Kommt darauf an.«

»Worauf?«

»Was Sie in der Villa gemacht haben. Wenn es das war, wonach es aussah, könnte ich mir durchaus einige Personen vorstellen, die ein Hühnchen mit Ihnen zu rupfen hätten.«

»Ausgeschlossen.«

»Ach ja?«

Nadja nahm ihr Whiskyglas, trank jedoch nicht. »Die Details gehen Sie nichts an, aber ich kann Ihnen versichern, dass der Kerl, der in meine Wohnung eingebrochen ist, definitiv nichts mit meinem Auftrag in Oberkassel zu tun hatte.«

»Sie sind eine Auftragseinbrecherin?«

»Kein Kommentar. Was haben Sie vor dem Haus gemacht?«

»Das geht Sie nichts an.« Wenn sie nicht erzählen wollte, was sie dort getan hatte, würde sie von mir auch nichts erfahren.

»Es könnte mit dem zu tun haben, was mir passiert ist«, beharrte sie.

»Warum sollte mein Auftrag mit Ihnen zu tun haben?«

»Das weiß ich auch nicht«, räumte sie ein.

Es ging noch eine Weile so hin und her, jeder versuchte, dem anderen mehr Details zu entlocken, ohne etwas von sich preiszugeben. Dann sah ich Nadja verstohlen gähnen.

»Soll ich Sie nach Hause bringen?«, fragte ich.

Sie schüttelte den Kopf. »Heute Nacht schlafe ich lieber im Hotel.«

Schlagartig begriff ich, dass sie tatsächlich Angst hatte. Was auch immer an ihrer Geschichte dran war, dieser Teil war nicht gespielt. »Der Kerl hat Ihnen einen mächtigen Schreck eingejagt.«

»Wundert Sie das?«

Ich räusperte mich. »Sie können auch hier auf dem Sofa übernachten.« Die Worte waren raus, bevor ich Zeit gehabt hatte, darüber nachzudenken. Aber die Idee gefiel mir. So konnte ich Nadja beschützen und gleichzeitig ein Auge auf sie haben. Denn so ganz traute ich ihr noch immer nicht über den Weg.

Zu meiner Überraschung nahm sie das Angebot sofort an. Also versorgte ich sie mit Kissen und Decke und zog mich zurück ins Schlafzimmer. Die Walther nahm ich mit und deponierte sie in Griffweite.

Ich war todmüde, aber an Schlaf war nicht zu denken. Zu

viele Gedanken gingen mir durch den Kopf. Ich wälzte sie hin und her und hatte doch das Gefühl, das Wichtigste zu übersehen.

TAG ZWEI

Donnerstag, 1. November

Linus

Ich erwachte von lauten Rufen. Zwei verschiedene Stimmen.

»Herr Roth? Sind Sie da?«

»Linus! Ich weiß, dass du da drin bist. Komm raus!«

Benommen rappelte ich mich auf und warf einen Blick auf mein Handy. Viertel vor acht. Ich stöhnte, zog mir rasch etwas über und wankte den Korridor entlang in Richtung Wohnzimmer.

Das Sofa war leer, die Decke lag als unförmiges Bündel auf der Sitzfläche. Von Nadja keine Spur.

»Herr Roth? Wir müssen mit Ihnen reden!«, kam es von oben.

»Verflucht, ich komme ja schon!«

Ich stieg die Treppe hoch und öffnete die Tür des Steuerhauses. Es war noch nicht ganz hell draußen, Wind jagte vom Rhein her über das Hafenbecken, kräuselte die Wasseroberfläche und ließ mich frösteln.

Auf der Kaimauer über mir standen zwei Männer. Einen kannte ich.

»Kalle, was machst du hier?«

Kalle war ein ehemaliger Kollege aus dem KK 11, einer von denen, die bis zum Schluss zu mir gehalten hatten und mit denen ich mich auch heute noch gut verstand. Den Mann an seiner Seite kannte ich nicht.

»Wir müssen mit dir reden, Linus.«

»Es ist Feiertag. Und verdammt früh am Morgen.«

»Die Polizei schläft nie, das weißt du doch.«

»Haha. Worum geht es?«

»Das würden wir dir lieber auf dem Präsidium erklären.«

Ich runzelte die Stirn, dann deutete ich auf den Unbekannten, einen massigen Kerl mit Bulldoggengesicht und kleinen lauernden Augen. »Und wer sind Sie?«

»KHK Schott, Kripo Aachen.«

»Aachen?« Ganz tief unten in meinem Bauch breitete sich ein mulmiges Gefühl aus. Dann nickte ich resigniert. »Gebt mir fünf Minuten.«

Ich verwendete eine Minute darauf, Nadja überall unter Deck zu suchen, doch sie blieb verschwunden. Sie musste in der Nacht nach Hause gefahren sein. Vielleicht war ihr ihre Angst vor dem Origami-Mann im Nachhinein übertrieben vorgekommen. Trotzdem checkte ich zur Sicherheit alle Orte, an denen ich Wertsachen aufbewahrte. Alles war an seinem Platz. Auch die Walther.

Inzwischen waren zwei Minuten vergangen. Eine weitere brauchte ich im Bad, eine fürs Anziehen und noch eine, um mein unrasiertes Gesicht im Spiegel zu betrachten und mich zu fragen, in was für eine Scheiße ich nun wieder geraten war. Die sechste Minute verwendete ich darauf, die Waffe ordnungsgemäß im Safe zu verstauen. Ich wollte nicht noch einmal so eine unangenehme Überraschung erleben wie am Vorabend.

Als das erledigt war, stieg ich hoch, schloss ab und kletterte über die rostige Leiter an der Kaimauer von Bord.

Kalle deutete auf ein Zivilfahrzeug. »Dir nach.«

»Erst will ich wissen, worum es geht.«

»Sturer Bock, dein Exkollege«, sagte der Typ aus Aachen.

Ich sagte nichts.

»Steig doch erst mal ein«, bat Kalle versöhnlich.

Ich kannte dieses Spielchen, Bullen liebten es, dieses Auskosten von Wissen, das ihr Gegenüber nicht hatte. Man konnte es nutzen, um Zeugen zu verunsichern. Aber dass Kalle es mit mir versuchte, fand ich schäbig.

»Bin ich festgenommen?«, fragte ich.

»Nein, natürlich nicht.«

»Dann komme ich nur mit, wenn ich weiß, worum es geht.«

Er seufzte. »Du kennst einen Bodo Stein?«

»Ja«, antwortete ich gedehnt, und das dumpfe Gefühl im Magen verstärkte sich schlagartig, als hätte mir jemand einen Schlag mit der Faust versetzt.

»Er ist tot. Und du bist offenbar der Letzte, der ihn lebend gesehen hat.«

Als ich fünfzehn Minuten später mit meiner Eskorte den vertrauten Korridor des KK 11 hinunterlief, schnürte sich mir die Brust zusammen, ganz ähnlich wie am Vorabend, als ich oben bei der Burg gestanden und auf mein Heimatstädtchen geblickt hatte. Hier hatte ich einmal voller Elan angefangen, hatte etwas Sinnvolles, Gutes tun wollen – und war ungebremst gegen eine Betonmauer gerannt.

Wir machten es uns in Kalles Büro bequem, mein Exkollege setzte sich hinter den Schreibtisch, um meine Aussage zu tippen, die Bulldogge zwängte ihren ausladenden Leib auf den einen Besucherstuhl, ich nahm auf dem zweiten Platz.

Während Schott auf dem schmalen Plastiksitz eine bequeme Position zu finden versuchte, stellte ich mir vor, wie er einem Verdächtigen hinterherhechtete. Wie kam es, dass er nicht längst zum Innendienst verdonnert war? Oder war er das bereits und der Besuch in Düsseldorf einer der wenigen Freigänge, die ihm vergönnt waren?

»Also«, begann Schott, nach einem kurzen Seitenblick zu Kalle. »Erzählen Sie, woher Sie Bodo Stein kennen.«

»Erzählen Sie doch mal, wie Sie auf mich gekommen sind«, gab ich zurück.

»Bitte lass die Spielchen, Linus«, sagte Kalle. »Beantworte unsere Fragen, dann beantworten wir auch deine.«

Ich betrachtete ihn mit hochgezogenen Brauen, dann zuckte ich mit den Schultern. »Ich kannte Bodo Stein nicht, ich bin ihm nur einmal begegnet, gestern Abend in einem Hotel in Eupen. Aber das wisst ihr sicher längst.«

»Was wollten Sie von ihm?«, fragte Schott.

»Ich sollte ihn finden.«

Kalle unterbrach das Tippen und richtete sich im Stuhl auf. »Für wen?«

»Das ist vertraulich.«

»Bei Mord ist nichts vertraulich, das weißt du ganz genau!« Jetzt sah Kalle richtig wütend aus.

»Seine Exfrau hat mich beauftragt. Er hat sich um die Unterhaltszahlungen gedrückt.«

»Seine Exfrau?« Kalle starrte mich an.

»Ja. Ihr Name ist Catrin Wertheim. Sie wohnt in Golzheim.«

Kalle griff zum Telefonhörer und bat einen Kollegen, Catrin Wertheim ausfindig zu machen. Dann wandte er sich an mich. »Worüber hast du mit ihm gesprochen?«

»Nur ein bisschen geplaudert. Über Geld und nervige Exgattinnen, ich wollte sichergehen, dass er wirklich wegen der Kohle abgetaucht ist.«

»Und?«

»Auf das Thema Konten im Ausland hat er sehr empfindlich reagiert.«

»Was dann?«, blaffte Schott, der sich offenbar aus dem Gespräch ausgeschlossen fühlte. »Haben Sie ihn nach draußen gelockt?«

»Unsinn. Ich bin nach Hause gefahren.«

»Auf direktem Weg?«

»Natürlich.« Mein kleiner Abstecher in die Heimat ging niemanden etwas an.

»Kann irgendwer das bezeugen?« Schott beugte seinen massigen Körper vor, der Stuhl ächzte.

»Brauche ich etwa ein Alibi?«, fragte ich an Kalle gewandt.

»Natürlich nicht.«

»Schade. Ich hätte nämlich eins. Und zwar ein sehr attraktives.«

»Schau an.« Kalle grinste, dann wurde er wieder ernst. »Stein ist dir nach draußen gefolgt.«

»Ich habe ihn nicht gesehen.« Der SUV fiel mir ein. Aber der musste längst weg gewesen sein, als Stein aus dem Hotel kam.

Schott schlug ein Notizbuch auf. »Der Barkeeper hat ausgesagt, dass Sie sich Stein förmlich aufgedrängt haben. Er wollte offenbar nicht mit Ihnen reden.«

»Stimmt. Aber das musste er auch nicht. Ich hatte, was ich brauchte.«

»Trotzdem ist er Ihnen ein paar Minuten, nachdem Sie aufgebrochen sind, nach draußen hinterhergegangen. Haben Sie dafür eine Erklärung?«

»Vielleicht wollte er plötzlich doch reden.«

»Aber Sie waren bereits losgefahren.«

»Stimmt.«

»Das sagt der Barkeeper auch. Er hat Sie in Ihren Wagen steigen sehen. Sie fahren doch einen dunkelblauen Saab?«

»Sind Sie deshalb so schnell auf mich gekommen?«

Schott blickte zu Kalle, dann zog er einen durchsichtigen

Beutel aus der Jacketttasche. »Wir haben das hier bei der Leiche gefunden.«

Ich starrte auf den Beutel, in dem gut sichtbar eine von meinen Visitenkarten lag, und mir wurde kalt. Meine Gedanken rasten. Ich hatte Stein keine Visitenkarte gegeben. Konnte sie mir beim Bezahlen des Biers aus der Brieftasche gefallen sein? War Stein mir deshalb hinterhergelaufen?

Möglich war es. Aber ich glaubte es nicht.

Nadja

Nadja harrte noch eine Weile, nachdem das Motorengeräusch verklungen war, in der unbequemen Position aus. Erst als sie absolut sicher war, dass Linus Roth mit den beiden Polizisten verschwunden war, hangelte sie sich an dem Tau zurück an Deck.

Der Überraschungsbesuch hatte ihr einen ganz schönen Schreck eingejagt. Als sie die beiden Zivilbullen auf dem Kai erspäht hatte, war ihr erster Gedanke gewesen, dass Linus sie verpfiffen hatte. Sie hatte ihn schnell wieder verworfen, es aber trotzdem vorgezogen, in Deckung zu gehen, bis die Gefahr vorüber war.

Von ihrem Versteck aus hatte sie die drei Männer belauscht. Als einer der Polizisten behauptet hatte, dass Linus der Letzte gewesen sei, der einen gewissen Bodo Stein lebend gesehen hatte, hätte sie vor Schreck beinahe das Tau losgelassen. In was für eine Geschichte war Linus da verwickelt? Hatte das mit ihrem Einbrecher zu tun? Und falls ja, wie hing das alles zusammen?

Die Tür zum Steuerhaus war abgeschlossen, aber das stellte für Nadja ein ebenso geringes Hindernis dar wie am Abend zuvor. Bei jedem Schritt auf eine unangenehme Überraschung gefasst, stieg sie unter Deck. Vielleicht war einer der Polizisten vor Ort geblieben, um das Boot zu durchsuchen. Es hatte sich nicht so angehört, auch wäre dann wohl nicht abgeschlossen gewesen, doch sicher wusste man das nie.

Erst als sie in Linus' Wohnzimmer stand, atmete sie erleichtert auf. Sie trat an die Küchenzeile und öffnete die Schränke. Nach einer Weile vergeblichen Suchens brühte sie sich frustriert einen löslichen Kaffee auf, dachte voller Sehnsucht an ihre Maschine aus blitzendem Chrom, nur wenige Hundert Meter Luftlinie entfernt.

Doch die musste warten. Nadja hatte beschlossen, erst wieder ihre Wohnung zu betreten, wenn sie mehr über den Eindringling herausgefunden hatte. Zunächst einmal würde sie die Gelegenheit nutzen, sich etwas gründlicher auf dem Boot umzusehen, als sie das gestern Abend getan hatte. Wenn all das irgendwie zusammenhing, musste sie mehr über Linus Roth in Erfahrung bringen, mehr, als er bereit war, ihr freiwillig zu erzählen.

Denn leider konnte sie sich nicht allein auf das hübsche Gesicht verlassen, auch wenn es, zugegeben, sehr hübsch war. Kantiges Kinn, hohe Stirn, Dreitagebart. Und die strahlend blauen Augen bildeten einen reizvollen Kontrast zu den dunklen Haaren. Eigentlich stand Nadja nicht so sehr auf allzu männliche Typen, doch bei Linus Roth wäre sie geneigt, eine Ausnahme zu machen.

Mit dem Kaffeebecher in der Hand schlenderte sie durch den Korridor zum Arbeitszimmer. Der Laptop auf dem Schreibtisch war ausgeschaltet, und Nadja versuchte gar nicht erst, ihn zum Leben zu erwecken. Das Passwort würde sie ohnehin nicht knacken. Was die digitale Welt anging, war sie eine ziemliche Niete. Sie nutzte das Internet gern, um sich zu informieren, aber bereits wenn an ihrem Computer eine Kleinigkeit nicht funktionierte, war sie aufgeschmissen.

Immerhin lagen auf dem Schreibtisch allerlei Zettel mit Notizen herum. Einer stach ihr sofort ins Auge. Oben stand der Name, den die Polizisten gegenüber Linus erwähnt hatten, Bodo Stein. Der Mann, der tot war. Darunter waren verschiedene Buchstabenkombinationen gekritzelt.

Tino Bosde.

Ben Dostoi.

D. E. Bostoni.

Nadja setzte sich und tippte den Namen »Bodo Stein« in ihr Smartphone. Es gab jede Menge Treffer, einen Eintrag bei Facebook, eine Website sowie Artikel und Reportagen, die von einem Bodo Stein verfasst waren. Die Website stellte Stein als Journalisten vor, der bevorzugt den illegalen Machenschaften von Firmen oder öffentlichen Personen auf den Grund ging. Einen richtig dicken Fisch hatte er aber offenbar noch nicht an Land gezogen.

Nadja stopfte das Handy zurück in die Tasche und spähte in die Aktenschränke und Schubladen. Das hatte sie gestern schon einmal kurz getan, aber vielleicht hatte sie ja in der Eile etwas übersehen. Nach kurzer Zeit gab sie auf. Die Schränke enthielten nichts außer Ordnern mit alten Fällen und Rechnungen, die Schubladen den üblichen Bürokram, Briefumschläge, Locher, Stifte.

Nichts Privates, kein Foto, immerhin auch keins von einer Freundin, kein Krimskrams auf dem Schreibtisch, keine Postkarten oder Mitbringsel von Reisen. Es war fast so, als hätte dieser Mann kein Privatleben.

Enttäuscht verließ sie das Arbeitszimmer. Sie war sicher, dass es etwas über Linus Roth zu wissen gab, dass er ein Geheimnis hatte, etwas, das er vor Fremden verbarg. Doch wenn dem so war, versteckte er es gut.

Die Durchsuchung des Schlafzimmers ergab ebenfalls nichts, außer einer Schwäche für amerikanische Thriller, von denen ein ganzer Stapel auf dem Nachttisch lag. Vielleicht sah sich Linus ja als eine Art Philip Marlowe, als einsamen Wolf, der sich allein dem Verbrechen in den Weg stellte.

Das Wort Wolf ließ sie wieder an die Papierfigur denken, den Wolf, den der Eindringling ihr hinterlassen hatte. Als sie heute Morgen aufgewacht war, hatte sie im Internet nach möglichen Bedeutungen gesucht, nach Bereichen, in denen der Wolf als Symbol benutzt wurde. Aber es gab zu viele Möglichkeiten, und keine davon hatte etwas mit ihr zu tun.

Nachdenklich trat Nadja zurück in den Gang. Er war so schmal, dass gerade eine Person hindurchpasste. Dafür waren die Räume überraschend groß. Und erstaunlich geschmackvoll eingerichtet mit einer Mischung aus alten Stücken und modernen Accessoires.

Eine letzte Tür befand sich am Kopfende des Gangs. Nadja probierte die Klinke. Abgeschlossen. Groß konnte der Raum dahinter nicht sein, bestimmt war es nur eine Abstellkammer.

Nadja bückte sich, betrachtete das Schloss und stieß einen Pfiff aus. Wer seine Abstellkammer mit so was versperrte, bewahrte ganz bestimmt keine Putzsachen darin auf.

Sie lief zurück ins Wohnzimmer, wo sie ihren Rucksack abgestellt hatte, und kramte ihr Dietrichset hervor. Dann machte sie sich an die Arbeit. Zu blöd, dass ihr Elektropick zu Hause lag, damit wäre es deutlich schneller gegangen. So dauerte es mehr als zwanzig Minuten, bis endlich das vertraute Klicken ertönte und das Schloss seinen Widerstand aufgab. Nadja packte das Werkzeug weg und drückte die Klinke.

Der Raum war dunkel, kein Fenster, kein Bullauge.

Mit klopfendem Herzen tastete Nadja nach dem Lichtschalter. Zwei Neonröhren sprangen flackernd an und verbreiteten bläulichkaltes Licht.

Nadja ließ den Blick schweifen, dann schluckte sie hart.
Heilige Scheiße!

Linus

Es klopfte an der Tür, eine Kollegin reichte Kalle ein DIN-A4-Blatt, flüsterte ihm etwas ins Ohr und verschwand wieder.

Mein Exkollege betrachtete das Blatt und reichte es mir. »Ist das die Frau, die dich beauftragt hat?«

Ein Blick genügte. Die Frau auf dem Foto hatte schwarze Locken, markante Wangenknochen und war mindestens zehn Jahre älter als die, die mich auf meinem Boot besucht hatte. »Nein. Die habe ich noch nie gesehen.«

»Das ist Catrin Wertheim. Seit fünf Jahren verwitwet und derzeit auf Familienbesuch in den USA.«

Ich ballte die Fäuste. Mir war sofort klar, was das bedeutete: Jemand hatte mich gründlich reingelegt. Wie ein Schuljunge war ich dem Killer auf den Leim gegangen, hatte ahnungslos für ihn das Opfer ausfindig gemacht, ohne auch nur den geringsten Verdacht zu schöpfen. Als wäre ich ein dämlicher Anfänger.

»Da hat Sie wohl jemand aufs Kreuz gelegt«, erklärte Schott mit einem süffisanten Lächeln.

Ich hätte ihm gern meine Faust in seine Bulldogfresse gerammt, doch ich beherrschte mich. »Darf ich jetzt erfahren, was geschehen ist?«

»Wir brauchen aber nachher noch eine Beschreibung deiner geheimnisvollen Auftraggeberin.« Kalle sah mich bittend an.

»Kein Problem.«

»Bodo Steins sterbliche Überreste wurden gestern Abend gegen elf auf einem Parkplatz an der B258 in der Nähe von Roetgen gefunden. Sein Wagen stand noch vor dem Hotel in Belgien. Also muss er mit seinem Mörder dorthin gefahren sein.«

»Jemand wollte, dass er in Deutschland gefunden wird«, sagte ich nachdenklich. »Wurde die Leiche versteckt?«

»Sie lag mitten auf dem Parkplatz. Wie zur Schau gestellt.«

»Abschreckung? Warnung an andere?«

Kalle hob die Hände. »Möglich.«

»Wir sind dabei zu ermitteln, an welcher Story Stein gerade recherchiert hat«, verkündete Schott großspurig.

Ich dachte an die vertane Chance. Ich hatte gestern mit ihm gesprochen, hatte gemerkt, dass er Angst hatte, aber die falschen Schlüsse gezogen. Was für ein Idiot ich doch war!

Ich räusperte mich. »Todesursache?«

Kalle sah seinen Kollegen aus Aachen an. Der faltete die Hände vor dem Bauch. »Der Täter hat ihm die Kehle aufgeschlitzt. Ein einziger sauberer Schnitt, vermutlich von hinten ausgeführt. Ein Profi, wie es aussieht.«

Ein Profi, der mich benutzt hatte. Kurz schossen meine Gedanken zu dem Mann, der Nadja in ihrer Wohnung überfallen hatte. Auch er musste ein Profi gewesen sein, hatte ein Schloss geknackt, das angeblich einbruchsicher war, und keine Spuren hinterlassen. Aber sosehr ich mir auch das Hirn verrenkte, mir fiel keine logische Erklärung dafür ein, wie diese beiden Vorkommnisse zusammenhängen konnten.

Eins stand jedenfalls fest. Ich würde die Sache nicht der Polizei überlassen. Jemand hatte mich für einen Mord benutzt, das würde ich nicht auf mir sitzen lassen.

»Gibt es denn wirklich keinen Hinweis darauf, wem Bodo Stein auf die Füße getreten ist?«, fragte ich Schott. »In seiner Wohnung? Auf seinem Rechner?«

»Seine Wohnung wird gerade durchsucht«, antwortete Schott. »Bisher wurde jedoch nichts gefunden. Und selbst wenn, würden wir es Ihnen nicht auf die Nase binden. Wir hatten eigentlich gehofft, dass Sie uns in der Sache weiterhelfen könnten. Hat Stein wirklich keinerlei Andeutung gemacht?«

Ich schüttelte den Kopf. Ich hatte ihm alles gesagt, was ich wusste. Fast alles, zumindest. Einen winzigen Wissensvorsprung hatte ich, und den hatte ich vor zu nutzen. Schließlich musste ich meine Ehre wiederherstellen.

Nachdem ich mit dem Polizeizeichner am PC ein Phantombild der falschen Catrin Wertheim erstellt hatte, konnte ich endlich gehen. Inzwischen war es fast elf, und ich hatte noch nichts gegessen.

»Ich hoffe, ich kann mich darauf verlassen, dass du dich aus der Sache heraushältst«, sagte Kalle zum Abschied.

»Du kennst mich doch«, antwortete ich.

»Eben.«

Ich klopfte ihm auf die Schulter und verließ das Büro. Noch im Treppenhaus des Präsidiums zog ich mein Handy aus der Hosentasche und wählte eine Nummer. Es gab viel zu tun, ich hatte keine Zeit zu verlieren.

Mein Kumpel rief mich zurück, als ich gerade auf dem Hafengelände ankam. Kalle hatte mir angeboten, mich von einem Kollegen heimbringen zu lassen, aber ich hatte dankend abgelehnt, war den kurzen Weg vom Fürstenwall bis zur Hamburger Straße zu Fuß gelaufen und hatte dabei meine Gedanken geordnet.

»Ich hab das Material, das du wolltest, auf einen Stick kopiert. Kannst du dir abholen.«

»Dann komme ich sofort vorbei.«

Enzo, mein Kumpel, arbeitete in einer Securityfirma, die die Fabrik am Zugang zum Hafenbecken sicherte. Er hatte mir die Aufzeichnungen der Überwachungskamera rausgesucht, die den Bereich des Kais vor meinem Boot aufzeichnete. Die *Tramp* lag zwar im Hintergrund, und etwaige Eindringlinge wären nur als Schemen zu erkennen, aber die falsche Catrin Wertheim musste auf dem Weg zu ihrem Auto gut getroffen worden sein.

Ich klopfte an die Scheibe des Büros und trat ein.

»Hey, Gepard, gibt's Probleme?«

»Schon möglich«, antwortete ich ausweichend. Enzo war ein netter Kerl, aber wirklich gut kannte ich ihn nicht.

»Wenn du Hilfe brauchst ...«

Ich nahm den Stick entgegen. »Danke. Ich schulde dir was.«

Erst als ich an Bord der *Tramp* sprang, bemerkte ich wieder, wie hungrig ich war. Von irgendwo wehte der Duft frischer Pizza zu mir herüber, und mir lief das Wasser im Mund zusammen.

Die Tür war offen, offenbar hatte ich bei meinem überstürzten Aufbruch Stunden zuvor vergessen abzuschließen. Drinnen war der Pizzageruch übermächtig, mir kam ein Verdacht.

»Nadja?«

»Hier unten.«

Kopfschüttelnd stieg ich in den Bauch meines Bootes. Nadja saß kauend auf dem Sofa, ein riesiger Karton Pizza stand neben ihr, von der nur wenige Stücke fehlten.

»Ich wusste nicht, was du magst, deshalb habe ich einfach mit allem belegen lassen«, sagte sie zwischen zwei Bissen.

Ich war zu hungrig und zu sehr in Gedanken mit dem Mord beschäftigt, um mich darüber aufzuregen, dass sie in meinem Zuhause die Gastgeberin spielte, oder um mich zu fragen, wann wir vom Sie zum Du übergegangen waren, und griff zu.

»Wie war's bei deinen Exkollegen?«, fragte Nadja und wischte sich die Finger an der Hose ab.

Ich schluckte mein halbzerkautes Stück Pizza runter. »Gemütlich. Wir haben Kaffee getrunken und geplaudert.«

»Über diesen Bodo Stein, nehme ich an. Ist er ermordet worden?«

Ich wollte gerade nach dem nächsten Stück Pizza greifen, jetzt hielt ich mitten in der Bewegung inne. »Hab ich diesen Scheiß dir zu verdanken?«

»Natürlich nicht.«

»Woher weißt du dann, was die Polizei von mir wollte?«

»Ich habe gehört, was sie zu dir gesagt haben.«

Ich fixierte sie argwöhnisch.

»Ich hing am Tau«, erklärte sie. »War nicht sehr gemütlich, aber ich war nicht scharf darauf, deinen Bullenfreunden über den Weg zu laufen.«

Ich kniff die Augen zusammen. »Wirst du von der Polizei gesucht?«

»Natürlich nicht!« Sie blickte mich empört, aber auch ein wenig verunsichert an.

Ich griff nach dem Pizzastück und biss ab.

»Also, willst du es mir erzählen?«, fragte sie.

Ich kaute, schluckte, dann erzählte ich von der falschen Catrin Wertheim, Bodo Stein und meinem Besuch auf dem Präsidium.

»Da hat dich jemand krass abgezogen«, stellte sie am Ende meines Berichts fest.

»Das ist mir auch schon aufgefallen. Aber das wird ihm noch leidtun.«

»Was hast du vor?«

Ich zog den Stick aus der Hosentasche. »Erst einmal rausfinden, wer die Frau ist.«

»Und sie dann dazu bringen, dir ihre Komplizen zu verraten. Cool. Worauf warten wir?«

»Wir?« Ich schüttelte energisch den Kopf. »Das ist meine Sache, und ich kläre sie allein.«

»Aber wir hängen doch beide da drin.«

»Vergiss es. Nur weil wir zufällig in derselben Nacht einen Job auf demselben Grundstück zu erledigen hatten, heißt das nicht, dass wir jetzt Partner sind.«

Nadja zog einen Schmollmund. »Zufällig? Glaubst du das wirklich? Nach allem, was passiert ist?«

Ich stand auf. »Danke für die Pizza. Ich muss jetzt arbeiten.«

»Du schickst mich nach Hause? In die Wohnung, in der womöglich ein Killer auf mich wartet?«

Ich seufzte.

»Vielleicht kann ich dir bei der Identifizierung der Frau helfen.«

Ich arbeitete am liebsten allein, und ich hatte gute Gründe dafür. Aber irgendwie hatte ich diesmal das Gefühl, dass eine Partnerin von Nutzen sein könnte. Zumindest redete ich mir das ein. In Wahrheit mochte ich Nadja, auch wenn ich nicht wusste, was ich von ihr zu halten hatte. Oder gerade deswegen. Sie war ein weiteres Rätsel, das gelöst werden wollte.

Eine gute Stunde später waren wir unterwegs zu einer Adresse in Neuss. Nadja hatte die Frau tatsächlich erkannt, und wir hatten herausgefunden, wo sie wohnte.

Als ich die Stelle in der Videoaufzeichnung ausfindig gemacht hatte, auf der man die falsche Catrin Wertheim zurück zu ihrem Wagen laufen sieht, hatte ich angehalten und den Ausschnitt mit ihrem Gesicht vergrößert.

In dem Augenblick hatte Nadja einen Pfiff ausgestoßen. »Fuck, Alter. Ich glaube es nicht. Das ist die Harras.«

»Die was?«

»Ann-Katrin Harras. Kennst du die nicht?«

»Nie gehört.«

»Schauspielerin. Hat jahrelang in der Daily Soap ›Unter unserem Dach‹ mitgespielt, als Verlobte von Frauenschwarm Marco Herrlich. Aber das Publikum mochte sie nicht, und so wurde sie rausgeschrieben, damit Marco sich in eine andere Frau verlieben konnte.«

»Sie wurde rausgeschrieben?«

»Hat Krebs gekriegt und sich umgebracht. Alles sehr dramatisch.«

»Aha.« Ich hatte Nadja zweifelnd angesehen. »Du guckst Soaps?«

»Warum nicht? Man lernt dabei eine Menge über die menschliche Natur.«

»Ach ja?«

Ich hatte die Diskussion nicht vertieft, sondern lieber den Namen »Ann-Katrin Harras« gegoogelt, war auf ihre Agentur gestoßen, aber dort hatte man mir natürlich nicht verraten, wo die Schauspielerin wohnte. Also hatte ich noch einmal meinen Kontakt im Präsidium aktiviert.

Das Navi führte uns in eine Neubausiedlung mit schicken, aber gesichtslosen Mehrfamilienhäusern im Schuhschachtellook. Wir klingelten bei »Harras«, doch niemand öffnete. Als eine ältere Dame aus dem Haus kam, nutzten wir die Gelegenheit, schlüpften hinein und fuhren mit dem Aufzug in den fünften Stock, wo Ann-Katrin Harras' Penthouse lag.

Noch immer blieb auf unser Klingeln und Klopfen hin alles still.

»Scheint nicht da zu sein«, stellte ich überflüssigerweise fest.

»Sollen wir nachsehen?«, fragte Nadja.

Ich zögerte. Die Mordkommission würde früher oder später ebenfalls herausfinden, wer die Frau auf dem Phantombild war. Vermutlich eher früher als später, da sie eine bekannte Soap-Darstellerin war. Keinesfalls wollte ich von den Exkollegen bei einem Einbruch erwischt werden, zumal sie mich ohnehin schon auf dem Kieker hatten.

»Wir schauen nur eben, ob alles in Ordnung ist«, drängte Nadja. »In fünf Minuten sind wir wieder draußen.«

»Wir dürfen nichts anfassen«, ermahnte ich sie. »Keine Spuren hinterlassen.«

»Sehe ich aus wie eine Anfängerin?«

Ich musste grinsen.

Nadja zog ein kleines Etui hervor und machte sich am Schloss zu schaffen. Sekunden später sprang die Tür auf. Nadja steckte das Werkzeug weg und zog sich dünne Lederhandschuhe über, bevor sie die Wohnung betrat.

Gekonnt war gekonnt, das musste ich ihr lassen.

Ich drückte mich hinter ihr in die Wohnung und lehnte die Tür vorsichtig an. Kaum war ich über die Schwelle, sah ich das Chaos. Herausgezogene Schubladen, offene Schranktüren, der Boden übersät mit Papieren. Der riesige Raum, der die gesamte untere Etage einnahm und Wohnzimmer, Esszimmer und Küche kombinierte, sah aus, als hätte eine Bombe eingeschlagen. Während ich auf Zehenspitzen über die auf dem Boden verstreuten Gegenstände stieg, ließ ich meinen

Blick schweifen. Die Wohnung war spärlich, fast steril möbliert, passte besser zu der unterkühlten Frau, die mich auf meinem Boot besucht hatte, als die Villa in Golzheim.

Nadja verschwand im oberen Stockwerk des Penthouses, während ich mir die Papiere auf dem Boden näher ansah. Nachdem ich nichts außer Stromrechnungen, Restaurantquittungen und dergleichen gefunden hatte, erklomm ich ebenfalls die Treppe. Hier bot sich das gleiche Bild. Schlafzimmer und Badezimmer waren völlig verwüstet worden. Sogar die Matratze hatte irgendwer aus dem Bett gezerrt und aufgeschlitzt.

Mit einem beklommenen Gefühl im Bauch starrte ich auf das Durcheinander.

»Da war jemand schneller als wir«, murmelte Nadja. »Und sehr gründlich. Selbst die Cremetiegel im Bad wurden aufgeschraubt.«

»Fragt sich nur wer. Und warum.«

»Deine Exkollegen?«

»Die hinterlassen normalerweise nicht so ein Chaos. Und die würden die Papiere mitnehmen, wenn sie relevant sein könnten, nicht auf dem Boden verstreuen.« Ich drehte mich im Kreis, versuchte, meine Gedanken zu ordnen. Der Fall wurde immer rätselhafter.

Nadja pulte mit dem behandschuhten Finger in der aufgeschlitzten Matratze. »Ob der Eindringling gefunden hat, was er suchte?«

»Schwer zu sagen.«

Draußen im Treppenhaus klackte der Aufzug. Das ungute Gefühl verstärkte sich.

»Lass uns verschwinden«, sagte ich. »Wenn es hier was zu finden gab, ist es sowieso weg.«

Wir hasteten aus der Wohnung. Nadja war noch vor mir

draußen. Ohne uns abzusprechen, stürzten wir beide auf die Treppe zu. Gerade als wir die ersten Stufen hinuntergelaufen waren, hörten wir die Aufzugtüren aufgehen.

»Dort drüben muss es sein«, sagte eine vertraute Stimme.

Kalle! Das war mehr als knapp gewesen.

Wir hechteten zurück zum Auto, das ich zum Glück nicht direkt vor der Tür geparkt hatte.

»Was, glaubst du, ist passiert?«, fragte Nadja, während ich den Saab aus dem Wohngebiet steuerte.

»Entweder war das ein gewöhnlicher Einbrecher, was ein großer Zufall wäre …«

»Das glaubst du doch selbst nicht.«

»Oder Ann-Katrin Harras hat Stress mit ihren Komplizen oder Auftraggebern.«

Azzo

Die Frau war nicht eingeplant gewesen. Nicht, dass sie ein ernsthaftes Problem darstellen würde. Aber sie würde die Sache unter Umständen verkomplizieren.

Azzo Lupo nahm das Fernglas von den Augen. Er hatte erwartet, dass Roth in der Wohnung der Harras auftauchen würde, ja sogar darauf spekuliert. Noch mehr Spuren, die zu ihm führen würden. Aber dieses kleine Miststück konnte Azzo dabei nicht gebrauchen.

Er zog sein Handy hervor und drückte ein paar Tasten. Nadja Ludwig war seit seinem Besuch nicht mehr in ihre Wohnung zurückgekehrt. Immerhin war sie nicht zur Polizei gegangen. Das hatte er auch nicht erwartet. Aber man wusste ja nie. Trotzdem hatte Azzo sich verkalkuliert, sie hatte nicht so reagiert, wie er erwartet hatte.

Zu blöd, dass diese dumme Kuh ausgerechnet an dem Abend vor der Villa aufgetaucht war. Seine Leute hatten sie natürlich bemerkt, einer war ihr gefolgt, erst in den Hafen, wo sie beobachtet hatte, wie Roth in seinem Boot verschwunden war, dann zu ihrer Wohnung in der Bürgerstraße.

Ab da hatte Azzo höchstpersönlich übernommen, die Wohnung gründlich gefilzt und dann eine unmissverständliche Warnung ausgesprochen. Der Wolf war das i-Tüpfelchen gewesen, eine kleine Erinnerung, damit sein Besuch nicht in Vergessenheit geriet.

Einen Moment lang war er versucht gewesen, ihr auf der

Stelle das Licht auszupusten, doch dann hatte er entschieden, kein unnötiges Risiko einzugehen. Wenn Roth irgendwie erfahren hätte, dass die Frau, die er auf dem Grundstück in Oberkassel gesehen hatte, ermordet worden war, hätte das womöglich seinen Argwohn geweckt und er hätte angefangen, seinen Job dort zu hinterfragen.

Azzo hob das Fernglas an und sah, wie Roth und die Kleine aus dem Haus rannten. Rasch richtete er den Blick auf die Wohnung, entdeckte zwei Männer, die sich hinter der großen Scheibe des Wohnzimmers bewegten.

Das mussten die Bullen sein.

Offenbar waren die beiden ihnen gerade noch entwischt. Schade.

Andererseits war Vorfreude immer noch die schönste Freude.

Azzo verstaute das Fernglas, richtete die Wohnung, deren Besitzer, wie er wusste, für zwei Wochen verreist war, wieder so her, dass keine Spur seiner Anwesenheit zurückblieb. Nach einem letzten Blick über die Schulter verließ er seinen Beobachtungsposten.

Vor dem Haus streifte er die Handschuhe ab und schlenderte zu seinem Wagen. Erwartung kribbelte in seinen Lenden. Er liebte es, wenn alles genau so funktionierte, wie er es sich vorgestellt hatte, auch wenn er seine Pläne manchmal wegen unerwarteter Zwischenfälle spontan modifizieren musste. Und noch mehr liebte er es, seine nichtsahnenden Opfer zu beobachten, während sie sich frei wähnten, obwohl sie längst in seiner tödlichen Falle zappelten.

Linus

»Und? Steht alles noch an seinem Platz?«, fragte ich und sah mich in dem Zimmer um. »Oder ist dir irgendeine Veränderung aufgefallen?«

Nadjas Zuhause war in so ziemlich allem das Gegenteil von meinem. Die hohen, spärlich in hellen Farben möblierten Räume sahen so sauber und aufgeräumt aus, als sollten sie für einen Katalog abgelichtet werden.

»Nein. Aber das beruhigt mich nicht. Jemand, der es schafft, mein Sicherheitsschloss zu knacken, schafft es auch, keine Spuren zu hinterlassen. Auch wenn er mehrfach bei mir rein- und rausspaziert.«

Wir waren zu Nadjas Wohnung gefahren, damit sie ein paar Sachen holen konnte. Sie wollte wenigstens noch die kommende Nacht bei mir auf der *Tramp* verbringen, und ich fand den Gedanken ziemlich angenehm. Ich brauchte jemanden, mit dem ich diesen merkwürdigen Fall besprechen konnte, und aus irgendeinem Grund hatte das Schicksal mir diese Frau vor die Füße gespült.

»Aber warum hätte der Kerl noch einmal wiederkommen sollen?«, wandte ich ein.

»Keine Ahnung. Wenn ich wüsste, was er in meiner Wohnung wollte, hätte ich vielleicht eine Antwort parat. Ich packe dann mal.« Nadja verschwand im Schlafzimmer.

Ich hörte das Knarren von Schranktüren, dann einen Reißverschluss.

»Eins zumindest steht fest«, sagte ich. »Dein unbekannter Besucher ist nicht derselbe, der die Wohnung von Ann-Katrin Harras durchwühlt hat. Die Vorgehensweise ist zu unterschiedlich. Bist du ganz sicher, dass das hier nichts mit deinem Einbruch in die Villa in Oberkassel zu tun haben kann?« Während ich die Frage stellte, betrachtete ich die Bücher in dem weißen Regal, lauter dicke Romane, und wettete mit mir selbst, ob sie abstreiten würde, eingebrochen zu sein.

»Nein, mit meinem Job hat der Typ definitiv nichts zu tun«, kam es aus dem Schlafzimmer. »Ich habe meinen Auftraggeber angerufen.«

Wette gewonnen. »Du bist also tatsächlich eingestiegen und hast Gemälde gestohlen.«

Nadja stieß ein theatralisches Seufzen aus. »*Ein* Gemälde. Und ich habe es nicht gestohlen, sondern ausgetauscht. Gegen eine Kopie.«

»Interessant.«

Sie kam mit einer Reisetasche aus dem Schlafzimmer. »Mein Job hat definitiv nichts mit diesem ganzen Chaos zu tun. Deiner schon eher. Hast du eine Ahnung, wer Bodo Stein umgebracht hat?«

»Nein. Ich kannte den Typ bis gestern überhaupt nicht.« Ich betrachtete die Stehlampe, cremeweißer Schirm, silberner Fuß. Irgendetwas störte mich an dem Anblick, doch bevor ich der Sache auf den Grund gehen konnte, feuerte Nadja ihre nächste Frage ab.

»Aber du hast doch über ihn recherchiert, bevor du sein Versteck ausfindig gemacht hast.«

»Nicht besonders gründlich, wenn ich ehrlich bin. Ich hatte den Eindruck, dass er gern ein berühmter investigativer Journalist wäre, es ihm aber an Größe fehlt. Das war wohl eine Fehleinschätzung.«

»Muss nicht sein. Vielleicht ist er zufällig auf eine interessante Story gestoßen, ohne zu begreifen, wie explosiv sie ist.« Nadja stellte die Reisetasche auf dem Parkettboden ab und spähte aus dem Fenster, bevor sie sich mir zuwandte. »Einer Kollegin von mir ist das mal passiert.«

Ich muss sie ziemlich dämlich angestarrt haben, denn sie lachte laut auf.

»Ich rede von einer befreundeten Journalistin. Ich bin Kunsthistorikerin und schreibe für verschiedene Magazine über Ausstellungen, Vernissagen und solche Sachen.«

»Aber ich dachte …« Ich kam mir mit einem Schlag ziemlich bescheuert vor, betrachtete Nadja und ihre Wohnung mit einem Mal mit neuen Augen. Ja, zu einer Kunstexpertin passte das kühle, geschmackvolle Ambiente viel besser als zu einer Einbrecherin. Dennoch hatte ich sie auf frischer Tat ertappt. Und das Schloss von Ann-Katrin Harras hatte sie definitiv mit großer Routine geknackt. Außerdem hatte sie ja selbst zugegeben, dass sie ein Gemälde gegen eine Kopie getauscht hatte.

Wieder warf Nadja einen Blick aus dem Fenster. »Sollen wir aufbrechen? Hier drin fühle ich mich wie auf dem Präsentierteller. Als würden tausend Augen auf mich starren.«

»Klar«, erwiderte ich, noch immer irritiert.

»Ich habe Hunger, wir könnten irgendwo essen gehen und dabei einen Plan aushecken. Ich lade dich ein.«

»Klingt nach einer guten Idee«, murmelte ich zerstreut. Etwas an dem, was Nadja eben gesagt hatte, ließ meine Alarmglocken schrillen. Aber ich konnte nicht greifen, was es war.

TAG DREI

Freitag, 2. November

Nadja

Nadja betrachtete das heruntergekommene Gebäude mit zusammengekniffenen Augen. Eine schmutzig graue Fassade, von der der Putz abbröckelte, Fenster, hinter denen vergilbte Gardinen hingen, und ein von Moos und Flechten übersätes Namensschild über der Eingangstür. »Sieht nicht gerade wie ein Wellness-Resort aus.«

»Ich glaube nicht, dass Bodo Stein hier abgestiegen ist, um sich eine Auszeit mit Yogakursen und Massagen zu gönnen.« Linus lenkte den Wagen in eine Lücke und stellte den Motor ab.

Gestern beim Essen hatten sie den Fall besprochen und beschlossen, nach Belgien zu fahren und Bodo Steins Spuren zu folgen. Auch wenn die Polizei bereits seine Wohnung, sein Hotelzimmer und seinen Wagen durchsucht hatte, ohne etwas zu finden, hieß das nicht, dass es nichts zu finden gab. Irgendwo musste es einen Hinweis auf die Story geben, an der der Journalist vor seinem Tod gearbeitet hatte.

Sie stiegen aus, sahen sich um. Nur zwei weitere Wagen standen vor dem Hotel, beide mit belgischem Kennzeichen.

»Wo stand der SUV?«, fragte Nadja.

»Da vorn auf der Straße.«

»Und du hast wirklich nichts vom Kennzeichen gesehen?«

»Wenn ich geahnt hätte, dass es wichtig sein könnte, hätte ich genauer hingeguckt. Aber es war schon dämmrig, und ich hatte keine Veranlassung, misstrauisch zu sein. Auch wenn mir der Wagen aufgefallen ist.«

Nadja wandte sich zum Hoteleingang. »Sollen wir reingehen?«

»Ich will mich erst noch ein bisschen umschauen.« Linus hob den Blick, studierte die Fassade. »Keine Kamera.«

»Wäre ja auch zu schön gewesen.«

Linus schlenderte quer über den Parkplatz, Nadja folgte, sah dabei in alle Richtungen, ohne zu wissen, wonach genau sie Ausschau halten sollte.

Als sie um die Hausecke traten, stießen sie auf eine Frau in einem blauen Kittel, die neben dem Seiteneingang stand und mit hastigen Zügen eine Zigarette rauchte.

»Guten Tag«, rief Linus, während er sich näherte. »Sprechen Sie Deutsch?«

»Eingang ist andere Seite«, antwortete die Frau mit schwerem osteuropäischem Akzent und wedelte mit der Zigarettenhand.

»Ich weiß.« Linus lächelte breit. »Ich habe ein besonderes Anliegen.«

Die Frau blinzelte verwirrt.

»Ich nehme an, Sie putzen hier?«

Sie nickte.

»Sie wissen von dem Mann, der ermordet wurde?«

»Ich nix weiß«, sagte die Frau rasch.

»Bodo Stein. Er war Gast hier im Hotel, hat unter dem Namen Ben Dostoi eingecheckt. Er wurde in Deutschland ermordet, kurz nach seiner Abreise.«

»Ich nix weiß«, wiederholte die Frau und drückte hastig ihre Zigarette aus.

Linus trat einen Schritt vor, die Frau wich zurück in den Eingang und streckte die Hand nach der Türklinke aus.

»Immer mit der Ruhe, erschreck die Frau nicht so!« Nadja legte ihm die Hand auf die Schulter und schob ihn sanft zur Seite. »Männer«, sagte sie in verschwörerischem Ton zu der Frau. »Immer müssen sie sich so aufblasen.«

Die Frau blinzelte noch immer verängstigt, aber sie ließ den Arm wieder sinken.

Nadja deutete auf die Zigarettenpackung in ihrer anderen Hand. »Haben Sie vielleicht eine für mich?«

Die Frau hielt Nadja das Päckchen hin, zündete erst ihr und dann sich selbst eine an.

»Ich bin Nadja«, sagte Nadja, nachdem sie tief inhaliert hatte.

»Elena.«

»Nett, Sie kennenzulernen, Elena. Mein Verlobter …« Sie nickte mit dem Kopf in Richtung Linus, der abwartend stehen geblieben war. »Sie müssen ihm verzeihen. Er ist so unglücklich über den Tod seines Bruders. Er versteht nicht, wie das geschehen konnte.«

»Bruder? Toter war Bruder?«

Nadja nickte. »Und die Polizei, die tut gar nichts. Sie wissen ja selbst, dass auf die kein Verlass ist.« Sie seufzte theatralisch.

Elena nahm einen Zug und senkte den Blick.

»Sie haben doch das Zimmer von Bodo sauber gemacht. Vielleicht haben Sie ja etwas gesehen. Irgendwas. Es würde uns sehr helfen.«

»Ich nichts geklaut«, murmelte Elena, den Blick noch immer auf den Boden geheftet.

»Ich weiß«, sagte Nadja sanft und versuchte sich nicht anmerken zu lassen, dass ihr Herz plötzlich schneller schlug. Sie tauschte einen raschen Blick mit Linus, der ihr unmerklich zunickte. »Wenn ein Gast etwas im Zimmer zurücklässt, will er es nicht mehr haben. Dann ist es kein Diebstahl, wenn man es sich nimmt.«

Elena blickte auf. »Sie war im Müll. Ich dachte, sie sieht noch fast neu aus, zu schade zum Wegwerfen, also ich nehmen.«

»Was haben Sie genommen, Elena?«

»Warten. Ich hole.« Sie verschwand im Inneren des Hotels.

Nadja wagte kaum zu atmen.

Zwei Minuten später kehrte Elena zurück, eine gefaltete Landkarte in der Hand. »Das war in Müll.«

Ein wenig enttäuscht nahm Nadja die Karte entgegen. »Das war alles? Sonst nichts?«

»Nein, nur Karte. Polizei auch fragen, aber ich nichts sagen von Karte, weil ich nicht wollen, sie sagen ich Dieb. Ich nix Dieb, nix klauen. Karte in Müll. Aber ich Angst, Polizei nicht glauben.«

»Das verstehe ich gut.« Nadja lächelte der Frau aufmunternd zu. »Vielen Dank, Elena.«

Sie traten den Rückzug an. Linus schlug vor, die Beute in Ruhe zu begutachten, bevor sie entschieden, ob sie mit weiteren Hotelangestellten sprechen sollten.

Als sie wieder im Wagen saßen, grinste er Nadja an. »An dir ist eine Verhörspezialistin verloren gegangen.«

»Leider hat es nicht viel gebracht.« Nadja hielt die Karte hoch. »Die wird uns wohl kaum zu Bodo Steins Mörder führen.«

»Abwarten.« Linus nahm sie ihr ab und faltete sie auseinander. Dabei fiel ein Stück Papier heraus und segelte in den Fußraum. Er bückte sich und hob es auf.

Nadja war wie elektrisiert. Doch noch eine Spur. »Zeig her«, bat sie. »Was ist es?«

Linus

Ich warf Nadja einen Blick zu, sie schien genauso vom Jagdfieber gepackt zu sein wie ich. Dann betrachtete ich das Stück Papier, das aus der Karte gerutscht war. Es war ein Foto, aber ich konnte beim besten Willen nichts damit anfangen.

»Was ist es?«, fragte sie erneut und reckte sich zu mir herüber.

»Ein Foto. Aber frag mich nicht, was es zeigt. Ich kann jedenfalls nichts erkennen. Vielleicht wirst du ja daraus schlau, du bist schließlich die Kunstexpertin. Schau selbst.«

Ich reichte Nadja das Foto und nahm mir die Karte vor. Als ich auf den ersten Blick nichts entdeckte, suchte ich sie systematisch von oben nach unten nach irgendwelchen Spuren ab, einer kleinen Markierung, einem Knick, der darauf verwies, welcher Teil für Stein relevant gewesen war.

Die Karte umfasste einen Bereich, der die Eifel sowie Teile von Luxemburg und Belgien einschloss, und sie schien funkelnagelneu zu sein. Stein hatte sie offenbar erst kürzlich gekauft.

Natürlich bestand die Möglichkeit, dass der Journalist die Karte einzig und allein dafür benutzt hatte, das Hotel in Eupen zu finden. Aber das glaubte ich nicht. Dafür gab es Navis und Smartphones mit Navigations-App. Die Landkarte hatte er für etwas anderes benötigt.

Plötzlich entdeckte ich einen winzigen Kreis, mit Bleistift

um eine Stelle in der Nähe des luxemburgischen Grenzörtchens Vianden gemalt. Daneben stand etwas geschrieben, das ich nicht auf Anhieb entziffern konnte.

Luxemburg. Also doch.

Dann hatte ich mich nicht getäuscht, was Steins ertappte Reaktion anging. Allerdings hatte ich die falschen Schlüsse gezogen. Es ging um Bedeutenderes als vor der Exfrau versteckte Geld, so viel bedeutender, dass jemand den Journalisten deswegen umgebracht hatte.

»Ich glaube, unser nächstes Ziel liegt in Luxemburg«, verkündete ich triumphierend.

»Echt? Du hast was gefunden?« Nadja beugte sich über die Karte.

Ich tippte auf die Stelle. »Allerdings kann ich nicht lesen, was dort steht. Sieht aus wie WASTI oder WOSTI.«

»Hm.« Nadja beugte sich tiefer über die Karte. »WOSTI könnte stimmen. Nie gehört.« Sie zog ihr Handy hervor. »Vielleicht finde ich im Internet was.«

Während sie das Wort eintippte, dachte ich erneut daran, wie geschickt sie die Putzfrau zum Reden gebracht hatte. Nadja war immer wieder für eine Überraschung gut. Und sie besaß offenbar viele Talente. Sie kannte sich mit Kunstwerken aus, konnte wie ein Meisterdieb Schlösser knacken und widerspenstigen Zeugen die Wahrheit entlocken. Bestimmt beherrschte sie zudem irgendeine exotische asiatische Kampfkunst und konnte Quilts nähen.

Sie schien meinen Blick zu spüren und schaute mich an.

»Was gefunden?«, fragte ich rasch.

»Eine Fußball-App und ein Restaurant in Mumbai. Ich glaube nicht, dass Bodo Stein eins davon gemeint hat.«

»Vielleicht finden wir es vor Ort raus.« Ich steckte den Schlüssel ins Zündschloss.

»Und das hier?« Nadja hielt mir das Foto hin. »Was das sein soll, kapiere ich auch nicht.«

Da ging es ihr leider nicht besser als mir. Noch einmal betrachtete ich die Aufnahme eingehend. Sie zeigte einen bläulich schwarzen Kreis auf einem cremefarbenen Hintergrund. Ganz sicher war ich mir jedoch nicht, was die Farben anging, denn das Foto war ganz offensichtlich schon älter und entsprechend vergilbt.

»Könnte es ein Graffito sein?«, fragte Nadja.

»Wäre möglich. Aber warum sollte Bodo Stein ein Foto aufbewahren, das jemand vor Jahrzehnten von einem an die Wand gesprayten Kreis gemacht hat?«

Nadja zuckte mit den Schultern. »Keine Ahnung. Vielleicht ist es ein Zufall, dass es bei der Karte war, er könnte es einfach nur als Lesezeichen benutzt haben.«

»Ich dachte, du glaubst nicht an Zufälle.«

»Stimmt.« Sie grinste.

Ich drehte das Bild um. Auf der Rückseite pappte der Aufkleber eines Geschäfts namens Foto Schöller neben einem verschmierten Datumsstempel: 20.4.1977.

»Das Foto ist über vierzig Jahre alt. Wenn es mit Steins Recherchen zu tun hat, war er einer ziemlich alten Story auf der Spur.«

»Alt, aber offenbar nicht vergessen. Sonst hätte ihn wohl kaum jemand deswegen umgebracht.« Nadja zog die Nase kraus. »Glaubst du, WOSTI und das Foto hängen irgendwie zusammen?«

»Das werden wir bald herausfinden«, sagte ich und verstaute das Bild in meiner Hosentasche. »Warst du schon mal in Luxemburg?«

»Nee. Du?«

»Noch nie. Aber das wird sich heute noch ändern.«

Es war halb vier nachmittags, als wir in Vianden die Our überquerten, einen kleinen Fluss, der mich an die Olef in meinem Heimatort erinnerte. Es gab sogar ebenfalls eine trutzige alte Burg, die gebieterisch über der Stadt thronte. Nur die Häuser im Zentrum waren nicht aus Fachwerk, sondern in gedeckten Farben verputzt.

Der Himmel hatte sich zugezogen, war bleigrau und schwer. Es schien bereits zu dämmern, ein untrügliches Anzeichen, dass der Winter nicht mehr fern war. Unterwegs hatten wir an einer Pommesbude ein ausgiebiges Mittagessen zu uns genommen und darüber spekuliert, was WOSTI bedeuten mochte.

Inzwischen waren wir davon überzeugt, dass es sich um eine Abkürzung handeln musste, womöglich nicht einmal eine offizielle, sondern eine, die Bodo Stein verwendet hatte, wenn er sich Notizen zu seiner Story machte. Mit etwas Glück würde der Ort uns verraten, was er damit gemeint hatte.

Das Problem war jedoch, dass die Markierung auf der Karte nur die ungefähre Stelle anzeigte, da der Maßstab zu groß war für Details. Wir mussten uns also in der Gegend umschauen und abwarten, ob uns etwas auffiel.

Letztlich war es leichter, als wir gedacht hatten. Gerade als Nadja, die die Karte auf dem Schoß liegen hatte, verkündete, dass wir jetzt an der Markierung sein mussten, entdeckte ich am Straßenrand ein Hinweisschild, schwarze Schrift auf braunem Untergrund, das halb von Sträuchern zugewuchert war.

»Wolfsblut-Stiftung« stand dort geschrieben, und darunter ein Pfeil nach links, wo eine schmale Fahrspur direkt in den Wald zu führen schien.

»Fuck, das muss es sein!«, rief Nadja.

Im gleichen Augenblick riss ich das Lenkrad herum, und der Saab rutschte mit quietschenden Reifen auf den unbefestigten Weg.

»Krass«, murmelte Nadja und spähte durch die Windschutzscheibe.

Genau wie ich duckte sie sich unwillkürlich vor den tiefhängenden Zweigen, die gegen den Wagen peitschten. Dann zog sie ihr Handy hervor.

»Mist, kein Netz!«

Ich tastete nach meinem Hosenbund, das kalte Metall der Walther fühlte sich beruhigend an. Was auch immer uns am Ende des Wegs erwartete, hatte höchstwahrscheinlich Bodo Stein das Leben gekostet. Ich hatte nicht vor, den gleichen Preis zu bezahlen.

So behutsam wie möglich steuerte ich den Saab durch Schlaglöcher und Pfützen. Die Zweige verursachten ein hässliches Quietschen auf der Karosserie, gelbes Laub segelte auf uns nieder, als wolle es uns lebendig begraben.

Ich versuchte, nicht daran zu denken, dass diese halsbrecherische Fahrspur vermutlich auch der einzige Fluchtweg war, sollten wir einen nehmen müssen.

Schlagartig hörte der Wald auf, und wir fuhren auf eine mit Gras und niedrigem Gestrüpp bedeckte Lichtung. Der Weg führte noch ein kurzes Stück weiter bis zu einem schmiedeeisernen Tor. Dahinter stand ein Haus, das ich im ersten Augenblick für eine mittelalterliche Burg hielt, dieselbe womöglich, die ich eben von der Brücke aus erspäht hatte. Auf den zweiten Blick erkannte ich jedoch, dass das Haus vermutlich erst vor wenigen Jahrzehnten errichtet worden war.

Zwei runde, überdachte Türme flankierten das Hauptgebäude, über dem Eingangsbereich, der vor das eigentliche Haus gesetzt war, thronte eine zinnenbewehrte Terrasse. Die hohen Rundbogenfenster rechts und links des Eingangs sahen aus, als gehörten sie zu einer Kirche. Nur die vier großen elektrischen Rolltore auf der Westseite passten nicht so recht ins Bild.

Das Anwesen wirkte gepflegt, wenn auch verlassen. Der Rasen war gemäht, die Sträucher vor dem Haus waren akkurat gestutzt, aber trotz der einbrechenden Dämmerung brannte in keinem der Fenster Licht.

»Fetter Kasten«, kommentierte Nadja.

Ich parkte den Saab auf dem Grünstreifen, stellte den Motor ab und sah mich um. Das Grundstück war von einer mindestens zwei Meter hohen Mauer umgeben, deren Krone mit Stacheldraht versehen war. Ein Schild am Tor verkündete unmissverständlich, dass unangemeldete Besucher nicht willkommen waren: *Privatbesitz. Betreten verboten.*

Kein Hinweis darauf, um was für ein Haus es sich handelte. Kein Briefkasten, keine Klingel, kein Namensschild.

»Ich wüsste zu gern, was für eine seltsame Stiftung das ist«, sagte ich.

»Dann sollten wir nachschauen.« Nadja streckte die Finger nach dem Türgriff aus.

»Halt! Nicht so hastig!« Ich packte ihren Arm. »Das ist nicht die Wohnung einer drittklassigen Schauspielerin, sondern ein Anwesen, das gut versteckt im Wald liegt und eingezäunt ist wie ein Hochsicherheitsgefängnis. Bestimmt gibt es auch irgendwo Kameras.«

Nadja ließ den Türgriff los. »Dann haben sie uns vermutlich längst bemerkt.«

Ich nickte nachdenklich, betrachtete dabei weiter das Grundstück. Dabei fiel mir ein kleiner silberner Kasten auf, der direkt neben dem Tor in die Mauer eingelassen war. Eine

Gegensprechanlage vermutlich. Oder die Elektrik für das Tor. Das wurde bestimmt nicht mit einem Schlüssel bedient.

»Lass uns einfach ein bisschen herumschauen«, schlug ich vor. »Noch können wir behaupten, dass wir an der Straße das Schild gesehen haben und neugierig geworden sind.«

Wir stiegen aus und liefen auf das Tor zu.

Der Kasten in der Mauer enthielt tatsächlich eine Klingel samt Gegensprechanlage, Kamera und Tastenfeld. Mit dem richtigen Code oder dem richtigen Gesicht kam man so auf das Gelände.

Als ich mich abwandte, sah ich, dass Nadja schon weiter die Mauer entlanggelaufen war.

»Hier ist ein Trampelpfad«, rief sie mit verhaltener Stimme.

Tatsächlich führte ein kleiner Pfad rechts vom Tor weg durch das Gestrüpp, das an dieser Seite bis an die Mauer reichte. Wir folgten ihm, bogen um eine Ecke und waren nun auf der Ostseite des Grundstücks. Das Haus war von hier nicht zu sehen, dafür war die Mauer zu hoch.

Plötzlich stieß Nadja einen Pfiff aus.

Hastig schloss ich auf.

Sie stand vor einer kleinen verrosteten Seitenpforte, die nur angelehnt war. So genau schien man es mit der Sicherung des Anwesens doch nicht zu nehmen.

Oder war es eine Falle?

Nein, den Gedanken verwarf ich sofort wieder. Niemand hätte wissen können, dass wir kommen würden, wir hatten es ja selbst heute Morgen noch nicht gewusst.

»Sollen wir?«, flüsterte Nadja.

Ich nickte.

Hinter der Pforte wucherte ein dichtes Gebüsch aus Eiben und anderen immergrünen Pflanzen und verdeckte den

Blick auf das Haus. Also war die Pforte umgekehrt vom Haus aus nicht zu sehen. Ich atmete beruhigt auf.

Nadja

Nadja drückte sich an der Hauswand entlang. Bisher hatte sie keine Kamera entdeckt, aber das hieß nicht, dass es keine gab. Heutzutage waren die Dinger so klein, dass man einfach nicht mehr sicher sein konnte.

Vorsichtig stellte sie sich auf die Zehenspitzen und spähte durch das Fenster. Ein langer Holztisch, mindestens zwei Dutzend Stühle. An der Wand ein Bild, das mit einem schwarzen Tuch verhängt war. Sonst nichts.

Der Anblick jagte Nadja einen Schauder über den Rücken, obwohl sie nicht zu sagen vermocht hätte, warum. Sie wandte sich ab, warf einen Blick über die Schulter, bevor sie weiterschlich.

Linus war bereits nicht mehr zu sehen. Sie hatten sich getrennt, nachdem sie sich gemeinsam von Gebüsch zu Gebüsch an das Haus herangepirscht hatten, ohne dass etwas Dramatisches geschehen war. Er nahm die Route über die Vorderseite, sie die Rückseite. Bei den vier großen Garagen wollten sie sich wieder treffen.

Nadja erreichte die Hausecke und schnappte erstaunt nach Luft. Auf dem Rasen hinter dem Haus war eine Art Parcours aufgebaut. Verschiedene Turngeräte, eine Sprossenwand, eine Kletterstange und ein Gerät, dessen Namen sie nicht kannte, standen herum. Zudem gab es eine Sandgrube und sogar ein Schwimmbecken, das jedoch kein Wasser enthielt.

Obwohl der Anblick sie an das Trainingsgelände erinnerte, das sie als Kind geliebt hatte, musste Nadja wieder schaudern. Vielleicht lag es daran, dass alles so verlassen wirkte. Das Anwesen wurde ihr immer unheimlicher. Irgendetwas stimmte damit nicht, sie konnte es spüren.

Sie war in ihrem Leben schon in viele Häuser und Wohnungen eingestiegen, in ein fremdes Leben einzudringen war für sie wie ein Rausch, eine Droge, von der sie nicht genug bekommen konnte. Dass sich damit auch noch Geld verdienen ließ, war ein angenehmer Nebeneffekt. Allerdings nahm sie nur Aufträge an, bei denen sie sicher war, dass niemand ernsthaft zu Schaden kam. Außer einer Versicherung vielleicht, oder einem Multimillionär, der gar nicht merkte, wenn etwas fehlte. Natürlich war nicht korrekt, was sie tat, aber galt das nicht für viele andere Berufe auch?

Es war immer ein spezielles Gefühl, durch ein Haus oder über ein Grundstück zu schleichen, das man eigentlich nicht hätte betreten dürfen. Noch nie jedoch hatte Nadja solch eine dumpfe Bedrohung gespürt, wie sie von diesem Anwesen ausging.

Sie betrachtete die Rückseite des Hauses. Eine lange, gleichförmige Fensterfront mit geschlossenen Läden. Sie rüttelte an einem, er war von innen verriegelt. Ohne Gewalt wäre da nichts zu machen. Bei den anderen Läden war es genauso, keiner ließ sich öffnen.

Dafür entdeckte sie eine Treppe, die hinunter in den Keller zu führen schien. Die Betonstufen waren steil, die Tür war massiv, aber das Schloss nur mittelklassig, soweit sie das von oben erkennen konnte.

Linus hatte ihr eingeschärft, auf keinen Fall das Haus zu betreten, sondern sich nur auf dem Grundstück umzuschauen. Aber wie sollte sie mehr über die Stiftung in Erfahrung bringen, wenn es außer dem Rasen mit den Turngeräten nichts zu sehen gab?

Vorsichtig stieg sie die Stufen hinab, hielt dabei nach versteckten Kameras oder Bewegungsmeldern Ausschau. Auf halbem Weg musste sie plötzlich an den Mann denken, der sie in ihrer Wohnung überfallen hatte. An den merkwürdigen Unbekannten, der nichts gestohlen, sondern etwas zurückgelassen hatte. Es war, als stünde er direkt hinter ihr, als könne sie seinen Atem in ihrem Nacken spüren.

Schlagartig blieb sie stehen.

Ein Origami-Wolf. Eine Stiftung, die Wolfsblut hieß.

Verdammt! Warum war ihr das nicht gleich aufgefallen?

In dem Augenblick hörte sie ein merkwürdiges Geräusch. Entsetzt fuhr sie herum.

Linus

Ich betrachtete die Garagen. Das Haus war groß, keine Frage, aber vier Rolltore, jedes einzelne hoch genug für einen LKW? Ich schüttelte den Kopf. Das ganze Anwesen fügte sich nicht zu einem stimmigen Bild zusammen. Das Haus sah aus wie eine private Villa, ziemlich protzig, aber Geld zu besitzen bedeutete ja nicht unbedingt auch, Geschmack zu haben. Die Zufahrtsstraße passte jedoch überhaupt nicht zu der großspurigen Anlage. Sie wirkte eher, als wolle jemand das Anwesen verstecken. Wäre nicht das Schild am Straßenrand, würde man die Einfahrt kaum finden. Und dann noch diese Garagen. Wie sollten die Fahrzeuge, die da reinpassten, es über die enge, holprige Fahrspur zum Haus schaffen?

Ich sah in Richtung Hausecke, wo Nadja jeden Moment auftauchen musste. Sobald wir wieder Netz hatten, würden wir in Erfahrung bringen, was es mit dieser merkwürdigen Stiftung auf sich hatte.

Nadja war noch nicht da, also betrachtete ich den Boden vor den Garagen, aber es gab keine Reifenspuren. Wieder sah ich zur Hausecke. Von Nadja noch immer nichts zu sehen. Aber es waren ja auch erst wenige Minuten vergangen, seit wir uns getrennt hatten. Vielleicht hatte sie etwas Interessantes entdeckt. Ich selbst hatte nichts in Erfahrung gebracht. Hinter den Fenstern der Vorderfront war es dunkel gewesen, bis auf ein paar verhängte Möbel hatte ich nichts gesehen.

Allerdings waren die Scheiben frisch geputzt, und auch die

Stufen zum Eingang hatten ausgesehen, als wären sie kürzlich gefegt worden. Jemand kümmerte sich regelmäßig um das Anwesen. So viel stand fest.

Plötzlich hörte ich einen schrillen Schleifton, so als würde Metall über Metall schaben. Ich brauchte nur den Bruchteil einer Sekunde, um zu begreifen, was es war.

Das Tor öffnete sich.

In dem Moment kam Nadja um die Hausecke gestürzt. »Da war ein Piepsen an der Kellertreppe«, rief sie atemlos. »Ich fürchte, wir haben einen stillen Alarm ausgelöst.«

»Die Kavallerie ist schon da«, antwortete ich. »Die haben uns wahrscheinlich schon viel früher bemerkt. Sonst wären sie noch nicht hier. Wir müssen so schnell wie möglich zurück zur Seitenpforte.«

Wir rannten in die Richtung, aus der Nadja gekommen war. Als wir um die Ecke bogen, erblickte ich eine Reihe Sportgeräte auf dem Rasen. Doch mir blieb keine Zeit, mich zu wundern. Wir mussten machen, dass wir vom Grundstück runterkamen.

»Wir müssen im Zickzack laufen«, rief ich. »So wie eben. Damit wir in der Deckung der Sträucher bleiben. Wenn wir Glück haben, haben sie uns noch nicht gesehen und überprüfen zuerst, ob im Haus alles in Ordnung ist.«

Ich rannte weiter, auf eine Gruppe Sträucher zu, und schickte dabei ein Stoßgebet zum Himmel, dass wer auch immer gerade durch das Tor gekommen war, niemanden draußen beim Saab zurückgelassen hatte. Sonst würden wir nicht weit kommen.

Wir hechteten von Strauch zu Strauch, näherten uns dabei langsam der Mauer, bis wir ein besonders großes Gebüsch aus alten Eiben erreichten.

In der Deckung der Eiben bewegten wir uns weiter, bis

die Bepflanzung endete. Das Gebüsch, hinter dem die Seitenpforte lag, war jetzt noch ungefähr zehn Meter entfernt. Zehn Meter nackte Rasenfläche.

Ich blieb stehen, gab Nadja ein Zeichen, sich hinter mir zu halten, und spähte um die Ecke. Vor dem Haus standen zwei schwarze SUVs, ähnlich dem, den ich vor dem Hotel in Eupen gesehen hatte, am Abend von Bodo Steins Ermordung.

Nicht gut. Gar nicht gut.

Ob jemand in den Fahrzeugen saß, war auf die Entfernung nicht zu erkennen, zumal sie verspiegelte Scheiben hatten. Zwei SUVs bedeuteten mindestens zwei Männer, eher vier, oder sogar noch mehr.

Vielleicht wäre es das Beste, sich zu ergeben und die Zerknirschten zu spielen. Wir könnten sagen, dass wir das offene Tor gesehen hätten und neugierig gewesen wären. Immerhin hatten wir ja wirklich nichts anderes getan, als einmal um das Haus zu laufen.

Wenn allerdings einer der SUVs der war, den ich in Eupen gesehen hatte, war die Wahrscheinlichkeit groß, dass einer der Männer darin mich vor dem Hotel beobachtet hatte und wiedererkannte.

Keine Option also.

Zumal das hier womöglich die Mörder von Bodo Stein waren. Ein Menschenleben bedeutete denen offenbar nicht viel.

»Meinst du, sie sind ins Haus gegangen?«, fragte Nadja.

»Ich hoffe es. Jedenfalls bleibt uns nichts anderes übrig, als darauf zu spekulieren. Ich zähle jetzt bis drei, dann laufen wir beide los, so schnell es geht auf die Pforte zu und dahinter erst mal geradeaus in den Wald. Nicht sofort zum Auto, verstanden?«

»Ja. Bin bereit.«

Ich warf einen letzten Blick zu den SUVs. Alles wirkte still.

»Eins. Zwei. Drei.«

Ich sprang hinter den Sträuchern hervor, und im gleichen Augenblick brach die Hölle los. Schüsse peitschten durch die Luft, vor meinen Füßen schossen Rasenstücke und Erde wie Fontänen in die Luft.

Instinktiv warf ich mich auf den Boden, versicherte mich dabei aus den Augenwinkeln, dass Nadja das Gleiche tat. Sie war hinter mir gewesen, als der Beschuss losging, noch im Schutz der Sträucher.

Ich robbte zurück hinter die Eiben. Wie durch ein Wunder erreichte ich die Deckung unverletzt. Keuchend blieb ich am Boden liegen und horchte. Alles still. Die Angreifer waren offenbar nicht gewillt, Munition zu verschwenden, indem sie auf Ziele feuerten, die sie nicht richtig im Blick hatten.

Oder sie waren damit beschäftigt, quer über den Rasen auf unser Versteck zuzustürmen. So oder so mussten wir schleunigst von hier verschwinden. Ich zog meine Waffe aus dem Holster, überlegte fieberhaft.

Nadja robbte neben mich. »Glaubst du, die wollten uns umbringen oder nur erschrecken?«

»Ich habe nicht vor hierzubleiben, um es herauszufinden«, antwortete ich.

»Aber was sollen wir machen? Wir sitzen in der Falle.«

Ich robbte ein Stück vor und riskierte einen Blick. Bei den SUVs war alles still. Ich sah Bewegungen hinter den Fahrzeugen, aber niemanden, der auf uns zustürmte. Immerhin. Dann entdeckte ich etwas, und ein Plan formte sich in meinem Kopf. Ein ziemlich heikler Plan mit vielen Fragezeichen, aber immer noch besser als gar keiner.

Ich kroch zurück zu Nadja. »Wenn ich los sage, rennst du zur Seitenpforte. Egal was passiert, du bleibst nicht stehen, läufst einfach weiter und versteckst dich irgendwo im Wald. Falls ich nicht nachkomme, schlägst du dich allein zum Ort durch und holst Hilfe. Aber halte dich im Unterholz, benutze keine Straßen und Wege. Verstanden?«

Sie nickte.

Ich robbte wieder vorwärts, brachte mich in eine gute Schussposition und legte an. Ich hatte nur einen Versuch, und ich musste darauf spekulieren, dass meine Vermutung korrekt war. Riskant, aber unsere einzige Chance.

»Los!«, rief ich und drückte im gleichen Augenblick ab.

Dann passierten mehrere Dinge gleichzeitig. Nadja hechtete los, von der anderen Seite des Grundstücks wurde wieder das Feuer eröffnet, und eine riesige Wasserfontäne hüllte die Rasenfläche in Sprühnebel ein.

Treffer. Ich hatte den Schlauch, der die Bepflanzung wässerte und den zum Glück noch niemand für den Winter abgestellt hatte, beim ersten Schuss getroffen.

Ich zögerte nicht, sondern folgte Nadja in Richtung Seitenpforte, gab dabei einige weitere Schüsse in Richtung Wasserfontäne ab, um die Angreifer in die Deckung zu zwingen.

Diese feuerten zurück, aber die Treffer schlugen nicht einmal in meiner Nähe in den Boden ein, das Wasser nahm den Schützen die Sicht.

Nur wenige Sekunden nach Nadja erreichte ich die Pforte. Gemeinsam stürzten wir in den Wald, rannten weg von dem Grundstück, weg von den Angreifern, aber auch weg von meinem Wagen. Zweige schnitten uns ins Gesicht, Wurzeln und Dornenranken schlangen sich um unsere Beine, dichtes Unterholz zwang uns zu Ausweichmanövern. Doch wir gönnten uns keine Verschnaufpause, blieben erst stehen, als wir mindestens zwei Kilometer zwischen uns und das Anwesen gebracht hatten.

Nadja

Nervös kaute Nadja auf ihrer Unterlippe. Zum ersten Mal, seit sie vor fünf Jahren mit dem Rauchen aufgehört hatte, sehnte sie sich nach einer Zigarette. Heute Morgen in Eupen hatte der Qualm ekelig geschmeckt, und sie hatte nur zu Ende geraucht, um der Putzfrau ein Gefühl von Gemeinschaft zu vermitteln. Jetzt sehnte sie sich nach diesem Augenblick zurück.

Wie naiv sie gewesen war! Ein kleines Abenteuer, ein bisschen Mörderjagen an der Seite eines attraktiven Typs. Was hatte sie sich eingebildet? Dass sie in einem Actionfilm mit Tom Cruise gelandet war? Sie liebte das Kribbeln im Nacken, wenn sie in eine Villa einstieg, wenn sie das Klicken des Schlosses in ihren Fingerspitzen spürte und die Tür lautlos aufschwang. Aber das hier war etwas ganz anderes. Sie hatte Todesangst verspürt, nackte Panik, und sie saß ihr noch immer in den Knochen. Noch war es ja auch nicht vorbei.

Nadja begann, unruhig auf dem Parkplatz auf und ab zu gehen. Um sie herum herrschte beinahe absolute Dunkelheit, und aus dem Wald kam in unregelmäßigen Abständen ein Knacken, das sie jedes Mal zusammenfahren ließ. Ansonsten war alles still. Seit sie hier wartete, war noch kein einziges Fahrzeug auf der schmalen Landstraße vorbeigefahren.

Sie hatten beschlossen, dass Linus allein zum Wagen zurücklaufen würde. Eine Stunde sollte Nadja ihm geben, wenn er dann nicht da war, sollte sie die Polizei alarmieren.

Nadja blickte auf die Uhr ihres Smartphones. Erst drei Minuten vergangen, seit sie zum letzten Mal nachgesehen hatte. Und noch zwölf Minuten, bis die Stunde um war.

Nadja wollte sich gar nicht ausmalen, was es bedeuten mochte, wenn Linus nicht rechtzeitig zurückkehrte. Sie war schon häufiger in brenzlige Situationen geraten. Alarmanlagen, die trotz Vorsichtsmaßnahmen losgegangen waren. Besitzer, die im falschen Augenblick heimkamen. Aber nie hatte jemand auf sie geschossen. Der Schock saß noch immer tief.

In was für eine Scheiße war sie da nur geraten? Warum hatte sie sich darauf eingelassen? Klar, Linus war ein cooler Typ, und die Suche nach dem Mörder von Bodo Stein hatte eine spannende Abwechslung vom Alltag versprochen. Aber nicht einmal der Überfall auf sie in ihrer eigenen Wohnung hatte sie auf das vorbereitet, was eben auf dem Anwesen der Wolfsblut-Stiftung geschehen war.

Sie hing an ihrem Leben, kein Mann war attraktiv und kein Rätsel spannend genug, als dass sie es dafür leichtfertig aufs Spiel setzen würde.

Allerdings hatte sie wohl keine Wahl mehr. Sie steckte bereits bis zum Hals mit drin. Wolfsfigur. Wolfsblut. Das war kein Zufall. Der Rambo in ihrer Wohnung hatte irgendwas mit den Kerlen in den SUVs zu tun. Vielleicht war es sogar einer von ihnen gewesen. Und dafür gab es nur eine Erklärung. Die Nacht vor der Villa in Oberkassel. Linus hatte ihr erzählt, dass er dort einen Mann fotografieren sollte, der sich aufgrund einer einstweiligen Anordnung dem Gebäude nicht nähern durfte. Ein etwas zu simpler Job für einen Privatdetektiv, der darauf spezialisiert war, verschwundene Personen zu finden.

Andererseits war der Auftrag von einer seriösen Anwaltskanzlei gekommen. Trotzdem war die Sache merkwürdig.

Was, wenn hinter dem Auftrag etwas ganz anderes gesteckt hatte? Etwas, das irgendwie mit Bodo Stein und seiner Ermordung zu tun hatte? Wenn der Typ mit der Origami-Figur in Nadjas Wohnung gewesen war, um herauszufinden, was sie am Ort des Geschehens gemacht hatte?

Wieder schaute sie auf ihr Smartphone. Noch acht Minuten und kein Lebenszeichen von Linus. Immerhin hatte sie hier Netz. Nachdem Linus sich auf den Weg gemacht hatte, hatte sie herauszufinden versucht, was es mit der Wolfsblut-Stiftung auf sich hatte. Der Begriff »Wolfsblut« hatte zwar viele Treffer gebracht, aber nur sehr wenige davon hatten sich auf die Stiftung bezogen.

Angeblich handelte es sich um eine Organisation, die sich Jugendlicher annahm, die auf die schiefe Bahn geraten waren. Sie bekamen kostenlose Beratung, Hilfe bei der Suche nach einem Ausbildungsplatz und die Möglichkeit, an einem Sommercamp auf dem Gelände der Stiftung teilzunehmen. Das immerhin erklärte die Sportgeräte auf dem Grundstück.

Viel mehr hatte Nadja allerdings nicht herausgefunden. Die privaten Stifter wollten offenbar nicht öffentlich genannt werden. Als Sitz der Stiftung war die Adresse der Villa in Vianden angegeben, der Geschäftsführer hieß Oskar Schneider und wohnte in der Schweiz.

Das Ganze wirkte mehr als dubios. Nadja vermutete, dass die Jugendarbeit lediglich der Tarnung diente und die Stiftung in Wahrheit ganz andere Ziele verfolgte. Schweiz. Luxemburg. Vielleicht ging es um Geldwäsche. Oder groß angelegte Steuerhinterziehung. Was auch immer es war, es sollte offenbar um jeden Preis geheim gehalten werden.

Ein Geräusch ließ Nadja zusammenfahren. Ein Fahrzeug näherte sich. Hastig trat sie hinter einen Strauch und beobachtete, wie die Scheinwerfer größer wurden und dabei die Schatten der Bäume tanzen ließen. Das Auto verlangsamte das Tempo. Nadjas Herz schlug schneller. Das musste Linus sein! Aber sie würde sich erst zu erkennen geben, wenn sie sicher wusste, dass es sein Wagen war und dass nur er drinsaß.

Kurz vor der Einfahrt bremste das Fahrzeug. Einige Sekunden lang geschah nichts, dann bog es auf den Parkplatz ab.

Linus

Nadja verschwand sofort im Bad, also machte ich es mir auf dem Bett bequem, lehnte mich gegen das Kopfende und verschränkte die Arme im Nacken. Wir hatten uns ein Hotelzimmer genommen, etwa fünfzig Kilometer von Vianden entfernt. Der Saab stand gut versteckt hinter dem Gebäude, und ich hatte gegen Barzahlung ohne Vorlegen des Ausweises eingecheckt. Für heute Nacht waren wir Herr und Frau Winter aus Bonn.

Es war schon fast zu einfach gewesen, den Saab zu holen. Die Villa war so verlassen gewesen wie bei unserer Ankunft am Nachmittag. Ich hatte mich leise durch den Wald herangepirscht, die letzten Meter war ich sogar gerobbt. Doch niemand hatte mir in der Dunkelheit aufgelauert. Als ich mich mit der Taschenlampe an meinem Smartphone ein wenig umgeschaut hatte, war nichts da gewesen, was an die Anwesenheit der schießwütigen Truppe erinnerte, bis auf ein paar Reifenspuren im Matsch.

Ich hatte mir mein Auto gründlich angesehen, bevor ich eingestiegen war, aber auch dabei nichts Auffälliges gefunden. Als ich den Schlüssel im Zündschloss gedreht hatte, hatte ich für eine Sekunde die Luft angehalten. Doch auch dieser Moment war ohne besondere Vorkommnisse verstrichen.

Allerdings glaubte ich nicht, dass wir tatsächlich so glimpflich davongekommen waren. Der Gegner lauerte irgendwo, da war ich sicher.

Nadja kam aus dem Bad, die Haare nass, ein Handtuch um den Körper gewickelt. »Jetzt geht es mir schon viel besser.«

»Du hast dich gut geschlagen«, sagte ich. »In der Situation hätten ganz andere Leute die Nerven verloren.«

Sie setzte sich neben mich aufs Bett. Die Nähe ihres nur spärlich verhüllten Körpers brachte mich für einen Moment aus dem Konzept. Sie war hübsch, klug und furchtlos, und sie war keine Klientin, also galt der Grundsatz nicht, Geschäft und Privates nicht zu vermischen. Trotzdem wollte ich nichts mit ihr anfangen. Nadja war nicht die Art Frau, mit der man eine Nacht verbrachte und die man danach rasch wieder vergaß. Und genau das war das Problem. Eine Beziehung war das Letzte, was ich wollte. Mit dem Thema war ich durch.

Nadja fuhr sich durch das nasse Haar. »Hat schon mal jemand auf dich geschossen?«, fragte sie. »Für mich war es nämlich eine Premiere.«

»Einmal«, antwortete ich. »Bei einer Verhaftung, die nicht ganz planmäßig ablief.«

»Hattest du Angst?«

»In dem Augenblick ging alles viel zu schnell. Aber danach hatte ich das große Flattern.«

Es klopfte an der Tür. Wir hatten Essen bestellt, trotzdem zögerte ich eine Schrecksekunde lang, bevor ich öffnete und das Tablett entgegennahm. Ich schloss wieder ab und drapierte die Speisen zwischen uns auf dem Bett.

»Ein Steak mit Pommes für die Dame, das Cordon bleu für den Herrn«, verkündete ich mit einer Verbeugung.

»Danke.« Nadja schob sich eine Pommes in den Mund und ließ ihre Bierflasche aufploppen.

Eine Weile aßen wir schweigend. Während ich auf dem Cordon bleu kaute, dachte ich darüber nach, wie mein Leben innerhalb von zwei Tagen total aus den Fugen geraten war, und fragte mich, wie es dazu hatte kommen können.

Nadja leerte ihre Bierflasche. »Alles hat in der Nacht vor der Villa in Oberkassel angefangen«, sagte sie, als hätte sie meine Gedanken gehört. »Weißt du, in wessen Auftrag diese Anwaltskanzlei dich dort hingeschickt hat?«

»Keine Ahnung. Aber ich werde es herausfinden.«

Nadja hatte mir von ihrer Wolfstheorie erzählt, von dem Zusammenhang, den sie zwischen der aus Papier gefalteten Figur und der Stiftung zu sehen glaubte. Ich war mir nicht sicher, ob ihre Fantasie nicht mit ihr durchging. Aber solange ich keine bessere Idee hatte, war ich bereit, ihre Vermutung zumindest zu überprüfen.

Nadja stellte ihren Teller auf dem Nachttisch ab. Sie hatte ihr Steak in Rekordzeit verputzt. Ich mochte Frauen mit gutem Appetit. Mit Hungerhaken, die beim Date einen Salat bestellten und dann jedes Blatt dreimal auf dem Teller umdrehten, konnte ich nichts anfangen.

Sie sah mich an. »Darf ich dich etwas Persönliches fragen, jetzt, wo wir beinahe zusammen gestorben wären?«

Ich runzelte die Stirn. »Meinetwegen.«

»Was ist mit deiner Mutter passiert?«

Fuck! Ich ließ die Gabel fallen. »Was soll die Frage?«

»Es interessiert mich.«

»Das geht dich nichts an.« Wütend schob ich meinen Teller weg, sodass ein Teil der Salatdeko auf der Bettdecke landete. »Wie kommst du überhaupt darauf? Hast du mir hinterherspioniert?«

Sie senkte den Blick.

Da dämmerte es mir. »Du warst in dem Zimmer.«

»Ich wusste nicht, mit wem ich es zu tun hatte. Ich wollte sichergehen, dass du nicht der Mann bist, der mich angegriffen hat.«

»Na wunderbar. Und das gibt dir das Recht, in meinem Boot herumzuschnüffeln?«

»Es tut mir leid.«

Ich nahm meinen Teller, stand auf und stellte ihn auf dem Schreibtisch ab. Mir war der Appetit vergangen. Dann trat ich ans Fenster und fixierte die Dunkelheit. »Wenn du in dem Zimmer warst, weißt du doch schon alles.«

»Ich habe die Fotos an den Wänden gesehen, die Zeitungsartikel, die Karten und Pläne. Aber die Geschichte dahinter würde ich gern von dir selbst hören.«

Ich antwortete nicht, starrte weiter nach draußen, obwohl es dort absolut nichts zu sehen gab.

»Ich hätte wohl lieber nicht davon angefangen sollen«, sagte Nadja hinter mir zerknirscht.

Da hatte sie recht. Sie hatte eine Grenze überschritten. Andererseits hätte ich an ihrer Stelle wahrscheinlich das Gleiche getan. Außerdem hatte ich die ganze Zeit gewusst, dass sie das Boot gründlich inspiziert hatte. Schließlich hatte sie mich bei unserer ersten Begegnung mit meiner eigenen Waffe bedroht. Kein Grund also, jetzt plötzlich eingeschnappt zu sein. Es war nicht ihre Schuld, dass dieses Thema für mich so ein wunder Punkt war.

Ich holte tief Luft. »Ich war sieben, als meine Mutter verschwand«, begann ich, den Blick noch immer auf die dunkle Straße geheftet. »Mein kleiner Bruder Tristan war gerade fünf geworden. Anfangs begriff ich gar nicht, was geschehen war, ich rechnete ständig damit, dass die Tür aufgehen und meine Mutter hereinkommen würde. Aber es passierte nicht, und irgendwann hörte ich auf, bei jedem Geräusch vor dem

Haus nach draußen zu laufen und nach ihr Ausschau zu halten. Als ich endlich kapiert hatte, dass meine Mutter endgültig fort war, dachte ich, es hätte etwas mit mir zu tun. Mit mir und Tristan. Ich war sicher, dass wir irgendetwas getan haben mussten, das sie so verärgert hatte, dass sie uns nicht mehr sehen wollte. Es hat Jahre gedauert, bis ich verstand, dass es nicht meine Schuld war.«

»Das muss schrecklich gewesen sein. Was ist mit deinem Vater? Was hat er dazu gesagt?«

»Er war mit der Situation überfordert. Er konnte Tristan und mir nicht helfen, er konnte ja nicht einmal sich selbst helfen. Er hat eines Tages einfach nicht mehr über sie gesprochen. Und drei Jahre nach ihrem Verschwinden hat er eine andere Frau ins Haus geholt, die wir Mama nennen sollten. Allerdings haben die beiden nie geheiratet. Offiziell ist mein Vater noch immer der Ehemann meiner Mutter.«

»Also hat er sie auch nicht für tot erklären lassen?«

»Nein. Das hätte ja bedeutet, dass er sich mit ihrem Verschwinden hätte beschäftigen müssen.«

»Dann hast du also keine Ahnung, ob sie weggelaufen ist oder …« Nadja sprach den Satz nicht zu Ende.

»Ich weiß nicht, ob sie tot ist«, erwiderte ich leise. »Oder ob sie irgendwo da draußen lebt, mit einer neuen Familie, mit neuen Kindern, und uns völlig vergessen hat.«

»Wie furchtbar.« Ich hörte Nadja mit ihrem Geschirr klimpern. »Bist du deshalb Polizist geworden? Damit du besser nach ihr suchen kannst?«

Ich zuckte mit den Schultern. »Kann sein. Ich habe nie darüber nachgedacht.« Ich stand noch immer am Fenster und starrte nach draußen. Ein Schemen tauchte auf der Straße auf, ein Fahrzeug, das langsam am Hotel vorbeirollte. In der Dunkelheit waren die Konturen nicht auszumachen. Es hätte genauso gut ein beliebiger Kleinwagen sein können wie einer der SUVs aus Luxemburg.

»In der Nacht, in der mir klar wurde, dass meine Mutter nicht einfach übers Wochenende weggefahren war, versprach ich meinem kleinen Bruder, dass ich sie suchen und nicht eher ruhen würde, bis ich sie gefunden hätte. Inzwischen sind mehr als dreißig Jahre vergangen. Aber ich halte meine Versprechen.«

»Und dein Bruder? Sucht er auch nach ihr?«

»Wir haben kaum Kontakt. Für Tristan ist unsere Mutter tot. Er redet nicht über sie, genau wie mein Vater, und er sagt zu Christa, der Frau, mit der mein Vater seit knapp drei Jahrzehnten zusammenlebt, Mutter.«

»Und du hast bis heute keinen Hinweis darauf gefunden, was damals geschehen ist?«

»Nicht den geringsten. Schon verrückt, oder? Ich bin Spezialist dafür, verschwundene Personen aufzuspüren. Aber meine eigene Mutter finde ich nicht.«

Azzo

Ärgerlich knüllte Azzo das Blatt Papier zusammen und warf es weg. Er war nicht bei der Sache, zu sehr hatte die Wut ihn im Griff. Das durfte nicht sein.

Er atmete einige Male tief ein und aus, dann sammelte er seine Gedanken. Noch war nichts geschehen, was nicht rückgängig zu machen war. Zwar hätten diese Stümper die Zielperson beinahe umgebracht, aber eben nur beinahe. Roth lebte noch, nur darauf kam es an.

Azzo hatte ihnen einen ordentlichen Einlauf verpasst. Linus Roth wurde lebend gebraucht. Noch zumindest. Irgendwann zu einem späteren Zeitpunkt würde er verzichtbar sein. Dann konnte man sehen, wie man ihn loswurde. Diesen Zeitpunkt würde er bestimmen, Azzo Lupo. Nicht diese Bande von schießwütigen Irren, nicht seine Chefs, denen es immer nur darauf ankam, keinesfalls aus der Deckung zu treten, egal, was geschah. Niemand. Nur er allein.

Azzo betrachtete die Hotelfassade. Inzwischen waren alle Lichter aus, nur in der Rezeption brannte die Notbeleuchtung. Er hatte den Männern eingeschärft, sich der Zielperson nicht mehr auf Sichtweite zu nähern, es sei denn, er ordnete es ausdrücklich an. Wozu hatten sie denn die ganze Technik? Sie wussten zu jeder Zeit, wo Linus Roth steckte, warum also ein unnötiges Risiko eingehen?

Allmählich beruhigte sich Azzo. Er musste die Männer mit harter Hand führen. Sie waren nicht wie die, für die er arbeitete. Die waren clever, wussten, worauf es ankam. Mit ihnen musste Azzo sehr geschickt spielen, damit sie nicht merkten, dass er sie an der Leine führte.

Er zog ein neues Blatt aus seiner Jacketttasche und begann, es zu falten. Mit jedem Knick kam er mehr zur Ruhe. Obwohl es dort, wo er stand, weit weg von der nächsten Straßenlaterne, fast völlig dunkel war, gelang ihm die Figur ohne jede Mühe. Er hatte sich wieder unter Kontrolle.

Einen winzigen Moment überlegte er, den Wolf aus Papier auf dem Dach des Saab abzustellen, als kleinen Gruß. Doch er tat es nicht. Schon dass er es in der Wohnung der Frau getan hatte, war ein Fehler gewesen. Wer hätte auch ahnen können, dass sie ausgerechnet zu Roth laufen würde? Sie hatte ihn bis zu dem Zeitpunkt schließlich gar nicht gekannt.

Azzo hatte darauf spekuliert, dass sie ihre beste Freundin einweihen und eine Weile bei ihr unterkriechen würde. Genau das hatte er mit seinem Besuch bezweckt. Stattdessen warf sie sich diesem Fremden an die Brust. Frauen waren unberechenbar, ein Grund, warum Azzo nie mit ihnen zusammenarbeiten würde.

Trotzdem war Nadja Ludwig nur ein winziger Störfaktor in seinem Plan. Nicht mehr als eine lästige Fliege. Sie konnte jederzeit ausgeschaltet werden. Für den Augenblick zog Azzo es jedoch vor zu beobachten, wie sie im Netz zappelte.

TAG VIER

Samstag, 3. November

Linus

Ich trommelte mit den Fingern auf das Wagendach, während ich darauf wartete, dass die Sekretärin mich zu ihrem Chef durchstellte, einem der Anwälte der Kanzlei, die mir den Auftrag in Oberkassel vermittelt hatte.

Die Sonne knallte mir auf den Rücken, als wäre es August, das Herbstlaub der Wälder oberhalb des Tales, in dem das Hotel lag, leuchtete rot und gelb.

Nadja stand am anderen Ende des Parkplatzes und telefonierte ebenfalls. Mit einer Freundin, wie sie verkündet hatte, einer vertrauenswürdigen ehemaligen Klassenkameradin, die sich mit Jugendorganisationen und Stiftungen auskannte.

»Ransmayer«, meldete sich der Anwalt mit schneidender Stimme.

»Linus Roth, Privatdetektiv. Ich habe eine Frage zu einem Auftrag, den Ihre Kanzlei mir vor einigen Tagen erteilt hat.«

»Die Sache ist doch längst erledigt.«

Bemerkenswert, dass Ransmayer sofort wusste, welchen Auftrag ich meinte.

»Ich möchte trotzdem etwas wissen: Wer ist Ihr Mandant in dieser Angelegenheit?«

»Das ist vertraulich. Der Job ist abgeschlossen, das Honorar ist überwiesen. Was wollen Sie also noch?«

»Mir war nicht bewusst, dass die Identität des Mandanten geheim ist. Können Sie mir denn gar nichts über ihn sagen? Es ist wirklich wichtig.«

»Tut mir leid. War es das?«

Ich überlegte. Vielleicht konnte ich den Anwalt aus der Reserve locken, wenn ich ihm einen Köder hinwarf.

»In der Nacht hat es einen kleinen, ähm, Zwischenfall gegeben. Ihr Mandant wüsste bestimmt gern davon.«

»Was für einen Zwischenfall?« Mit einem Mal klang der Anwalt interessiert.

»Das würde ich Ihrem Mandanten gern persönlich mitteilen. Diskretion, Sie verstehen.«

Ransmayer schnaubte. »Ich bin Ihr Auftraggeber, Herr Roth. Sie arbeiten für mich. Also erzählen Sie mir von dem Zwischenfall!«

»Ich brauche den Namen Ihres Mandanten«, wiederholte ich. »Wenn Sie den rausrücken, sind wir im Geschäft.«

Ich unterbrach die Verbindung. Sollte Ransmayer ruhig ein bisschen brüten. Wenn die Sache harmlos war, würde er mit seinem Mandanten Rücksprache halten und sich später bei mir melden. Wenn er das nicht tat, wusste ich, dass Nadja richtiglag mit ihrer Vermutung, dass mit dem Job irgendwas nicht stimmte.

Ich zögerte kurz, bevor ich die nächste Nummer wählte. Die halbe Nacht hatte ich wachgelegen und hin und her überlegt. Aber ich hatte keine Wahl. Die Geschichte mit den schießwütigen Typen in den SUVs war definitiv eine Nummer zu groß für mich. Die Polizei musste von der Verbindung zwischen Bodo Stein und dieser ominösen Stiftung erfahren. Allerdings hatte ich gegen deren explizite Anordnung auf eigene Faust recherchiert, Beweismittel unterschlagen und schon bei der ersten Befragung die mögliche Spur nach Luxemburg nicht erwähnt. Nicht konkret jedenfalls. Deshalb musste ich mit Bedacht vorgehen.

Ich blickte zu Nadja, die noch immer mit ihrer Freundin

sprach und dabei heftig gestikulierte. Bestimmt erzählte sie ihr gerade haarklein von ihrem gestrigen Abenteuer.

Ich winkte ihr zu, dann suchte ich Kalles Nummer heraus und drückte auf »wählen«.

»Linus, wo steckst du?«

»Sag bloß, ihr vermisst mich schon?«

»Sehr witzig. Wir wollten noch einmal mit dir reden, aber du warst heute Morgen nicht auf deinem Boot.«

»Wenn ich gewusst hätte, dass ihr wieder euren kostenlosen Weckservice vorbeischickt, wäre ich natürlich zu Hause geblieben. Andererseits habe ich die Nacht mit einer wunderschönen und äußerst temperamentvollen Frau verbracht. Dafür hast du doch sicherlich Verständnis.« Dass Nadja und ich keusch wie zwei Klosterschüler nebeneinandergelegen hatten, ließ ich lieber unerwähnt.

»Schön für dich. Aber die Nacht ist vorbei. Du musst aufs Präsidium kommen.«

»Ich würde mich lieber an einem neutralen Ort mit dir treffen.«

Kalle seufzte. »Was soll das, Linus? Wir brauchen deine Aussage. Offiziell.«

»Wie weit seid ihr mit den Ermittlungen im Fall Bodo Stein?«

»Das darf ich dir nicht sagen.«

»Lass mich raten: Ihr habt noch nichts.«

Wieder seufzte Kalle. »Hatte ich nicht unmissverständlich gesagt, dass du dich raushalten sollst?«

»Tue ich auch. Aber ich bin zufällig auf etwas gestoßen. Könnte eine große Sache sein.«

»Und was?«

»Nicht am Telefon.«

»Wo?«

Ich hatte mir vorher genau überlegt, wo ich Kalle treffen wollte. Ein öffentlicher Ort, an dem man trotzdem Privatsphäre hatte, weil jeder mit sich selbst beschäftigt war, und von wo man schnell verschwinden konnte, falls es eng wurde. Nicht dass ich erwartete, plötzlich fliehen zu müssen. Kalle würde mich nicht festnehmen, nur weil ich ein bisschen auf eigene Faust ermittelt hatte. Aber es fühlte sich besser an, immer eine Option offen zu haben.

»Im Hauptbahnhof. Im Eingangsbereich unter der Tafel mit den Abfahrtzeiten.«

»Im Bahnhof, sag mal, spinnst du? Warum nicht gleich auf einem Schulhof in der großen Pause?«

»Um zwei Uhr«, fuhr ich fort, ohne auf seine Einwände einzugehen. »Früher schaffe ich es nicht. Ich bin nämlich nicht in der Stadt.«

Ich sah Nadja auf mich zukommen und beendete das Gespräch. Noch hatte ich ihr nicht gesagt, dass ich mit der Polizei reden wollte. Vor allem nicht, dass ich sie dabeihaben wollte. Als Zeugin. Begeistert würde sie nicht sein. Aber sie würde einsehen, dass es nötig war, da hatte ich keinen Zweifel.

»Alles klar mit deiner Freundin?«, fragte ich.

»Sie hat noch nie von der Stiftung gehört, aber sie kümmert sich. Sie ist seit über zehn Jahren in der Jugendarbeit aktiv und kennt tausend Leute.«

»Hauptsache, sie wirbelt nicht zu viel Staub auf.«

»Keine Sorge, ich habe ihr gesagt, dass es vertraulich ist und sie sehr diskret vorgehen muss. Und die Schießerei habe ich natürlich auch nicht erwähnt.«

»Ach nein? Dafür habt ihr aber ziemlich lange geplaudert.«

Nadja grinste. »Sie wollte wissen, was das für ein Typ ist, mit dem ich neuerdings abhänge.«

»Aha.«

Sie wurde wieder ernst, streckte mir die Hand hin, in der sie ein zusammengeknülltes Stück graues Papier hielt. »Habe ich dahinten im Gebüsch gefunden.«

»Ja und?«

»Es ist das gleiche Papier wie das, aus dem der Wolf gefaltet war.«

Ich starrte sie ungläubig an. »Wie kannst du da so sicher sein?«

Sie faltete das Papier auseinander. »Das ist ein Origami-Faltblatt. Quadratisch und farbig. Dieses hier ist grau, genau wie mein Wolf. Und es ist nicht einfach nur zusammengeknüllt. Siehst du diese Linien?« Sie deutete mit dem Finger darauf. »Es war gefaltet.«

»Du meinst, jemand hat eine Figur gefaltet, sie wieder auseinandergefaltet und dann das Papier zerknüllt und weggeworfen?«

»Nicht jemand«, verbesserte Nadja. »Das war der Kerl, der in meiner Wohnung war. Er muss uns die ganze Zeit auf den Fersen sein.«

Während ich den Saab über die kurvigen Landstraßen lenkte, spielte Nadja mit dem Stück Papier herum, das sie gefunden hatte.

»Kennst du dich aus mit Origami?«, fragte ich.

»Nicht wirklich. Wir haben das mal in der Schule gemacht, aber das ist ewig her.«

»Scheint dir aber zu gefallen.«

Sie sah mich an. »Ich versuche die Faltlinien nachzuvollziehen. Wenn dieses Blatt zu einem Wolf gefaltet war, wäre das der Beweis, dass mein Einbrecher heute Nacht vor dem Hotel war.«

»Hm.« Ich konzentrierte mich wieder auf die Straße.

Die Sonne schien noch immer wie irre, und ich stellte mir vor, wie es wäre, einfach so zum Vergnügen auf einer Spritztour mit Nadja in der Eifel unterwegs zu sein. Irgendwo ein wenig spazieren zu gehen, dann in einem Lokal zu essen, ohne durchgeknallte Killer und mysteriöse Origami-Fans im Nacken. Die Vorstellung gefiel mir. Dann wurde mir klar, dass ich nichts über Nadja wusste, außer, dass sie Kunstexpertin war und ihr Fachwissen zu einem nicht ganz legalen Beruf gemacht hatte.

»Erzähl mir was über dich«, bat ich. »Nachdem ich dir gestern das ganze Elend meiner Kindheit gebeichtet habe, würde ich auch gern etwas über dich wissen.«

Sie faltete das Papier zusammen und schob es in ihre Hosentasche. »Meine Kindheit war ziemlich ereignislos, da gibt es nichts zu erzählen.«

»Wo bist du aufgewachsen?«

»In einem Kaff in Mecklenburg.«

»DDR?«

»Ich war sechs, als die Mauer fiel.«

Ich rechnete, dann war sie nicht Ende zwanzig, sondern Mitte dreißig und gerade mal ein halbes Dutzend Jahre jünger als ich. »Und, was hast du da gemacht, in deinem Kaff? Bestimmt hast du allen Jungs den Kopf verdreht.«

»Für so was hatte ich keine Zeit, ich war jeden Tag beim Training. Ich hab Sportakrobatik gemacht, war richtig gut darin. Hab schon mit drei Jahren angefangen. Ich wollte die Goldmedaille für die DDR holen. Aber daraus wurde dann ja nichts.«

»Sportakrobatik? Sehr interessant. Ist dir bestimmt bei deinem derzeitigen Job sehr nützlich.«

Sie lächelte. »Gelegentlich.«

»Und deine Eltern?«

»Waren stramme Sozialisten. Sie haben unerschütterlich an das System geglaubt. Der Mauerfall war ein echter Schock für sie.« Nadja blickte nachdenklich nach draußen.

Gerade fuhren wir durch ein feuchtes, schattiges Tal, passierten eine bizarre Felsformation, die aussah wie eine hässliche Teufelsfratze.

»Mein Großvater starb im KZ«, sagte sie leise. »Er war Jude. Meine Eltern wollten mithelfen, eine Welt aufzubauen, in der solche Dinge nie mehr geschehen.«

»Dann bist du auch Jüdin?«

»Nach jüdischem Glauben ja, denn ich wurde von einer Jüdin zur Welt gebracht. Aber meine Eltern waren nie religiös. Und ich glaube nicht an irgendeinen Gott.«

Wir ließen das Tal hinter uns, die Sonne vertrieb die Schatten.

»Bist du manchmal zu Hause in deinem Kaff?«, fragte ich.

»Nicht sehr häufig. Es ist megahässlich, voller Plattenbauten und am Ende der Welt. Total öde. Von allem abgeschnitten. Manchmal hat sich das Leben dort angefühlt wie auf einer Bohrinsel mitten im Meer oder wie auf einer Raumstation.«

»Raumstation, das trifft es gut. Das Gefühl kenne ich auch.«

»Aber Olefthal ist größer, oder? Und ganz bestimmt hübscher, mit Fachwerkhäusern und so.«

»Kann sein. Zumindest kommen jede Menge Touristen, und es gibt ein Burgmuseum und mehrere Hotels. Aber wenn du siebzehn bist und das nächste Kino und der nächste McDonald's mehr als dreißig Kilometer entfernt sind, fühlt sich das an wie auf dem Mond. Da helfen auch die Fachwerkhäuser nicht.«

»Verstehe.« Sie spähte nach draußen. »Glaubst du, dass man hier irgendwo was zu essen kriegt? Das Frühstück im Hotel war echt bescheiden.«

Ich musste grinsen. »Du hast wirklich einen gesunden Appetit.«

»Stört dich das?«

»Ganz im Gegenteil.«

Drei Stunden später fuhren wir über den Rhein. Wir hatten in einem kleinen Lokal an einem malerisch gelegenen See ein verfrühtes Mittagessen eingenommen und danach noch einen Spaziergang gemacht, uns gegenseitig Anekdoten aus unserer Jugend erzählt. Keiner von uns hatte es eilig gehabt, nach Düsseldorf zurückzukehren.

Doch nun hatte uns die Realität wieder in ihren Fängen.

»Wie geht es weiter?«, fragte Nadja, als wir in Richtung Hafen abbogen.

Jetzt konnte ich mich nicht mehr länger drücken. Ich holte tief Luft. »Ich bin mit meinem Kollegen Kalle am Hauptbahnhof verabredet. Ich möchte, dass du mitkommst.«

»No way, vergiss es.«

»Warum denn nicht?«

»Das weißt du ganz genau.«

Ich lenkte den Saab auf den Platz am Hafenbecken, wo ich ihn immer abstellte. »Du sollst doch nur als Zeugin bestätigen, was passiert ist.«

»Das funktioniert nicht«, gab sie zurück. »Die werden wissen wollen, warum wir zusammen nach Belgien und Luxemburg gefahren sind, woher wir uns überhaupt kennen. Was willst du dann sagen?«

»Glaub mir, das kriegen wir hin. Wir müssen die Sache in Oberkassel nicht erwähnen.« In Wahrheit war ich keineswegs so zuversichtlich, wie ich tat. Natürlich würden die Exkollegen alles wissen wollen und die Löcher in unserer Geschichte sofort bemerken.

»Träum weiter, Cowboy. Natürlich bist du davon überzeugt, dass deine Exbuddys auf deiner Seite stehen. Tun sie bestimmt auch. Einmal Bulle, immer Bulle, ihr haltet zusammen. Aber für mich gilt das nicht.«

»Mensch, stell dich doch nicht so an!«

»Ich soll mich nicht so anstellen?« Wütend funkelte sie mich an. »Sag mal, spinnst du? Wie redest du denn mit mir?«

Verflixt, das lief nicht gut. Ich warf einen Blick auf die Uhr am Armaturenbrett. Zwanzig vor zwei. Mir blieb nicht mehr viel Zeit, wenn ich pünktlich am Bahnhof sein wollte. Ich hatte beschlossen, nicht mit meinem Wagen, sondern mit einem Taxi zu dem Treffen zu fahren. Wenn uns wirklich jemand beschattete, wollte ich es ihm nicht zu leicht machen. Aber erst musste ich irgendwie die Wogen glätten.

»Schon gut, schon gut.« Beschwichtigend hob ich die Hände.

»Nein, nichts ist gut!«

»Reg dich ab, okay?« Allmählich verlor ich die Geduld. »Kein Grund, hysterisch zu werden.«

»Hysterisch? Ist das dein Ernst?« Nadja löste den Gurt. »Weißt du was? Mach deinen Scheiß allein! Ich will mit der Sache nichts mehr zu tun haben.« Sie stieg aus und knallte die Tür hinter sich zu.

Ich sprang ebenfalls aus dem Wagen. »Dann verpiss dich doch, lass mich ruhig hängen! Keine Sorge, ich komm auch allein klar!«

Nadja drehte sich nicht einmal um, sie streckte nur den Mittelfinger in die Luft und stapfte davon.

Nadja

Nadja nahm ihren Kaffeebecher und suchte sich einen Platz in der hinteren Ecke. Nach dem Streit mit Linus war sie ohne Ziel losgelaufen und schließlich in diesem Café in der Hammer Straße gelandet.

Nervös schaute sie auf ihr Handy. Noch immer keine Nachricht von Lilly. Dabei hatte sie versprochen, sich bald wieder zu melden. Wenn Nadja heute Nacht nicht bei Lilly unterkriechen konnte, musste sie sich noch mal ein Hotelzimmer suchen. Nach Hause würde sie keinesfalls gehen, und zu Linus konnte sie auch nicht zurück.

Dieser Idiot! Wie konnte er erwarten, dass sie mit ihm zur Polizei spazierte? Was glaubte er denn? Dass sie für ihn in den Knast ging?

Überhaupt wurde sie nicht schlau aus ihm. Gestern Abend, nach dem Gespräch über seine Mutter, hatte sie sich zu ihm ans Fenster gestellt und den Kopf an seine Schulter gelehnt. Sie hatte sich ihm ganz nah gefühlt, und sie war sicher gewesen, dass es ihm genauso erging. Trotzdem hatte er sich nach einer Weile losgemacht und ins Bad zurückgezogen. Im Bett hatte er sich auf die äußerste Kante gelegt und ihr den Rücken zugewandt. Die Botschaft war unmissverständlich gewesen. Für ihn war sie ein Kumpel, mehr nicht. Gut, damit konnte sie leben, aber nicht damit, dass er sie beleidigte, weil sie nicht mit ihm zur Polizei gehen wollte. Hysterisch, so hatte sie noch nie jemand genannt!

Nadja nahm einen Schluck Kaffee, verbrannte sich die Zunge und fluchte.

Jemand räusperte sich. »Ein Anruf für Sie.«

Verwirrt blickte sie auf. Vor ihr stand der Barista, der ihr gerade den Kaffee zubereitet hatte, und hielt ihr ein Telefon hin.

»Für mich? Aber wie …?«

»Für die junge Frau mit den kastanienbraunen Haaren und dem bunten Strickpulli.«

Misstrauisch nahm Nadja das Telefon entgegen. »Ja?«

»Hier ist Ann-Katrin Harras. Ich glaube, Sie wissen, wer ich bin.«

Ruckartig setzte Nadja sich auf. »Frau Harras? Wie … woher wissen Sie von mir?«

»Ich habe Sie zusammen mit Linus Roth im Hafen gesehen und bin Ihnen gefolgt.«

Nadjas Gedanken rasten. Was wollte die Schauspielerin von ihr? Sie aushorchen? War das ein Test? Eine Falle? »Was kann ich für Sie tun?«

»Ich muss mit Ihnen reden.«

»Worüber?«

»Nicht am Telefon.«

»Dann kommen Sie her, Sie wissen doch offenbar, wo ich bin.« In Gesellschaft des Baristas und der anderen Gäste fühlte Nadja sich sicher. Hier würde bestimmt niemand auf sie schießen.

»Das geht nicht. Kommen Sie zum Floragarten.«

»Warum sollte ich? Ich kenne Sie doch gar nicht.«

»Aber Sie wollen sicherlich wissen, wer hinter dem Mord an Bodo Stein steckt.«

Nadja zupfte an ihrer Unterlippe. Die Sache gefiel ihr nicht. Der Floragarten war eine kleine Parkanlage mit Teich und vielen dichten Büschen und alten Bäumen, in der zwar immer Leute unterwegs waren, es aber durchaus auch stillere Ecken gab. Vor Jahren war hier ein Mann grausam zu Tode gefoltert worden. Sie erinnerte sich noch gut an die Schlagzeilen.

»Wenn Sie etwas über den Mord wissen, warum gehen Sie dann nicht zur Polizei?«, fragte sie.

Ann-Katrin Harras lachte auf. »Weil die mich nicht schützen kann. Im Gegenteil, die steckt doch mit denen unter einer Decke.«

Nadjas Unbehagen wuchs. Sie warf dem Barista, der sie neugierig von der Theke aus beobachtete, einen Blick zu. »Wer sind die, mit wem steckt die Polizei unter einer Decke?«

»Floragarten, in einer halben Stunde.« Harras legte auf.

Nachdenklich nahm Nadja einen Schluck Kaffee. Sie fragte sich, was der Anruf zu bedeuten hatte. Was wollte Ann-Katrin Harras von ihr? War die Anruferin wirklich die Schauspielerin gewesen? Nadja hatte sie zwar schon häufig im Fernsehen gesehen, aber sie kannte sie nicht gut genug, um ihre Stimme am Telefon sicher zu identifizieren.

Nadja sah sich in dem Café um. Wurde sie überwacht? Doch bis auf den Barista schienen alle Gäste ausschließlich mit sich selbst beschäftigt zu sein. Seufzend stand sie auf und gab dem Mann das Telefon zurück. Sie bedankte sich und trat auf die Straße.

Vor dem Café blieb sie stehen. Was sollte sie tun? Am liebsten hätte sie Linus um Rat gebeten oder, besser noch, ihn mitgenommen zu dem Treffen. Aber der war ja gerade damit zugange, sich mit seinen Exkollegen zu verbrüdern. Außerdem war er bestimmt noch sauer.

Ein überdimensionierter schwarzer Geländewagen fuhr vorbei. Sofort hatte Nadja wieder die beiden SUVs in Luxemburg vor Augen, und heiße Angst schoss ihr durch die Adern.

Bloß nicht durchdrehen, ermahnte sie sich. Dazu gibt es keinen Grund.

Sie atmete tief ein und aus. Sie war nicht in Gefahr. Niemand würde versuchen, sie am helllichten Tag mitten in der Stadt vor Dutzenden von Zeugen umzubringen.

Linus

Mit einem mulmigen Gefühl im Bauch betrat ich den Bahnhof. Obwohl ich selbst den Treffpunkt ausgesucht hatte, wurde ich das Gefühl nicht los, in eine gründlich vorbereitete Falle zu tappen.

Ich war fünf Minuten zu spät, und Kalle wartete bereits unter der Anzeigetafel, die Hände lässig in den Taschen seiner Lederjacke vergraben.

Sofort entspannte ich mich. Auf Kalle war Verlass. Ihm konnte ich vertrauen.

»Linus, da steckst du ja. Ich dachte schon, du versetzt mich.«

»Stau auf der A61, sorry.«

»Jetzt bist du ja da.« Kalle spähte über meine Schulter hinweg zum Eingang, während er das sagte, als erwartete er noch weitere Personen. »Beschissener Treffpunkt. Sollen wir woanders hingehen?«

»Ich finde es ganz gemütlich hier«, erwiderte ich und wich einer Frau aus, die mich beinahe mit ihrem silbernen Rollkoffer gerammt hätte.

Direkt neben Kalle stand eine Großfamilie, die in irgendeiner mir völlig fremden Sprache lautstark diskutierte. Offenbar war man sich nicht einig darüber, wie die Anzeigen auf der Tafel zu interpretieren waren.

»Unter gemütlich verstehe ich etwas anderes.« Kalle musste brüllen, um die Diskussion zu übertönen.

»Habt ihr rausgefunden, woran Bodo Stein vor seinem Tod gearbeitet hat?«, fragte ich, ebenfalls mit erhobener Stimme.

Kalle schnitt eine Grimasse. »Ich dachte, *du* wolltest *mir* etwas erzählen.«

Die Großfamilie setzte sich in Bewegung, der Geräuschpegel in der Vorhalle sank auf Normalniveau.

»Gibt es eine Verbindung nach Luxemburg?«, fragte ich weiter. »Zu einer Stiftung?«

Kalle sah ehrlich überrascht aus. »Was denn für eine Stiftung?«

»Eine, die sich um Problemjugendliche kümmert.«

»Und über die hat Stein recherchiert? Woher weißt du das?«

»In dem Müll aus seinem Hotelzimmer war eine Landkarte, auf der der Sitz der Stiftung markiert war.«

»In Luxemburg.« Kalle blickte drein, als würde er mir kein Wort glauben.

»Genau.«

»Und das leitest du von einem Kreuz auf einer Landkarte ab, die du im Müll gefunden hast, ja?« Wieder äugte Kalle über meine Schulter hinweg zum Haupteingang. Dann nickte er und sah mir in die Augen. »Es tut mir leid, Linus, aber du musst mitkommen. Auf dem Präsidium kannst du mir in Ruhe von dieser Stiftung erzählen. Zuerst musst du jedoch ein paar Fragen der Bonner Kollegen beantworten.«

Irritiert starrte ich ihn an. »Was denn für Bonner Kollegen? Was soll das? Wovon redest du?«

In dem Augenblick gesellten sich zwei Männer zu uns und stellten sich rechts und links von mir auf. Sie waren in Zivil, aber ich wusste trotzdem sofort, dass es Polizisten waren.

Fassungslos suchte ich in Kalles Gesicht nach einer Erklärung. »Was passiert hier gerade, Kalle? Ich dachte, wir wären Freunde?«

Kalle hob die Hände. »Die Kollegen aus Bonn sind von der Mordkommission. Sie sind für einen Fall in der Eifel zuständig. In Olefthal. Das ist doch dein Heimatort, oder?«

Ich kapierte überhaupt nichts. »Was für ein Fall, Kalle? Wovon redest du?«

»Der Mord an dem kleinen Maik Wilkens. Du hast sicher davon gehört. Er verschwand vor zwanzig Jahren, seine sterblichen Überreste wurden vergangene Woche gefunden.«

»Und? Was habe ich damit zu tun?«

»Genau das wollen wir klären. Deine DNA wurde an Maik Wilkens' Schuhen sichergestellt.«

Nadja

Schon von Weitem bemerkte Nadja den Menschenauflauf. Zwei Streifenwagen, ein Notarzt und jede Menge Schaulustige hatten sich auf der Bilker Allee versammelt, an der Stelle, wo die Palmenstraße abzweigte und wo einer der Seiteneingänge des Floragartens lag.

Verkehrspolizisten dirigierten den Verkehr an der Stelle vorbei, was gar nicht so einfach war, weil offenbar jeder anhalten und einen Blick auf das Geschehen werfen wollte.

Als Nadja sich näherte, bekam sie Gesprächsfetzen mit. Angeblich war ein Fußgänger angefahren worden. Schrecklich, aber nicht ihr Problem. Nadja wandte den Blick ab und beschleunigte ihre Schritte. Sie hatte noch knapp drei Minuten, bis sie mit Ann-Katrin Harras verabredet war.

Auf dem Weg hierher hatte sie beschlossen, auf dem Kinderspielplatz am anderen Ende des Parks auf die Schauspielerin zu warten. Dort würde es ganz bestimmt genug Zeugen geben, sodass sie sich sicher fühlen konnte.

Nadja zückte ihr Handy und warf einen Blick auf das Display, um nachzuschauen, ob die Schauspielerin sich zwischenzeitlich noch einmal gemeldet hatte, als sie einen Satzfetzen aufschnappte.

»… ja, die aus ›Unter unserem Dach‹.«

Nadja erstarrte. Kalte Angst rieselte durch ihre Adern. Sekundenlang war sie wie betäubt. Dann riss sie sich zusammen. Das kann nicht sein, das kann nicht sein, dachte sie immer wieder, während sie sich durch die Schaulustigen bis zur Unfallstelle drängte.

Schließlich stand sie an der Bordsteinkante. Etwa zwei Meter von ihr entfernt lag eine mit einem Tuch abgedeckte Gestalt auf der Straße. Daneben stand der nutzlose Koffer des Notarztes, der auf dem Boden hockte und ein Formular ausfüllte. Zwei Polizeibeamte vermaßen die Unfallstelle und malten mit Kreide Markierungen auf den Asphalt.

Nadja schluckte hart, dann wandte sie sich an einen älteren Mann, der neben ihr stand. »Wissen Sie, was passiert ist?«

»Fahrerflucht«, erwiderte der Alte. »Jemand hat die Frau überfahren und ist einfach abgehauen. Können Sie sich das vorstellen? Bringt einen Menschen um und macht sich davon. In was für einer Welt leben wir nur?«

»Das ist die Harras, diese Schauspielerin«, mischte sich eine dralle Frau mit stark geschminktem Gesicht ein. »Ich fand die ja immer sehr arrogant. Wie die den armen Marco ständig heruntergeputzt hat, das war nicht anständig. Ich war froh, als sie an Krebs gestorben ist. Aber das hat sie nicht verdient. Überfahren und liegen gelassen wie ein Stück Vieh, das hat keiner verdient.«

Nadja begann zu zittern, eine Welle von Übelkeit überrollte sie, so heftig, dass es sie beinahe von den Füßen fegte. Sie taumelte rückwärts, schaffte es gerade noch rechtzeitig aus der Menschenmenge. Mit letzter Kraft umklammerte sie den rostigen Zaun, der den Park umgab, beugte sich vor und erbrach ihren Mageninhalt auf den Bürgersteig. Dann sank sie zu Boden und vergrub das Gesicht in den Händen.

Linus

Sekundenlang war ich wie vor den Kopf geschlagen. »Meine DNA?«, fragte ich ungläubig. »Unmöglich. Da muss ein Irrtum vorliegen.«

»Bitte komm jetzt mit, Linus«, bat Kalle. »Wir schlendern einfach durch den Eingang nach draußen. Auf der Straße steht ein Wagen, der uns aufs Präsidium bringt. Ich habe den Kollegen versichert, dass wir keine Handschellen brauchen. Also enttäusch mich nicht.«

Ich zögerte nicht länger. Ich versetzte dem Polizisten, der links von mir stand, einen Stoß mit dem Ellbogen, sodass dieser gegen ein Ehepaar stolperte, das gerade vorbeikam, und stürzte los, auf den Seitengang mit den Schließfächern zu, in dem gerade eine große Reisegruppe verschwunden war.

Ich hörte Kalle hinter mir rufen und den fremden Kollegen laut fluchen, aber ich achtete nicht darauf, was sie sagten, konzentrierte mich stattdessen darauf, den Reisenden auszuweichen. Im Zickzack stürmte ich durch den Seitengang, wandte mich dann nach links und rannte auf den Nebeneingang zu, der auf den Bahnhofsvorplatz führte. Für den Bruchteil einer Sekunde erwartete ich, Uniformierte hinter der Glastür zu erblicken, vielleicht hatte Kalle den gesamten Bahnhof umstellen lassen und war deshalb so gelassen gewesen.

Doch dort stand niemand.

Ich war ja auch kein Terrorist, sondern Verdächtiger in einem Mordfall, und vermutlich hatten die Exkollegen gedacht, dass sie zu dritt ohne Probleme mit mir fertigwerden würden. Zumal sie das Überraschungsmoment auf ihrer Seite hatten.

Beim Raustreten warf ich einen Blick nach links und entdeckte Kalle, der gerade den Bahnhof durch den Haupteingang verließ und sich in meine Richtung wandte. Statt mir zu folgen, wollte er mir den Weg abschneiden. Sehr schlau.

Kurz entschlossen gesellte ich mich zu einer Gruppe junger Männer, die alle ein weißes T-Shirt mit dem roten Schriftzug »Letzter Tag in Freiheit« trugen. Darunter prangte ein Bild von einem Gesicht hinter Gittern.

Wie passend.

Die Knaben waren schon reichlich angeheitert und entsprechend gesellig, einer nahm mich sogar in den Arm und reichte mir seine Bierflasche. Mit den Partyhengsten als Deckung schaffte ich es bis zur Straßenbahnhaltestelle, wo ich ihnen noch sagte, mit welcher Linie sie in die Altstadt kamen, bevor ich auf die andere Straßenseite zum Taxistand hechtete.

Ich nannte dem Fahrer eine Adresse, und als ich aus dem Seitenfenster blickte, entdeckte ich Kalle, der in meine Richtung starrte, das Handy am Ohr, das Gesicht wutverzerrt. Ich hoffte, dass wir die Sache irgendwann würden klären können. Aber vorher musste ich herausfinden, wer hinter dieser Verschwörung steckte und warum er sich ausgerechnet mich als Sündenbock ausgesucht hatte.

Zehn Minuten später hielt das Taxi in einer Straße mit schicken Gründerzeithäusern in Derendorf. Ich zahlte und stieg aus. Da Kalle bestimmt schon über die Nummer des Taxis bei der Zentrale das Fahrziel erfragt hatte, bog ich schnell in eine Seitenstraße.

Ich hatte dem Fahrer einfach irgendeine Adresse genannt, damit er schnell losfuhr, doch jetzt fiel mir ein, dass ich in der Nähe tatsächlich jemanden kannte, der mir weiterhelfen konnte.

Joe Wegbrandt besaß ein Büdchen in der Nähe der Ulmenstraße, dort, wo früher der Knast gewesen war, und er wusste über den Düsseldorfer Untergrund Bescheid wie niemand sonst. Er kannte jeden, egal, ob er Straßendealer war, zu einer der Erpresserbanden gehörte, die Ladenbesitzer abzogen, oder zu einer Sprayergang. Früher hatte Joe selbst dazugehört, hatte Hehlerware vertickt und andere krumme Dinger gedreht, aber das war lange vorbei. Die Kontakte waren jedoch geblieben. Er kannte jeden, jeder kannte ihn, und er war über fast alles informiert, was sich in gewissen Kreisen abspielte.

Joe war viele Jahre mein Informant gewesen, als ich noch bei der Polizei war, und manchmal tat er mir auch heute noch einen Gefallen, gab mir einen Tipp, wenn ich Insiderinformationen brauchte. Diesmal benötigte ich jedoch etwas anderes von ihm.

Zum Glück war Joe allein in seiner Bude, als ich dort ankam. Er sah aus wie immer. Groß und massig, Tattoo am Hals und etwas zu lange Haare, die strähnig am Kopf klebten. Wer ihn nicht kannte, machte vermutlich leicht den Fehler, ihn für dick und träge zu halten. Doch ein Großteil seiner Masse waren Muskeln, und er war erstaunlich wendig, wenn es darauf ankam.

»Alles klar, Joe?«, fragte ich.

»Der Gepard, wie schön. Was verschafft mir die Ehre?« Joe

lehnte sich auf die Theke, wo verschiedene Tageszeitungen ausgebreitet lagen.

Eine Schlagzeile fiel mir ins Auge: *Neue Spur im Fall Maik. Führt die DNA zum Täter?*

Ich unterdrückte einen Fluch. »Ist dein Wagen sauber?«

Joe kniff die Augen zusammen. »Bei mir ist alles sauber, Gepard, das weißt du ganz genau.«

»Kein überfälliger TÜV? Kein kaputtes Rücklicht?«

»Was soll der Scheiß?«

»Ich brauch die Kiste für ein paar Tage. Und ich will nicht wegen irgendeinem Mist angehalten werden.«

Joe verschränkte die Arme. »Und was mach ich ohne meine Karre? Ich habe ein Geschäft zu führen!«

»Besorg dir einen Mietwagen. Auf meine Rechnung.«

Joe klappte der Mund auf. »Ärger mit den Exkollegen, ja?«

»Kann man so sagen. Je weniger du weißt, desto besser. Also, wenn dich jemand fragt, dein Auto ist in der Werkstatt, deshalb hast du einen Mietwagen. Schick mir die Rechnung. Aber such dir nicht so eine teure Kiste aus, kapiert?«

Joe griff unter die Theke und legte einen Schlüssel auf die Zeitungen. »Steht gegenüber. Der silberne CX Kombi. Die Tankanzeige spinnt ein bisschen, aber er läuft wie am Schnürchen. Also pass gut auf ihn auf. Papiere sind im Handschuhfach.«

»Danke, Joe. Ich schulde dir was.«

»Fällt eine S-Klasse Limousine in die Kategorie zu teuer?«

»Joe! Sehe ich aus, als hätte ich im Lotto gewonnen?«

»Schon, gut.« Er winkte ab. »Viel Glück, Kumpel.«

Erst als ich in Joes altem Citroën CX über die Fleher Brücke fuhr, wurde mir so richtig bewusst, wie fett die Verschwörung sein musste, die irgendwer um mich herum konstruiert hatte wie ein Labyrinth.

Jemand hatte eine Schauspielerin engagiert, die mich damit beauftragen sollte, Bodo Stein aufzuspüren, wobei dieser jemand vermutlich ganz genau gewusst hatte, wo Stein sich versteckt hielt. Denn es war nicht darum gegangen, Stein zu finden, sondern mich mit ihm in Verbindung zu bringen, mich zur letzten Person zu machen, die ihn vor seinem Tod besucht hat.

Damit hatte dieser jemand zwei Fliegen mit einer Klappe geschlagen: Stein war aus dem Verkehr gezogen, und ich stellte einen prima Verdächtigen dar.

Aber damit nicht genug, für den Mord an Maik Wilkens sollte ich ebenfalls den Kopf hinhalten. Dafür konnte es nur eine Erklärung geben. Die gleichen Leute, die Stein umgebracht hatten, hatten auch mit Maiks Tod vor zwanzig Jahren zu tun. Aber wie? Welche Rolle spielte diese dubiose Stiftung dabei? Und warum war ausgerechnet ich ihr Sündenbock?

Es gab nur einen Weg, der Sache auf den Grund zu gehen. Ich musste dort suchen, wo alles begonnen hatte. Und das war in Olefthal. Das Verschwinden von Maik Wilkens stand am Anfang, da war ich sicher. Und das Auffinden seiner Gebeine hatte eine Kettenreaktion ausgelöst, die mich zum Hauptverdächtigen in zwei Mordfällen machte.

Ich wechselte auf die linke Spur und steuerte den Wagen in die Ausfahrt auf die A57. Es war riskant, nach Olefthal zu fahren, zu viele Leute dort kannten mich, auch wenn ich in den vergangenen zwanzig Jahren nur selten zurückgekehrt war. Und natürlich würden auch meine Exkollegen auf die Idee kommen, dass ich mich dorthin verdrücken würde.

Aber die Alternative wäre, mich irgendwo zu verkriechen

und in meinem Versteck auszuharren, bis die Wahrheit ans Licht kam. Falls sie ans Licht kam. Maiks Leiche war zwanzig Jahre verschwunden geblieben. So lange hatte ich nicht vor zu warten.

Als ich den Kölner Ring erreichte, stellte ich das Radio an. Die Nachrichten brachten nichts über die neue Spur im Mordfall Maik Wilkens. Immerhin.

Ich wollte schon wieder ausstellen, als eine weitere Meldung kam: »Die Schauspielerin Ann-Katrin Harras, bekannt durch die Daily Soap ›Unter unserem Dach‹ ist heute bei einem Verkehrsunfall ums Leben gekommen.«

Vor Schreck verriss ich das Lenkrad, was mir ein Hupkonzert von der Nebenspur einbrachte. Die falsche Ehefrau von Bodo Stein war tot. Scheiße, scheiße, die Geschichte wurde immer undurchsichtiger! Und immer gefährlicher. Keine Sekunde glaubte ich an einen Unfall. Derartige Zufälle gab es nicht. Also war die Schauspielerin das dritte Opfer.

Meine Gedanken schossen zu Nadja. War sie in Gefahr?

Einer der Täter war in ihrer Wohnung gewesen, daran bestand kein Zweifel mehr. Und da Ransmayer, der Anwalt, sich noch nicht gemeldet hatte, war tatsächlich etwas faul an dem Auftrag bei der Villa in Oberkassel. Ich musste beobachtet worden sein, und dabei waren meine Beschatter auf Nadja aufmerksam geworden, genau wie ich.

Verflucht, was für ein Durcheinander! Wenn ich wenigstens wüsste, warum die Unbekannten mich dorthin geschickt hatten. Was hatte ich wirklich dort gemacht?

Während ich die Spur wechselte, um einen LKW zu überholen, kam mir ein Gedanke. Es war nicht um das gegangen, was ich an der Villa gemacht hatte, sondern um das, was ich in der Zeit nicht getan hatte. Jemand hatte sichergestellt, dass ich nicht auf meinem Boot war!

Nadja

»Ach, Lilly!« Nadja fiel ihrer Freundin um den Hals.

»Lieber Himmel, du siehst furchtbar aus, Nadja. Was ist passiert? Hat es mit diesem Typ zu tun?«

»Linus? Nein. Das heißt, doch, ja. Ach, es ist kompliziert.« Nadja seufzte.

»Vielleicht sollten wir irgendwo hingehen, wo wir es ein bisschen gemütlicher haben.« Lilly blickte sich um.

Nadja hatte ihre Freundin in eine Dönerbude in der Nähe des S-Bahnhofs Bilk bestellt. In dem stickigen, engen Raum fühlte sie sich sicher, auch wenn der Geruch nach Knoblauch und Bratfett Gift für ihren geschundenen Magen war. Während sie auf Lilly gewartet hatte, hatte sie an einem der Stehtische gestanden, an einer Cola genippt und nervös mit ihrem Handy herumgespielt. Mehr als einmal hatte sie Linus' Nummer aufgerufen, sie dann aber wieder weggedrückt.

Jetzt sah sie ihre Freundin an. »Ich würde lieber hierbleiben.«

»Wie du meinst.«

»Kann ich Ihnen etwas bringen?«, fragte der junge Mann hinter der Theke.

»Nein, danke.« Lilly lächelte ihn flüchtig an, dann wandte sie sich wieder Nadja zu. »Also, was ist los?«

»Ich bin da in eine merkwürdige Geschichte reingerutscht. Aber ich möchte dich lieber raushalten.«

Lilly runzelte die Stirn. »Schlimmer als die Sachen, die du sonst anstellst?«

Lilly wusste Bescheid über Nadjas »Nebenjobs«.

»Viel schlimmer.«

»Klingt nicht gut.« Sie schob sich eine Strähne ihrer dünnen blonden Haare hinter das Ohr. »Hat es mit der Stiftung zu tun, nach der du mich gefragt hast?«

»Vermutlich. Hast du schon was rausgefunden?«

»Es gibt da ein Gerücht. Aber ich will erst sicherstellen, dass wirklich etwas dran ist, bevor ich dir davon erzähle.«

»Worum geht es?«

»Das möchte ich wirklich erst sagen, wenn ich Gewissheit habe. Es handelt sich um wirklich schlimme Vorwürfe, und wenn sich herausstellen sollte, dass ich etwas falsch verstanden habe, wäre mir das sehr unangenehm.«

»Willst du mir nicht wenigstens einen Hinweis geben? Es ist echt wichtig.«

»Gib mir noch ein wenig Zeit.«

»Wie du meinst.« Nadja nickte seufzend. Wenn Lilly eine Entscheidung getroffen hatte, ließ sie sich nicht davon abbringen. Sie war eine zierliche kleine Person mit einem sehr starken Willen. »Du solltest jetzt gehen. Es ist besser, wenn man uns nicht zusammen sieht.«

»Verdammt, Nadja, was ist denn los?« Lilly sah sie erschrocken an, fasste sie bei den Schultern. »Wir sind Freundinnen, rede mit mir!«

»Glaub mir, Lilly, es ist besser so.« Nadja hätte Lilly gern ins Vertrauen gezogen, aber sie wollte nicht, dass sie ebenfalls in Gefahr geriet. Sie würde es sich nicht verzeihen, wenn Lilly etwas zustieß. Oder, noch schlimmer, Sophie, Lillys kleiner Tochter.

Sie zog einen Umschlag aus ihrem Rucksack. Bevor sie

sich in die Dönerbude geflüchtet hatte, war sie in einem Schreibwarenladen gewesen, hatte einen Notizblock, einen Kuli und Briefumschläge gekauft. Danach hatte sie alles aufgeschrieben, was in den vergangenen drei Tagen geschehen war, die Blätter gefaltet und in den Umschlag gesteckt. Sie hatte auch das graue Blatt Papier dazugepackt, das sie vor dem Hotel gefunden hatte. Mit etwas Glück waren nicht nur ihre, sondern auch die Fingerabdrücke des Wolfsmannes daran.

Sie reichte Lilly den Umschlag. »Sollte mir etwas zustoßen, geh damit zur Polizei.«

Lilly wurde blass. »Etwas zustoßen? Was meinst du damit?«

»Frag nicht, tu es einfach.«

Lilly betrachtete den Umschlag, als würde er eine Bombe enthalten, die jederzeit explodieren konnte.

»Und jetzt hau ab. Wenn du etwas über die Stiftung herausfindest, schick mir eine Nachricht. Aber komm nicht auf die Idee, in meiner Wohnung aufzukreuzen.«

Lilly sah sie mit großen Augen an, dann steckte sie den Umschlag in ihre Handtasche. Schweigend umarmten sie sich. Ohne ein weiteres Wort verließ Lilly die Imbissbude, und Nadja fühlte sich so einsam wie noch nie in ihrem Leben.

Linus

Ich machte einen Abstecher nach Euskirchen, wo ich mir eine Prepaidkarte für mein Handy besorgte. Ich zahlte bar, um keine Datenspur zu hinterlassen. Selbst wenn die Polizei etwas Derartiges vermutete, würden sie sich höchstwahrscheinlich auf die Händler in Düsseldorf konzentrieren.

Meine eigene Karte hatte ich längst aus dem Telefon entfernt. Jetzt googelte ich Erik Hoffmann, den Bürgermeister von Olefthal. Ich fand nur seine Dienstnummer, also wählte ich sie.

»Herr Hoffmann ist in einer Besprechung«, verkündete die Sekretärin.

»Es ist wichtig.«

»Das ist es immer.«

Schnepfe. »Sagen Sie ihm, dass es um den Mord an Maik Wilkens geht.«

Stille am anderen Ende der Leitung, dann ein knappes »Moment bitte«.

Ich wartete fast fünf Minuten.

»Wer ist da?«, ertönte dann eine vertraute Stimme.

»Erik, ich bin's.«

»Verflucht! Warte einen Augenblick!« Stimmengemurmel, dann schloss sich eine Tür. »Sag mal, spinnst du? Du wirst wegen Mordes gesucht. Angeblich hast du dich der Festnahme widersetzt, ist das wahr?«

Das hatte sich ja wirklich rasend schnell rumgesprochen. »Ich habe nichts mit dem Tod von Maik zu tun.«

»Natürlich nicht. Aber warum machst du denn so einen Scheiß?«

»Du weißt doch, wie es läuft, Erik. Wenn einmal ein Verdächtiger ausgemacht ist und man den Fall schön sauber abschließen kann, schaut man sich nicht mehr groß nach anderen Möglichkeiten um.«

Er schwieg.

»Hilfst du mir?«

Er seufzte. Ich konnte ihn vor mir sehen, wie er mit den Fingern durch sein militärisch kurz geschorenes blondes Haar fuhr, hin- und hergerissen zwischen Freundschaft und Pflichtgefühl.

»Du sollst mir nicht zur Flucht ins Ausland verhelfen, ich brauche nur ein paar Infos.«

»Was denn für Infos?«

»Nicht am Telefon.«

»Wo dann?«

»Du weißt wo.«

»Die geheime Schatzhöhle.«

»Ja.« Zugegeben, die Wahl des Treffpunkts war ein wenig melodramatisch, aber es war der einzige Ort, von dem nur wir beide wussten. Falls jemand dieses Gespräch mithörte, würde er keinen Schimmer haben, wo wir verabredet waren.

»Okay. Ich bin in einer Stunde da.« Erik unterbrach die Verbindung.

Ich lehnte mich im Autositz zurück und schloss für einen Augenblick die Augen. Dann richtete ich mich auf und drehte den Zündschlüssel. Ich vertraute Erik. Aber Kalle hatte ich auch vertraut. In einer Stunde würde ich wissen, ob ich heute ein zweites Mal von einem Freund verraten werden würde.

Die geheime Schatzhöhle war ein Versteck aus unseren Kindertagen. Sie lag oberhalb von Olefthal am Hang. Kein Wanderweg führte dort vorbei, geschweige denn eine Straße. Man musste von der Landstraße aus eine Viertelstunde quer durch den Wald laufen, um sie zu erreichen.

Als Kinder hatten Erik und ich die Höhle zufällig entdeckt, als wir in dem Waldstück Verstecken gespielt hatten. Sie lag gut verborgen hinter einem dichten Gestrüpp aus verkrüppelten Fichten und war im Grunde nicht mehr als eine tiefe Einbuchtung in den Fels.

Aber wenn man sich durch das Gewirr von Zweigen hineingezwängt hatte, fühlte man sich vor allen Widrigkeiten des Lebens geschützt.

Ich wartete etwas oberhalb des Gebüschs. Der Wald bestand hauptsächlich aus Laubbäumen und hatte sich schon stark gelichtet, sodass ich jeden, der sich der Höhle näherte, gut im Blick hatte.

Fünf Minuten nach der verabredeten Zeit hörte ich es rascheln, und kurz darauf sah ich Eriks Blondschopf näher kommen. Ich beobachtete ihn eine Weile, doch soweit ich das erkennen konnte, war er allein.

Ich stieg zu ihm hinunter.

Erik blieb stehen, die Hände in die Taschen seiner Jacke geschoben, und wartete, bis ich bei ihm war. »Linus, was machst du bloß für Sachen?«

»Irgendjemand hat mich zum Sündenbock auserkoren.«

»Aber warum gerade dich?«

»Das frage ich mich auch.« Ich erzählte ihm von Bodo Stein, von meinen Entdeckungen in Belgien und Luxemburg, verzichtete jedoch darauf, Nadja zu erwähnen.

Erik hörte schweigend zu. Als ich geendet hatte, fragte er: »Und du glaubst, dieser Stein war den dunklen Machenschaften dieser Stiftung auf der Spur und musste deshalb sterben?«

»Genau.«

»Und was soll das mit Maik Wilkens zu tun haben?«

»Das weiß ich noch nicht. Aber ich werde es herausfinden.«

»Ich nehme an, ich kann dich nicht überreden, dich zu stellen?«

»Auf gar keinen Fall. Ich muss die Wahrheit aufdecken, und das kann ich nur in Freiheit.«

»Ich bin jetzt Bürgermeister, wie du weißt.«

»In die Fußstapfen deines Großvaters getreten, ja, ich habe davon gehört.«

Für einen kurzen Moment fühlte ich mich in die Vergangenheit zurückkatapultiert. Ich erinnerte mich gut an Carl Hoffmann, der jahrzehntelang Bürgermeister von Olefthal gewesen war. Er war eine auch noch in hohem Alter imposante Erscheinung mit durchgedrücktem Rücken, energischer Stimme und akkurat gestutztem weißem Bart gewesen, ein aufrechter, unbeugsamer Mann, vor dem jeder im Ort Respekt gehabt hatte.

»Ziemlich große Fußstapfen«, antwortete Erik. »Ich weiß nicht, ob ich sie je ausfüllen werde.«

»Das wirst du bestimmt. Und ich habe nicht vor, dich in diese Sache mit reinzuziehen. Ich bitte dich nur um einen einzigen Gefallen.«

»Und der wäre?«

»Ich brauche die Akten von damals.«

Erik blies die Backen auf. »Die Ermittlungsakten über das Verschwinden von Maik Wilkens?«

»Genau die. Und wenn's geht, auch die aktuelle Akte der Mordkommission.«

»Du glaubst, du findest das Puzzleteil, das alle anderen die ganze Zeit übersehen haben?«

»Ich muss es zumindest versuchen.«

»Die Akten sind bei der Kripo in Bonn, ich weiß nicht, ob ich da rankomme.«

»Wer, wenn nicht du?«

Erik kratzte sich am Hinterkopf. »Also gut, Linus. Ich schaue, was ich tun kann. Aber so einfach wird es nicht sein. Gib mir ein paar Tage.«

»Natürlich.«

»Und ruf mich nicht wieder im Rathaus an.« Er zog einen Zettel aus der Tasche. »Das ist eine Nummer, die nur wenige Leute haben. Aber benutze sie nur, wenn es wirklich wichtig ist.«

»Danke, Erik, ich weiß das zu schätzen.«

»Schon gut. Wofür hat man denn Freunde.« Wieder griff er in die Tasche. »Kennst du die Straße, die an der Burg vorbei in Richtung Rursee führt? Ganz unten in der Senke ist ein unbefestigter Weg, der von der Straße abgeht, hinter dem Wanderparkplatz links.«

»Ich glaube, ich weiß, welchen Weg du meinst.«

Erik reichte mir einen Schlüssel. »Mein Onkel hat dort eine Jagdhütte. Er ist schon seit über einem Jahr im Pflegeheim und fährt nicht mehr hin. Aber das Ding ist gut in Schuss und vollständig eingerichtet. Es gibt sogar Strom und fließend Wasser.«

Ich starrte den Schlüssel an. »Bist du sicher, dass dir das keinen Ärger einbringt?«

»Bin ich nicht.«

»Erik, ich …«

»Wenn es hart auf hart kommt, behaupte ich, dass der Schlüssel unter einem Stein vor der Hütte lag und du ihn geklaut hast.« Er grinste. »Und jetzt nimm ihn, bevor ich es mir anders überlege.«

Nadja

Es dämmerte bereits, als Nadja im Hafen eintraf. Sie hatte ein paar Umwege genommen und darauf geachtet, dass ihr keiner folgte. Jetzt stand sie an der Stelle, wo sie vor drei Tagen in den frühen Morgenstunden schon einmal gestanden und beobachtet hatte, wie Linus unter Deck der *Tramp* verschwunden war.

Wäre das alles nicht passiert, wenn sie ihm nicht gefolgt wäre? Hatte der Wolfsmann ihre Spur gar nicht vor der Villa in Oberkassel, sondern hier im Hafen aufgenommen, weil sie eigentlich hinter Linus her waren und wissen wollten, wer die Person war, die ihm nachgefahren war?

Nadja schob den Gedanken weg. Selbst wenn sie es wüsste, würde es nichts ändern. Sie steckte bis zum Hals in dieser Sache drin, und das war nicht mehr rückgängig zu machen.

Auf dem Boot herrschte Dunkelheit. Nichts rührte sich. Dafür war am Kai umso mehr los. Ein LKW wendete, was auf der schmalen Fläche gar nicht so einfach war. Und an der Anlegestelle neben der *Tramp* machte ein Frachter fest.

Nadja näherte sich dem Boot, nutzte einen Augenblick, in dem niemand zu ihr hinübersah, um an Bord zu springen. Zwei Minuten später stieg sie die Treppe hinab unter Deck.

Der große Wohnraum sah noch genauso aus wie am vorherigen Morgen, als Linus und sie nach Belgien aufgebrochen waren. War das wirklich erst einen Tag her?

Nadja stellte den Rucksack auf dem Boden ab und lief

einmal durch das Boot. Auch in den anderen Räumen keine Spur von Linus. Redete er noch immer mit der Polizei? Erzählte er auch von ihr? Oder präsentierte er ihnen eine Variante der Geschichte, in der er allein in Belgien und Luxemburg ermittelt hatte?

Seufzend ließ Nadja sich auf dem Sofa nieder. Sie wünschte sich plötzlich, dass sie doch mit ihm gegangen wäre. Dann wäre ihr der Anblick der toten Ann-Katrin Harras erspart geblieben. Das Bild hatte sich in ihr Gedächtnis eingebrannt, auch wenn es nur die Konturen des Körpers unter dem Tuch gewesen waren. Eigentlich machte es das sogar noch schlimmer. Denn in ihrer Fantasie war dieser Körper von grauenvollen Verletzungen gezeichnet, das schöne Gesicht für immer bis zur Unkenntlichkeit entstellt.

Wenn Nadja hingegen Linus begleitet hätte, wüsste sie vermutlich nicht einmal, dass die Schauspielerin tot war. Und sie wäre nicht allein mit ihrer Angst.

Das Gespräch mit Lilly kam ihr wieder in den Sinn. Auf dem Weg in den Hafen hatte sie darüber nachgedacht, was für ein Gerücht ihre Freundin gehört haben mochte. Was konnte es Schlimmes über eine Stiftung zu wissen geben, die sich um gestrauchelte Jugendliche kümmerte? Welche kriminellen Machenschaften waren so brisant und zugleich lukrativ, dass man sich eine riesige Villa samt aufwändiger Bewachung leistete? Hatte es etwas mit den Jugendlichen selbst zu tun? Ging es um Missbrauch im großen Stil, um Pornografie mit Minderjährigen vielleicht?

Nadja wusste, dass mit diesem dreckigen Geschäft viel Geld zu verdienen war. Jugendliche, die ohnehin schon aus irgendeinem Grund aus der Bahn geworfen worden waren, wären bestimmt ideale Opfer. Und die abgelegene Villa der perfekte Ort, um solche Filme zu drehen.

Dann wäre das die Story, zu der Bodo Stein recherchiert hatte. Und er hatte sterben müssen, weil er zu viel herausgefunden hatte.

O Gott! Jetzt war es Lilly, die in der Sache Ermittlungen anstellte. Nadja fasste sich an die Kehle. Sie zog ihr Handy hervor, tippte hastig eine SMS.

Die Sache mit der WS hat sich erledigt. Lass die Finger davon. Nadja.

Hoffentlich tat Lilly das auch! Und wo zum Teufel steckte Linus? Es war ihr egal, ob er noch wütend war, sie musste mit ihm über ihren Verdacht reden. Ein schrecklicher Gedanke kam ihr: Was, wenn die Kerle ihn erwischt hatten, so wie Ann-Katrin Harras? Wenn er längst tot war, irgendwo im Gebüsch lag oder im Hafenbecken schwamm?

Nein, das durfte sie nicht einmal denken. Linus hatte sich mit seinen alten Kollegen getroffen. So dreist waren nicht einmal diese Killer, dass sie jemanden in Gegenwart der Polizei ermordeten.

Draußen wurde es immer dunkler. Aber Nadja wagte nicht, das Licht einzuschalten. Sie zog die Decke, die über der Armlehne hing, zu sich heran und streckte sich auf dem Sofa aus, setzte sich jedoch im gleichen Augenblick ruckartig wieder auf. Etwas war ihr aufgefallen in dem Bücherregal, das dem Sofa gegenüberstand. Aber was?

Wieder legte sie sich hin, diesmal langsamer. Da war es wieder! Eine Lichtreflexion, die nicht ins Bild passte. Nadja setzte sich wieder auf und betrachtete das Regal. Es sah selbst gebaut aus. Grobe Bretter, mit Schrauben zusammengehalten.

Das war es! Die Schrauben. Eine sah anders aus als die übrigen. Zu groß, zu glatt.

Nadja stand auf und trat näher heran. Vorsichtig berührte

sie die vermeintliche Schraube mit dem Finger, zog daran. Sie leistete nur kurz Widerstand, dann hielt Nadja den Gegenstand in der Hand. Er war winzig, nicht einmal halb so groß wie ihr Fingernagel, trotzdem erkannte sie sofort, was es war.

Azzo

Azzo betrachtete den Bildschirm seines Smartphones. Das kleine Miststück war noch immer an Bord der *Tramp*. Sie hatte die Kamera im Regal entdeckt und sofort begriffen, was sie zu bedeuten hatte.

Cleveres Mädchen. Aber nicht clever genug.

Die andere Kamera, die neben dem Deckenspot befestigt war, hatte sie nicht gefunden. Sie hatte nicht einmal nach einer zweiten Kamera gesucht.

Doch nicht so schlau.

Mit der Entdeckung hatte sie jedenfalls ihr eigenes Todesurteil gefällt. Es war zu riskant, sie länger am Leben zu lassen. Zwar hatte sie im Augenblick keinen Kontakt zu Roth, dem es vorübergehend gelungen war unterzutauchen, aber sobald sie wieder mit ihm sprach, würde sie ihm von der Kamera erzählen. Das war keine Katastrophe, aber es würde die Dinge unnötig kompliziert machen.

Allerdings würden sie diesmal anders vorgehen müssen als bei der Harras. Zu viele Unfälle mit Fahrerflucht machten am Ende irgendwen misstrauisch. Bei der Schauspielerin hatten sie schnell sein, sie aus dem Verkehr ziehen müssen, bevor sie mit jemandem sprach.

Warum hatte die dumme Pute nicht einfach die Kohle genommen und die Klappe gehalten? Stattdessen machte sie einen auf schlechtes Gewissen, weil der Mann, dessen Exfrau sie gespielt hatte, gewaltsam zu Tode gekommen war.

Was hatte das mit ihr zu tun? Sie hatte ihn schließlich nicht umgebracht.

Das kam davon, wenn man sich ein Gewissen leistete. Azzo kannte solchen Ballast nicht. Und er war froh darüber. Gefühle waren etwas für Verlierer. Er war ein Gewinner.

Azzo steckte das Handy weg, trat an die Burgmauer und blickte ins Tal. Wie bei einer Modelleisenbahn breiteten sich die winzigen Häuser unter ihm aus. Seine persönliche kleine Spielzeugstadt mit lebendigen Puppen.

Seine Gedanken wanderten wieder zu Nadja Ludwig. Er widerstand der Versuchung, noch einmal auf dem Handy nachzusehen, was sie gerade tat. Zu schade, dass er ihre Beseitigung nicht persönlich überwachen konnte. Normalerweise ließ er sich das nicht nehmen. Aber er hatte Dringendes in der Eifel zu erledigen, also hatte er delegieren müssen. Er hatte seinen Männern eingebläut, diesmal diskret vorzugehen. Nadja Ludwig sollte verschwinden, und zwar endgültig. Ihre Leiche durfte nie wieder auftauchen.

Nadja

Nadja schreckte hoch. Draußen war es stockdunkel, sie musste eingeschlafen sein. Doch irgendetwas hatte sie geweckt.

Sie lauschte. Wind war aufgekommen, und das Boot schaukelte sacht. Außer dem gleichförmigen Heulton des Windes war nichts zu hören. Sie blickte auf ihr Handy. Kurz vor acht. Verflucht! Sie hatte fast drei Stunden geschlafen.

Linus hatte nicht zurückgerufen. Nachdem sie die Kamera entdeckt hatte, hatte sie versucht, ihn zu erreichen, doch er hatte nicht abgenommen. War er etwa noch immer sauer? Oder ließ ihn die Polizei nicht aus ihren Fängen, und er konnte deshalb nicht mit ihr reden? Oder war er …

Ein zuckendes Licht ließ Nadja erstarren. Draußen war jemand mit einer Taschenlampe unterwegs. Womöglich nur der Kapitän des Frachters, der irgendwo im Hafen ein Bier getrunken hatte. Oder irgendwelche Sicherheitsleute auf ihrem Rundgang. Aber was, wenn nicht?

Rasch zog Nadja die Turnschuhe an und nahm den Rucksack vom Boden. Lautlos bewegte sie sich durch den dunklen Raum in Richtung Treppe. Wie gut, dass sie geübt darin war, wie eine Katze durch die Dunkelheit zu schleichen.

Oben im Steuerhaus blieb sie im Schatten stehen und heftete ihren Blick auf den von Laternen spärlich erleuchteten Kai. Alles schien ruhig zu sein, zumindest in dem Bereich, den sie von ihrer niedrigen Position aus überblicken konnte.

Bestimmt war es falscher Alarm. Trotzdem würde sie nicht länger auf dem Boot bleiben. Zu gefährlich. Zudem bestand die Möglichkeit, dass es mehr als eine Kamera an Bord gab, und sie hatte nicht die geringste Lust, von einem unbekannten Spanner beobachtet zu werden.

Nadja griff nach der Klinke. Da entdeckte sie einen Schatten, der zwischen zwei Lagerhäusern entlanghuschte. Also doch! Sie hielt den Atem an, starrte unverwandt auf die Stelle, bis sie einen zweiten Schatten erblickte. Zwei Männer. Und sie führten mit Sicherheit nichts Gutes im Schilde.

Die Männer bewegten sich vorwärts, sie kamen genau auf die *Tramp* zu. Nadja begann zu ahnen, wer sie waren. Bestimmt war nicht unbemerkt geblieben, dass sie eine Kamera entdeckt und in der Toilette entsorgt hatte. Und jetzt wollte man nach dem Rechten sehen.

Die Männer kamen immer näher. Ihr blieb nicht viel Zeit. Nadja schlüpfte aus dem Steuerhaus und lief zur Reling. Hier war das Tau, das ihr schon einmal als Versteck gedient hatte. So lautlos wie möglich ließ sie sich hinunter.

Keine Sekunde zu früh. Schwere Stiefel landeten an Bord. Während sie den Schritten der Männer lauschte, hangelte sie sich weiter abwärts. Sie hing jetzt wenige Zentimeter über dem Wasser zwischen Bootswand und Kai.

Die Männer hatten die offene Tür entdeckt und waren auf dem Weg nach unten. Das war die Gelegenheit! Rasch zog sich Nadja wieder nach oben. Sie schwang sich an Deck. Gerade als sie die an der Kaimauer befestigten Eisenstufen hinauf an Land klettern wollte, hörte sie die Männer zurückkommen.

Verdammt!

Nadja blieb nichts übrig, als die Leiter, die sie eigentlich hinaufklettern wollte, so schnell wie möglich hinunterzuklettern. Zum Glück gab es einen Spalt zwischen der Leiter und dem Boot. Allerdings war er so schmal, dass sie den Rucksack ausziehen und in der seitlich ausgestreckten Hand halten musste. Wäre sie nicht so dünn und gelenkig gewesen, hätte sie es nicht geschafft, sich in den winzigen Zwischenraum zu quetschen.

Nach wenigen Stufen endete die Leiter an der Wasseroberfläche. Nadja stand jetzt zwischen Kaimauer und Bootswand, ihr Kopf war gerade noch von der Reling bedeckt. Wenn die Männer gleich zurück an Land stiegen und einer von ihnen dabei nach unten schaute, würde er direkt auf ihren Scheitel blicken.

Schon war der erste Mann an der Leiter.

Nadja hielt die Luft an. Dreck aus den Schuhsohlen rieselte ihr auf den Kopf. Das Boot schaukelte und presste sie wie in einem Schraubstock gegen die Eisenstufen, sie biss sich die Lippe blutig, um den Schmerzensschrei zu unterdrücken.

Endlich waren die beiden auf der Kaimauer angekommen. Nadja hörte verhaltenes Murmeln direkt über sich. Sie spitzte die Ohren, doch sie verstand kein Wort.

In dem Augenblick schrillte das Handy in ihrem Rucksack los.

Linus

Ich schob das Telefon zurück in die Tasche. Entweder war Nadja misstrauisch wegen der fremden Nummer, oder sie wollte nicht ans Telefon gehen. Vielleicht war sie auch noch immer eingeschnappt. Ich hatte jedenfalls keine Zeit, darüber nachzudenken.

Ich fuhr Joes Citroën tiefer ins Unterholz, bis er, zumindest in der Dunkelheit, vom Weg aus nicht mehr zu sehen war.

Bevor ich zur Jagdhütte von Eriks Onkel gefahren war, hatte ich in einem Supermarkt, der eine halbe Stunde Autofahrt von Olefthal entfernt lag, einige Lebensmittel eingekauft. In dem Elektronikladen in Euskirchen hatte ich am Nachmittag nicht nur die SIM-Karte, sondern auch ein Notebook besorgt. Irgendwie musste ich ja meine Recherchen organisieren.

Wie ich befürchtet hatte, gab es in dem Wald so gut wie kein Netz. Es reichte gerade zum Telefonieren, aber ins Internet kam ich hier nicht. Dafür war ich für den Augenblick sicher. Über die Zukunft wollte ich mir lieber keine Gedanken machen. Wenn ich die wahren Mörder von Maik Wilkens und Bodo Stein entlarvte, würde alles wieder ins Lot kommen. Meine Exkollegen würden zwar nicht begeistert sein, dass ein privater Schnüffler ihren Fall gelöst hatte, aber ich wäre dennoch rehabilitiert.

Wenn ich jedoch scheiterte, durfte ich mich auf zwanzig

Jahre Knast oder ein Leben auf der Flucht freuen. Beides keine schönen Alternativen.

Immerhin hatte Erik mich nicht ins Messer laufen lassen. Er war mein ältester Freund, da spielte es auch keine Rolle, dass wir uns in den vergangenen Jahren ein wenig aus den Augen verloren hatten. Eine gemeinsame Kindheit schweißte zusammen, wir wussten, dass wir uns blind aufeinander verlassen konnten. Das hatte uns auch bei der Polizeiausbildung gelegentlich geholfen. Es war gut zu wissen, dass ich nicht ganz allein dastand.

Ich stieg aus, nahm die Einkaufstaschen von der Rückbank und lief auf die Hütte zu. Die Natursteinplatten, die zur Tür führten, waren mit Moos und Flechten bedeckt, und ich musste höllisch aufpassen, um auf dem feuchten Untergrund nicht auszurutschen, zumal es stockdunkel war und ich kaum genug für den nächsten Schritt sah.

Vorhin hatte es sich zugezogen und geregnet. Inzwischen hatte der Regen zwar aufgehört, doch von den Bäumen, die bis dicht an die Hütte standen, tropfte es noch immer. Die Geräuschkulisse aus dumpfem Ploppen ließ mich an eine Tropfsteinhöhle denken.

Das Türschloss hakte etwas, aber schließlich war ich drinnen. Bevor ich das Licht anmachte, zog ich sämtliche Gardinen vor. Sie würden nicht kaschieren, dass sich jemand in der Hütte aufhielt, aber zumindest konnte man von draußen nicht sehen, wer es war.

Im Schein einer altmodischen Deckenlampe mit rot-weiß kariertem Stoffschirm sah ich mich um. Ein grünes Sofa, ein Couchtisch mit Marmorplatte, eine Küchenzeile mit Kiefernholzfronten und eine Essecke aus dem gleichen Material. Die Tischdecke und die Kissen auf der Eckbank waren mit dem gleichen karierten Stoff überzogen wie die Lampe.

Neben der Küchenzeile an der Rückwand der Hütte war eine grün gestrichene Tür, die, wie ich annahm, ins Bad führte.

Ich räumte die Lebensmittel in den Kühlschrank, dann machte ich mir ein Bier auf.

»Auf die Freiheit«, prostete ich mir selbst zu, bevor ich einen großen Schluck nahm.

Nadja

Nadja schloss die Augen und hielt die Luft an. Das war das Ende. Gleich würden die Kerle sie packen und hochziehen. Oder sie würden sich gar nicht erst solche Umstände machen, sondern ihr einfach von oben in den Kopf schießen.

Sekunden vergingen. Nichts geschah.

Mit einem Mal bemerkte Nadja, dass es auf dem Kai über ihr unruhig geworden war. Laute Stimmen waren zu hören, Musik dröhnte, ein Motor heulte auf, Lichter zuckten.

Langsam hob sie den Blick, darauf gefasst, in ein grinsendes Gesicht zu schauen. Oder in den Lauf einer Pistole. Doch über ihr war nur der Nachthimmel, in dem sich verschiedene Lichtkegel hin und her bewegten.

Was war da los?

Nadja versuchte, die Leiter hinaufzuklettern, doch ihr Körper gehorchte ihr nicht. Ihre Glieder waren steif vor Kälte und Angst. Sie lockerte ihre Muskeln, konzentrierte ihre Kräfte und versuchte es noch einmal, ganz langsam und vorsichtig, und diesmal klappte es.

Stufe für Stufe stieg sie die Leiter hoch, bis sie über die Kaimauer schauen konnte. Der Anblick, der sich ihr bot, ließ sie ungläubig blinzeln. Innerhalb von wenigen Minuten hatte sich der Kai völlig verändert.

Drei verbeulte Autos älteren Baujahres standen mit laufenden Motoren vor dem großen Tor der Fabrikhalle, eine Gruppe junger Leute hatte sich um die Fahrzeuge versammelt. Auf dem Dach eines roten Golfs stand ein fetter Ghettoblaster, aus dessen Boxen etwas plärrte, das Nadja, die sich nicht sonderlich gut mit Musik auskannte, als Hip-Hop identifizierte.

Die Jugendlichen lachten und grölten, Bierflaschen wurden herumgereicht. Zwischendurch heulten immer wieder die Motoren auf.

Da endlich begriff Nadja. Hier würde es gleich ein illegales Autorennen geben.

Sie hatte nichts übrig für Leute, die für ein bisschen Spaß leichtfertig das Leben anderer aufs Spiel setzten, doch heute war sie ihnen dankbar. Denn offenbar hatten die jungen Möchtegern-Vettels die Killer verscheucht. Zumindest konnte Nadja sie nirgendwo entdecken.

Ohne die Jugendlichen aus den Augen zu lassen, setzte sie ihren Rucksack auf und bewegte sich vom Boot weg. Sie versuchte, sich dicht am Wasser zu halten, wo die Scheinwerfer der Autos und die Sicherheitsbeleuchtung der Fabrik sie nicht erfassten. Doch die Vorsichtsmaßnahme wäre nicht nötig gewesen, niemand beachtete sie.

Als es allmählich stiller und dunkler wurde, beruhigte sich ihr Herzschlag. Dennoch blieb sie wachsam, denn die beiden Männer konnten noch immer irgendwo auf der Lauer liegen. Am Ende des Hafenbeckens stand der blaue Saab. Von Linus weiterhin kein Lebenszeichen. Verdammt, wo steckte er bloß?

Sie lief rasch weiter, vorbei an verrosteten Toren, verlassenen LKWs und stillgelegten Gleisen. Schließlich erreichte sie einen großen Parkplatz, und kurz darauf stand sie vor dem riesigen Multiplex-Kino im schickeren Teil des Hafens. Hier begannen offenbar bald verschiedene Vorstellungen, denn Menschen strömten durch die Glastüren ins Innere oder standen rauchend davor und umfingen Nadja wie ein lebender Schutzschild.

Nadja atmete auf. Jetzt musste sie nur noch einen Ort finden, wo sie die Nacht in Sicherheit verbringen konnte. Und sie hatte auch schon eine Idee.

Linus

Ich streckte mich und gähnte. Die vergangene Stunde hatte ich damit verbracht, alles, was ich über Bodo Stein, die Wolfsblut-Stiftung und das Verschwinden von Maik Wilkens wusste, in eine Tabelle einzutragen.

Nachdenklich betrachtete ich die Spalten. Doch egal, wie ich es drehte, zusammen ergaben die einzelnen Informationsfetzen keinen Sinn. Sicher war nur, dass das Auffinden von Maiks sterblichen Überresten irgendeine Art von Kettenreaktion ausgelöst hatte. Und zwar eine, an deren Ende ich unter dem Verdacht stand, zwei Morde begangen zu haben.

Ich nahm das Handy mit der neuen SIM-Karte und betrachtete es. Ich machte mir Sorgen um Nadja. Vielleicht bestand dazu gar kein Anlass, vielleicht war sie wirklich nur beleidigt, aber solange ich keine Gewissheit hatte, würde ich nicht ruhig schlafen.

Ich stand auf, holte ein frisches Bier aus dem Kühlschrank, öffnete es und nahm einen Schluck. Sollte ich es wagen, meine alte Karte ins Handy zu stecken und nachzusehen, ob Nadja sich gemeldet hatte?

Nein, das Risiko war zu groß. Zwar hatte ich die GPS-Funktion ausgeschaltet, also konnte man nur den Funkmast orten, über den sich das Telefon ins Netz eingewählt hatte, aber selbst das war mir zu gefährlich.

Es musste anders funktionieren. Ich tippte eine kurze Textnachricht: *Neue Nummer. Bitte melde dich. L.*

Dann ließ ich mich auf dem Sofa nieder und wartete. Das Handy klingelte, als ich die Flasche halb geleert hatte.

»Linus?«

»Nadja, geht es dir gut?«

»Den Umständen entsprechend.«

»Das vorhin tut mir leid. Ich hätte das nicht sagen sollen.«

»Ich bin also nicht hysterisch?«

»Natürlich nicht. Das war idiotisch von mir.« Im Nachhinein war ich froh, dass sie sich geweigert hatte, zu dem Treffen mitzukommen, denn mit Nadja im Schlepptau wäre die Flucht viel komplizierter gewesen. Dann wäre ich jetzt vermutlich nicht in der Eifel, sondern in Polizeigewahrsam.

»Schon vergessen. Hast du von der Harras gehört?«

»Ja.« Ich rieb mir die Stirn. Den merkwürdigen Unfall hatte ich beinahe vergessen.

»Ich war dabei. Na ja, fast.«

Alarmiert schoss ich vom Sofa hoch. »Was soll das heißen, du warst dabei?«

»Ich habe sie auf der Straße liegen sehen. Sie hatte mich angerufen, wollte sich mit mir treffen. Als ich ankam, musste es gerade passiert sein.«

»Fuck! Wo bist du jetzt?« Ich besann mich. »Nein, sag es nicht.«

»Ich bin in Sicherheit. Und du?«

»Ich musste untertauchen.«

»Warum das denn?«

Ich seufzte. »Angeblich wurde meine DNA an der Leiche eines kleinen Jungen gefunden, der vor zwanzig Jahren in der Eifel ermordet wurde.«

»Wie bitte? Ich verstehe kein Wort.«

»Es ist kompliziert.«

»Der Exkollege, mit dem du dich treffen wolltest …«

»Er wollte mich festnehmen.«

Sie wies mich nicht darauf hin, dass sie recht behalten hatte, und ich war ihr dankbar dafür.

»Vielleicht sollten wir dieses Gespräch nicht am Telefon führen«, sagte sie stattdessen.

»Gute Idee.« Ich war so erleichtert gewesen, dass es Nadja gut ging, dass ich beinahe alle Vorsicht hätte fahren lassen. Es war durchaus möglich, dass irgendwer unser Telefonat mithörte. Ich hatte zwar eine neue Karte, aber das galt nicht für Nadja. »Jetzt ist es schon spät, lass uns morgen treffen.«

»Wo?«, fragte Nadja.

Ich überlegte. »Auf meiner Raumstation.«

Sie kapierte sofort. »Wo dort?«

»Lass das meine Sorge sein. Ich finde dich.«

TAG FÜNF

Sonntag, 4. November

Nadja

Nadja rückte auf die Eckbank in der kleinen Jagdhütte. »Und? Was nun?«

»Wir müssen einen Punkt finden, wo wir mit unseren Ermittlungen ansetzen können«, sagte Linus. »Wir müssen herausfinden, wie die Ereignisse der vergangenen Tage zusammenhängen. Am besten rekapituliere ich erst mal, was wir bisher wissen.« Er klappte das Notebook auf.

Nadja griff nach ihrem Kaffeebecher. Linus hatte eine ganze Kanne voll gekocht und auf dem Tisch platziert, mitten auf die kitschige karierte Decke. Genug Koffein für einen längeren Kriegsrat. Sie würden es brauchen.

Immerhin hatte heute bisher alles reibungslos geklappt. Das ließ hoffen. Die Nacht hatte Nadja in der Villa in Oberkassel verbracht. Ein perfektes, sicheres Versteck, wo es ihr tatsächlich gelungen war, für einige Stunden tief und fest zu schlafen.

Die Villa gehörte einer Frau, die etwa in Nadjas Alter war und sich derzeit in Südamerika aufhielt. Diese hatte das Anwesen samt exklusiver Kunstsammlung von ihrem Vater geerbt, allerdings hatte der Geizkragen die Bedingung an das Erbe geknüpft, dass seine Tochter beides nicht verkaufen durfte. Damit hatte er sie in ein bürgerliches Leben zwingen wollen. Was ihm nicht gelungen war. Die Frau reiste viel lieber um die Welt, als in irgendeinem Büro genug Geld zu verdienen, um die Sammlung und das Haus zu erhalten, und sie trickste ihren alten Herrn damit aus, dass sie hin und wieder eins der kostbaren Gemälde unter der Hand an einen Sammler verkaufte. Das Original ließ sie durch eine hochwertige Kopie ersetzen, wodurch niemandem etwas auffiel. Mit dem Verkauf finanzierte sie ihre Reisen, über die sie in einem Internet-Blog berichtete.

Für den Tausch von Original gegen Kopie war Nadja zuständig. Schon zum dritten Mal war sie in der Nacht von Montag auf Dienstag für ihre reiche Auftraggeberin in die Villa eingestiegen, hatte das Bild aus dem Rahmen genommen und an seiner Stelle die Fälschung an die Wand gehängt.

Inzwischen kannte Nadja das Gebäude und seine Sicherheitssysteme im Schlaf. Also hatte sie die Nacht dort verbracht, morgens das Bad benutzt und sich einige Kleidungsstücke von ihrer Auftraggeberin geborgt. Sie war sicher, dass diese nichts dagegen haben würde, wenn sie davon erfuhr. Zumal Nadja den jüngsten Auftrag wieder einmal sauber ausgeführt hatte. Es war ihr sogar gelungen, das Gemälde ihrer Kontaktperson zu übergeben, bevor der Schlamassel mit Linus und dem Wolfsmann begonnen hatte.

Nach einem ausgiebigen Frühstück in einem Café auf der Luegallee hatte Nadja den Zug nach Euskirchen und von da den Bus nach Olefthal genommen. Dort war sie erst eine Weile durch die Straßen geschlendert, hatte die liebevoll restaurierten Fachwerkhäuser bewundert und sich die Auslagen der Geschäfte angesehen wie eine ganz gewöhnliche Touristin. Dann hatte sie sich in einer Gaststätte an einen Tisch am Fenster gesetzt, einen Speckpfannkuchen bestellt und abgewartet.

Trotz Sonntagmittag war es in dem Lokal ruhig gewesen, bis auf eine kleine Wandergruppe, die über einer Karte gebrütet, und zwei finster dreinblickenden Typen in Lonsdale-Sweatshirts an der Theke, die Nadja schamlos angegafft hatten.

Gerade als sie ihren Pfannkuchen aufgegessen hatte, war eine SMS gekommen: *Steig in den silbernen Citroën.*

Nadja hatte bezahlt und war vor die Gaststätte getreten, wo der Citroën mit Linus am Steuer in einer Parklücke wartete. Er hatte eine Sonnenbrille und eine Schirmmütze getragen, sodass sie ihn kaum erkannt hatte. Ein bisschen war sie sich bei der ganzen Sache vorgekommen wie eine Spionin in einem billigen Agentenfilm. Aber die Erinnerung an die Schießerei in Luxemburg und die beiden Gestalten auf dem Boot war noch zu lebendig, als dass sie gedacht hätte, solche Vorsichtsmaßnahmen seien womöglich übertrieben.

Auf verschlungenen Wegen war Linus mit ihr quer durch den Wald bis zu der Jagdhütte gefahren. Dort hatten sie das Auto im Unterholz verborgen und zusätzlich mit Tannenzweigen abgedeckt.

Unterwegs hatte Nadja Linus von dem ungebetenen Besuch auf seinem Boot erzählt, von der versteckten Kamera, von den Jugendlichen, die ihr wahrscheinlich das Leben gerettet hatten, und von ihrer Nacht in der Villa, während er berichtet hatte, wie er sich im Düsseldorfer Hauptbahnhof der Festnahme entzogen hatte und mit dem von seinem Kumpel Joe geborgten Wagen in die Eifel geflohen war.

Jetzt saßen sie am Tisch und versuchten, den roten Faden im Chaos der vergangenen Tage zu finden.

»Gut, fang an«, sagte Nadja.

»Alles beginnt vor zwanzig Jahren. Da verschwindet ein achtjähriger Junge hier in Olefthal. Es gibt keine Spuren, er ist einfach eines Tages weg. Kurz vorher hat er mit zwei

Freunden auf dem Hof seiner Eltern gespielt. Niemand hat gesehen, ob er von dort weglief oder entführt wurde.«

Nadja kam ein Gedanke. »Dann hat er den Hof vielleicht nie verlassen.«

»Das hat die Polizei bestimmt überprüft. Auf dem Hof wurde Maik vermutlich zuallererst gesucht. Er hätte ja verunglückt sein können, vom Heuboden gefallen oder so.«

»Kanntest du ihn?«, fragte Nadja.

»Möglich, dass ich ihn mal gesehen habe. Seine Schwester war auf meiner Schule, aber ein paar Stufen unter mir. Ich habe jedenfalls schon nicht mehr hier gelebt, als Maik verschwunden ist.«

Nadja starrte in ihren Kaffee. »Es gibt also keine harmlose Erklärung dafür, wie deine DNA an seine Schuhe gekommen sein könnte?«

»Nicht, dass ich wüsste.«

»Hat deine … Stiefmutter vielleicht getragene Kleidung von euch weitergegeben?«

»Unwahrscheinlich. Maik war mehr als zehn Jahre jünger als ich. Wie lange sollte Christa die Sachen aufbewahrt haben?«

»Also müssen wir davon ausgehen, dass jemand deine DNA gezielt an den Schuhen platziert hat«, schloss Nadja.

»Und zwar nach dem Auffinden der Knochen.« Linus machte sich eine Notiz. »Wir müssen herausfinden, wer die sterblichen Überreste von Maik gefunden hat. Und wer Zugang zu den Sachen hatte, bevor sie ins Labor gewandert sind.«

»Okay. Wie geht es weiter?« Nadja nahm einen Schluck Kaffee. Es tat gut, etwas zu tun, die Dinge in die Hand zu nehmen. Und besonders gut tat es, dabei jemanden an der Seite zu haben, der so etwas nicht zum ersten Mal machte, der sich auskannte und wusste, was zu tun war.

»Die Gebeine von Maik werden gefunden, und jemand, der sich bis dahin sicher wähnte, kriegt einen Riesenschreck. Ein Mörder wird gesucht, der alte Fall wird wieder aufgerollt.«

»Zu schade, dass wir nicht wissen, welche Spuren es damals gab.«

Linus grinste. »Das wird sich bald ändern. Erik organisiert die Akte für mich.«

»Wer ist Erik?«

»Ein Freund. Er hat mir auch das Versteck hier zur Verfügung gestellt. Er ist Bürgermeister von Olefthal.«

»Und er kommt an die Akte ran?«

»Er hat versprochen, es zu versuchen.«

»Du hast wirklich einen interessanten Freundeskreis.« Nadja stellte ihren Becher ab und versuchte, sich wieder auf den kleinen Maik zu konzentrieren. »Also, jemand kriegt kalte Füße, weil der alte Fall neu aufgerollt wird, weil es neue Spuren geben könnte. Wie passt Bodo Stein da rein?«

»Vielleicht wollte er ursprünglich über den Fall Maik Wilkens berichten.«

»Und dabei ist er auf die Wolfsblut-Stiftung aufmerksam geworden?« Nadja zog skeptisch die Brauen zusammen. »Dann muss er auf eine Verbindung gestoßen sein, die niemandem sonst aufgefallen ist.«

»Nehmen wir mal an, es gibt diese Verbindung zwischen Maik Wilkens und der Stiftung, auch wenn wir noch nicht wissen …«, begann Linus.

Schlagartig fiel Nadja ihr Verdacht wieder ein. »Die Stiftung kümmert sich um Problemkinder, und Maik war ein Kind. Was, wenn das der Zusammenhang ist?« Nadja war plötzlich ganz aufgeregt. Sie war auf der richtigen Spur, sie spürte es. »Meine Freundin hat angedeutet, dass es hässliche Gerüchte über die Stiftung gibt. Sie wollte nicht sagen, was sie gehört hat, aber wenn Kinder und Jugendliche im Spiel sind, geht es doch meistens um Misshandlung oder Missbrauch. Ich glaube, die Stiftung ist in irgendeiner Form in Kindesmissbrauch verwickelt, und das soll vertuscht werden.«

»Und dabei geht die Stiftung über Leichen?«

»Warum nicht? Wer Kindern so etwas antut, ist bestimmt auch zu anderen Verbrechen fähig. Vielleicht sind angesehene Persönlichkeiten darin verstrickt. Leute, die viel zu verlieren haben.« Nadja war berauscht von dem Gefühl, endlich einer Erklärung für all die mysteriösen Geschehnisse auf der Spur zu sein.

Linus wirkte noch immer skeptisch. »Möglich«, sagte er nachdenklich. »Ein ähnlicher Gedanke ist mir auch schon gekommen. Allerdings war Maik kein Problemkind, soviel ich weiß. Und bei dem, was wir im Internet über die Stiftung gelesen haben, war von Jugendlichen die Rede. Maik war erst acht. Außerdem ist er von seinem Hof zu Hause verschwunden, nicht von irgendeinem Heimgelände.« Linus tippte etwas in die Tastatur seines Laptops. »Aber möglich wäre es natürlich. Lass uns warten, bis wir die Akte haben, bevor wir diese Spur weiterverfolgen.« Er seufzte. »Das alles erklärt jedenfalls nicht, warum man ausgerechnet mir die Tat anhängen will.«

»Was ist mit dem Anwalt, den du angerufen hast?«

»Der hat sich nicht wieder gemeldet.« Linus blickte grimmig drein. »Du hattest wohl recht, der Auftrag war eine Farce. Man wollte mich von meinem Boot weglocken.«

Nadja begriff. »Um die Kamera zu platzieren.«

»Und der Kerl, den du bei dir überrascht hast, hat vermutlich das Gleiche in deiner Wohnung getan. Mir war da etwas an deiner Stehlampe aufgefallen, als wir dort waren, aber dann war ich abgelenkt und habe es wieder vergessen.«

»Scheißkerl!«

»Meinen Wagen haben sie vermutlich mit einem Sender ausgestattet.«

»Deshalb waren sie so schnell auf dem Gelände der Stiftung in Luxemburg!« Nadja rieb sich die Stirn. »Was ist mit dem Citroën?«

»Der ist sauber.«

»Und was machen wir jetzt?«

Linus klappte das Notebook zu. »Wir finden den Mörder von Maik Wilkens. Damit lösen wir auch alle anderen Rätsel. Als Erstes fahren wir zum Fundort der Knochen. Und dann sprechen wir mit Franziska, Maiks Schwester. Soweit ich weiß, wohnt sie noch in Olefthal. Mal sehen, an was sie sich erinnert.« Linus sah sie an. »Ich habe ›wir‹ gesagt. Aber du musst natürlich nicht mitkommen. Ich könnte gut verstehen, wenn du dich lieber nicht weiter in Gefahr bringen willst.«

Nadja drehte ihren Kaffeebecher hin und her, bevor sie antwortete. »Ich glaube nicht, dass es einen Ort gibt, an dem ich sicher bin, solange diese Typen frei herumlaufen. Da kann ich dir auch genauso gut dabei helfen, sie so schnell wie möglich hinter Gitter zu bringen.«

Sie wollten gerade aufbrechen, als sie draußen einen Wagen hörten. Nadjas Herz setzte einen Schlag aus, dann stellte sie sich hinter die Tür, um nicht durch eins der Fenster gesehen zu werden.

Linus platzierte sich seitlich am Fenster und spähte nach draußen. »Ein blauer BMW. Wer drinsitzt, kann ich nicht erkennen. Kann es sein, dass dir jemand aus Düsseldorf gefolgt ist? Weiß irgendwer, dass du in der Villa übernachtet hast?«

»Ich habe höllisch aufgepasst, aber beschwören könnte ich es nicht.«

»Dein Handy, hast du das GPS-Signal deaktiviert?«

Nadja spürte, wie ihr die Farbe aus dem Gesicht wich. »Scheiße, nein«, flüsterte sie. »Tut mir leid, ich bin echt blöd.«

»Nicht deine Schuld, ich hätte daran denken müssen.« Wieder spähte er nach draußen, dann flog ein Lächeln über sein Gesicht. »Entwarnung, es ist Erik.«

Nadja trat zu Linus und sah nach draußen. Ein schlanker, aber muskulöser Mann mit blondem Bürstenhaarschnitt schlug gerade die Tür einer dunkelblauen Limousine zu.

Sie drehte sich zu Linus um. »Ich glaube, es ist besser, wenn du allein mit ihm sprichst.«

Linus runzelte die Stirn. »Er war mal bei der Polizei, aber das ist lange her. Du hast nichts von ihm zu befürchten.«

»Trotzdem.« Nadja konnte es nicht erklären, es war lediglich ein vages Gefühl. Im Augenblick gab es nur zwei Menschen auf der Welt, denen sie blind vertraute: Lilly und Linus. Lilly, weil sie sie ihr Leben lang kannte, und Linus, weil auf ihn genauso geschossen worden war wie auf sie.

Sie nahm ihren Kaffeebecher vom Tisch, schaute sich in der Hütte um, ob es noch andere Spuren ihrer Anwesenheit gab, schnappte sich ihre Jacke und ihren Rucksack und lief zu der Tür am anderen Ende des Raums. Sekunden später stand sie in dem winzigen Badezimmer und suchte ein Versteck. Eine Toilette, ein Waschbecken und eine einfache Dusche mit weißem Vorhang.

Nach kurzem Zögern trat Nadja in die Dusche und zog den Vorhang zu. Wenige Augenblicke später hörte sie, wie Linus seinen Freund begrüßte.

»Na, hast du dich häuslich eingerichtet?«, fragte eine fremde Stimme. Sie war dunkel und warm und kratzte ein wenig, was ihr einen reizvollen Klang verlieh. Eine Stimme, von der man sich gern etwas vorlesen ließ.

»Wie du siehst.«

»Ich habe dir was mitgebracht.« Eine Tüte knisterte, dann wurde etwas Schweres auf den Tisch geknallt. »In der Tasche sind ein paar Klamotten. Ich nehme an, du hattest keine Zeit, Koffer zu packen.«

»Danke.«

»Und in der Tüte ...«

»Die Akten? So schnell?«

»Kopien. Ich habe ein bisschen meine Beziehungen spielen lassen.«

»Die müssen ziemlich gut sein.«

Erik lachte. »Ich bin der Enkel von Carl Hoffmann, für irgendwas muss das schließlich gut sein. Brauchst du sonst noch was, Linus?«

»Danke, du hast bereits mehr als genug für mich getan. Ich will dich nicht noch tiefer in die Sache reinziehen.«

Schritte ertönten, offenbar war Linus' Freund schon wieder im Aufbruch. »Ach, übrigens, heute Morgen waren zwei Ermittler der Bonner Mordkommission bei mir. Die wussten, dass ich auch mal in dem Verein war und dass wir beide gemeinsam die Ausbildung gemacht haben.«

»Und?«

»Sie wollten wissen, ob ich von dir gehört habe.« Wieder lachte er. »Habe ich natürlich nicht. Wir haben uns schon vor Jahren aus den Augen verloren, ist es nicht so?«

»Danke, Erik.«

»Ich habe den beiden Dampf gemacht. Sie sollen den Mörder von Maik schnappen, damit die Familie endlich abschließen kann.«

»Da fällt mir was ein. Wohnt Franziska noch in Olefthal?«

»Maiks Schwester? Was willst du von der?« Linus' Freund klang plötzlich ruppig. »Du solltest sie in Ruhe lassen.«

»Ich will ihr nur ein paar Fragen stellen.«

»Und wenn sie dich verpfeift?«

»Wird etwa öffentlich nach mir gefahndet?«

»Natürlich nicht. Aber womöglich haben die Ermittler der Familie gegenüber etwas angedeutet.«

»Das muss ich riskieren.«

»Wie du meinst. Sie heißt jetzt Völkl, wohnt in der neuen Siedlung hinter dem Gewerbegebiet.«

»Danke.«

»Halt die Ohren steif.«

Nadja hörte Schritte, dann schlug die Tür zu. Sie wartete, bis draußen der Motor ansprang, erst danach stieg sie aus der Dusche.

»Und?«, fragte sie, als sie aus dem Bad trat.

Linus deutete auf einen Stapel Aktenordner auf dem Tisch. »Ich hoffe, du hast heute nichts mehr vor. Es gibt Arbeit.«

Linus

Wir beschlossen, das Aktenstudium auf den Abend zu verschieben und uns erst mal, wie geplant, zum Fundort von Maiks sterblichen Überresten aufzumachen, der erstaunlich nah an einem Wanderparkplatz in einem Waldstück keine fünf Kilometer von Olefthal entfernt lag. Vorher fotografierten wir jedes einzelne Blatt in den Akten mit unseren Smartphones ab. Zur Sicherheit, aber auch damit wir jederzeit darauf zurückgreifen konnten. Fast eine Stunde brauchten wir, bis wir mit allen Ordnern durch waren.

Es war halb drei, als wir endlich aufbrachen. Unterwegs quetschte Nadja mich über Erik aus.

»Bist du sicher, dass du ihm trauen kannst?«, fragte sie, kaum dass wir ins Auto gestiegen waren.

»Er ist mein ältester Freund. Wir haben diese Wälder schon unsicher gemacht, als du noch in Mecklenburg Gymnastik getrieben hast.«

»Sportakrobatik«, verbesserte sie. »Aber er ist Bürgermeister, er muss an seine Karriere denken. Und was sollte das mit dem Enkel von Carl Hoffmann? Wer ist dieser Hoffmann?«

»Carl Hoffmann war Eriks Großvater. Er war viele Jahrzehnte Bürgermeister von Olefthal. Er war so etwas wie eine Institution. Und ein Held.«

»Was denn für ein Held?«

»Ein Widerstandskämpfer. Er war Pilot im Zweiten Weltkrieg, aber irgendwann wurde ihm klar, dass der Krieg nicht zu gewinnen ist und alle weiteren Kampfhandlungen nur das Leid auf beiden Seiten verlängern. Also hat er heimlich für die Briten spioniert. Damit es schneller vorbei ist.«

Nadja blickte aus dem Seitenfenster. Wir passierten gerade das Freibad, in dem ich jeden Sommer meiner Kindheit verbracht hatte. Um die Jahreszeit war es längst geschlossen, die Becken waren leer, Laub sammelte sich auf dem Rasen. »Dann ist Erik vermutlich mächtig stolz auf ihn.«

»Ganz Olefthal ist stolz. Es gibt sogar eine Straße, die nach ihm benannt ist. Alle haben sich in seinem Ruhm gesonnt. Bei seiner Beerdigung waren mehr als tausend Leute da. Hoffmann hat aber auch neben seiner Heldentat viel für Olefthal getan. Nach dem Krieg hat er einen Baustoffhandel gegründet und ist damit reich geworden, und dann ging er in die Politik, hat dafür gesorgt, dass sich Firmen im Ort ansiedeln und Touristen kommen. Er hat schon früh erkannt, dass die Städter die niedlichen Fachwerkhäuser lieben, und die Restaurierung des Ortszentrums gefördert.«

»Kanntest du ihn?«

»Wir Jungs hatten alle Schiss vor ihm. Er war sehr streng, hat an alle Menschen die Maßstäbe angelegt, die für ihn selbst galten. Sein Sohn, Eriks Vater, war eine herbe Enttäuschung, er war ein Schwächling, ein Verlierer, hat den Baustoffhandel beinahe in die Pleite getrieben. Und dann ist ihm auch noch die Frau abgehauen.«

»Was wurde aus ihm?«

»Er starb bei einem Autounfall. Ist Jahre her.«

»War vermutlich nicht leicht, im Schatten eines solchen Vaters aufzuwachsen.«

So hatte ich das noch nie gesehen. Aber Nadja hatte recht. Als Sohn eines Helden aufzuwachsen, der von allen bewundert wurde, war mit Sicherheit kein Zuckerschlecken gewesen.

Wir waren inzwischen fast an der Fundstelle. Ich entdeckte einen Forstweg und lenkte den Wagen hinein, fuhr so weit, bis der Citroën von der Straße aus nicht mehr zu sehen war.

»Ist es hier?«, fragte Nadja.

»Ein Stück weiter durch den Wald. Ich wollte nicht, dass jemandem der Wagen mit dem Düsseldorfer Kennzeichen auf dem Parkplatz auffällt.«

Wir liefen quer durch den Fichtenwald, der hier sehr licht war. Es ging leicht bergauf, sodass der Parkplatz erst vor uns auftauchte, als wir ihn schon fast erreicht hatten. Kein Fahrzeug stand auf dem matschigen Gelände. Die Fundstelle war mit rot-weißem Absperrband markiert, ansonsten wies jedoch nichts darauf hin, dass hier kürzlich die sterblichen Überreste eines Kindes gefunden worden waren. Keine Blumen, Teddys oder Kerzen, wie man sie sonst oft an Tatorten oder Unglücksstellen fand.

Schweigend näherten wir uns der Absperrung. Die Fläche, die sie umgrenzte, war kaum größer als ein Grab. Eine nur halb zugeschüttete Grube verriet, wo die Gebeine gelegen hatten.

»Merkwürdig«, murmelte ich.

»Was denn?«

»Es sieht so aus, als wäre nur an dieser Stelle gegraben worden. Normalerweise wird bei einem solchen Fund großflächig abgesperrt und die ganze Umgebung gründlich unter die Lupe genommen. Der Täter könnte ja in der Nähe weitere Gegenstände wie etwa die Tatwaffe entsorgt haben.«

»Das wurde bestimmt längst gemacht, es ist schließlich fast zwei Wochen her, dass die Knochen gefunden wurden.«

Ich musste Nadja recht geben. Bestimmt sicherte die Absperrung nur noch die Grube und kennzeichnete nicht den Bereich, der ursprünglich abgesucht worden war. Ich durfte nicht hinter jeder Unstimmigkeit eine Verschwörung wittern, sonst verrannte ich mich.

»Weißt du, wer die Knochen gefunden hat?«, fragte Nadja und beugte sich vor, um in das Loch zu spähen.

»Im Internet stand, dass es ein Ehepaar war, das hier zum Wandern geparkt hat. Offenbar hatten Wildschweine zuvor den Boden umgepflügt und dabei einige Knochen ausgegraben.«

»Puh. Muss ein schöner Schock gewesen sein.«

Linus nickte. »Irgendwo in den Akten müssen Namen und Anschrift der Zeugen stehen. Ich will auf jeden Fall mit ihnen reden.«

»Die haben doch bestimmt nichts mit der Sache zu tun.«

»Das nicht. Aber irgendwann zwischen dem Moment, als sie die Gebeine gefunden haben, und dem, als die Kriminaltechnik die Spuren an Maiks Turnschuhen gesichert hat, muss jemand Unbefugtes Zugang zu den Asservaten gehabt haben.«

Nadja sah ihn an. »Warum bist du eigentlich aus dem Polizeidienst ausgeschieden?«

»Was spielt das jetzt für eine Rolle?«

»Könnte es sein, dass einer deiner Kollegen dir eins auswischen will? Gibt es welche, die noch eine Rechnung mit dir offen haben?«

Ich fuhr mir durchs Haar. An die Möglichkeit hatte ich noch nicht eine Sekunde gedacht. »Ehrlich gesagt glaube ich das nicht. So weit würde keiner der Kollegen gehen, selbst wenn er stinksauer auf mich wäre.«

»Bist du absolut sicher, oder glaubst du es nur?«

»Herrje, Nadja, ich bin so sicher, wie man sein kann.«

»Also war dein Abgang nicht ganz friedlich.«

»Es gibt durchaus Leute, die einen Groll hegen könnten.

Aber keinem von denen traue ich zu, dass er mir einen Mord anhängen würde. Außerdem arbeitet auch keiner von denen in einer Dienststelle in Bonn oder in der Eifel. Sie hätten also keinen Zugang zu den Asservaten gehabt.«

»Wie du meinst.« Nadja wirkte nicht überzeugt.

Im Wald oberhalb von uns knackte es.

Wir erstarrten, sahen uns an.

Auf der Landstraße waren zwischenzeitlich jede Menge Autos vorbeigefahren, aber keins davon war auch nur langsamer geworden, als es den Parkplatz passierte. Hatten wir uns zu sicher gefühlt?

Wieder knackte es. Da ober war jemand, so viel stand fest.

Ich packte Nadja und zog sie hinter einen Baum. Dann tastete ich nach meiner Waffe.

In dem Moment kam ein Reh in langen Sprüngen den Hang herunter, lief an uns vorbei und verschwand auf der anderen Seite der Landstraße im Unterholz.

Erleichtert ließ ich die Waffe los.

»Liebe Güte, wir sind vielleicht zwei Nervenbündel«, sagte Nadja lachend. Sie war blass um die Nase, und ihr Lachen klang ein wenig verkrampft.

Ich schüttelte den Schreck ab und warf einen Blick den Hang hinauf, um sicherzugehen, dass das Reh nicht von einem Menschen aufgescheucht worden war. Niemand zu sehen. Was nicht hieß, dass dort niemand war. Vielleicht wurden wir beobachtet.

Ich beschloss, wachsam zu bleiben, und trat zurück an die Grube. Dann drehte ich mich um, sah hinüber zur Straße. Warum vergrub jemand die Leiche eines Kindes, das er gerade getötet hatte, in Sichtweite der Landstraße? Warum nicht tiefer im Wald?

»Schau mal«, unterbrach Nadja meine Gedanken.

Sie stand noch immer an der Stelle, wo wir uns vor dem vermeintlichen Angreifer versteckt hatten, und deutete auf etwas.

»Was ist das?«

»Sieht aus wie ein Wegkreuz.«

Sie bog einige Zweige auseinander, und tatsächlich kam ein Kreuz aus rötlichem Sandstein zutage. Es stand auf einem kleinen Sockel, reichte mir etwa bis zur Hüfte. Es schien sehr alt zu sein, die Figur des Gekreuzigten war so verwittert, dass sie kaum noch zu erkennen war.

Nachdenklich schaute ich mich um. Vor zwanzig Jahren war das Gestrüpp bestimmt noch viel kleiner und das Kreuz besser in Schuss und gut sichtbar gewesen. Und es stand quasi am Kopfende der Grube.

»Sieht fast so aus, als hätte jemand gewollt, dass Maik einen Grabstein bekommt«, sagte Nadja leise.

Genau der Gedanke war auch mir gekommen. »Und weißt du, was das bedeutet?«

»Der Mörder hatte Mitgefühl.«

»Mitgefühl oder ein schlechtes Gewissen. Jedenfalls bedeutet es, dass es mit an Sicherheit grenzender Wahrscheinlichkeit kein Fremder war, dass Maik und sein Mörder sich persönlich kannten.«

»Jemand aus der Familie?«, flüsterte Nadja.

»Könnte sein, ja.«

Die Neubausiedlung, von der Erik gesprochen hatte, bestand aus mehreren Straßen mit botanischen Namen wie Eichenweg oder Birkenallee, die es in meiner Kindheit noch nicht gegeben hatte. Hier standen Einfamilienhäuser, die alle irgendwie austauschbar aussahen mit ihren breiten Carports, bestickten Gardinen und mehr oder weniger geschmackvoll gestalteten Bilderbuchvorgärten.

Familie Völkl wohnte in einem rot geklinkerten Haus mit grünen Sprossenfenstern. Ein silberner Kleinwagen stand in der Einfahrt, vor dem Garagentor lag ein Kinderfahrrad, Kreidezeichnungen zierten die Steinplatten, die zum Haus führten. Die Stufen vor der Haustür waren mit einem Stillleben aus orangefarbenen Kürbissen dekoriert. Eine Sammlung verschieden großer bunter Gummistiefel verriet, dass Maiks Schwester inzwischen selbst Mutter von mindestens zwei Kindern war.

Während ich auf das Haus zulief, ging mir das Kreuz im Wald nicht aus dem Sinn. Maik war von einem Menschen getötet worden, den er kannte, dem er vertraute. Von jemandem, der das Bedürfnis gehabt hatte, ihn an einer Stelle zu beerdigen, die er jederzeit aufsuchen konnte. Am Ende hatte er sogar regelmäßig Blumen an dem Kreuz abgelegt? Wem wäre das schon aufgefallen?

Gedämpfte Stimmen waren von drinnen zu hören, als ich auf die Klingel drückte. Es dauerte eine Weile, dann öffnete eine atemlose blonde Frau die Tür.

»Ja?«

»Franziska?«

Die Frau runzelte die Stirn. Dann riss sie die Augen auf. »Linus? Bist du das?«

Im Hintergrund stritten sich zwei Kinder. Ich konnte nicht verstehen, worum es ging, aber es hörte sich schwer danach an, als würde es sehr bald handgreiflich werden.

Ich versuchte mich an einem charmanten Grinsen. »Ich komme bestimmt ungelegen.«

»Mensch, Linus, ich hätte dich fast nicht erkannt. Wie lange ist es her, dass du weggegangen bist?«

»Viel zu lange.«

Sie lächelte. »Ach, ist das so?« Dann fiel ihr Blick auf Nadja, und sie kniff die Augen zusammen. »Was ist los, Linus? Warum bist du hier?«

»Ich muss mit dir reden.«

»Einfach so?«

»Es geht um Maik.«

Schlagartig verschloss sich Franziskas Miene. »Ach, jetzt plötzlich, ja? Hätte ich mir denken können. Wie kommt es nur? Jahrelang hat sich kein Mensch für meinen kleinen Bruder interessiert. Auch du nicht. Aber jetzt, wo die ganzen Aasgeier sich auf die Geschichte stürzen, da stehst du plötzlich vor der Tür!«

Drinnen krachte etwas, eins der Kinder fing an zu weinen.

»Franziska, bitte …«

»Was willst du?« Sie verschränkte die Arme vor der Brust.

»Ich muss mit dir reden, es ist wichtig. Ich habe …«

»Und du glaubst, du kannst hier einfach so an der Tür klingeln nach all den Jahren und mit mir plaudern? Ist doch nur die Franziska, klar, die hat immer Zeit für mich.«

»Ich will doch nur …«

»Ich, ich, ich. Ein anderes Wort kennst du gar nicht. Du hast dich doch immer nur für dich selbst interessiert. Weißt du was, Linus? Du kannst mich mal!«

Die Tür krachte zu.

Ungläubig starrte ich einige Sekunden lang auf die verschlossene Tür. Dann wanderte meine Hand zur Klingel. So leicht würde ich mich nicht abspeisen lassen. Was sollte das überhaupt heißen, ich würde immer nur an mich selbst denken? Was bildete diese dumme Pute sich denn ein?

Gerade, als ich auf den Knopf drücken wollte, zog Nadja meinen Arm weg. »Komm.«

»Aber wir müssen mit ihr reden. Ich könnte wetten, dass sie etwas weiß.«

»Ja. Aber so funktioniert das nicht.«

Widerwillig folgte ich Nadja zurück zum Wagen. Als wir uns gesetzt hatten, legte sie mir die Hand auf den Arm. »Lass es mich versuchen.«

»Warum sollte sie mit dir reden wollen?«

»Weil ich auch eine Frau bin. Weil wir gemeinsam über dich herziehen können.«

»Was soll das? Wieso sollte Franziska über mich herziehen wollen?«

»Du hast es wirklich nicht bemerkt, nicht wahr?« Lächelnd schüttelte Nadja den Kopf.

»Was denn?«

»Sie muss ziemlich verknallt gewesen sein, damals. Und du hast es nicht einmal mitbekommen. Das tut weh.«

Ich sah sie fassungslos an. »Unsinn!«

»Glaubst du?«

Verunsichert schüttelte ich den Kopf. »Ach, ich weiß nicht. Ich finde das ziemlich weit hergeholt. Sie war drei oder vier Jahre jünger als ich, irgendein Mädchen auf meiner Schule. Ich habe sie nicht mal richtig bemerkt.«

»Eben.«

Vielleicht hatte Nadja recht, auch wenn ich es nach wie vor nicht glauben wollte. Schließlich war das alles Jahre her, kein Grund also, noch immer beleidigt zu sein. Andererseits war ich, was diese Dinge anging, nicht gerade ein Experte. »Und was willst du ihr erzählen?«

»Lass das meine Sorge sein. Gib uns Zeit. Eine Stunde mindestens.«

Ich nickte. »Also gut. Ich versuche inzwischen herauszufinden, wo das Ehepaar lebt, das die Knochen gefunden hat. Falls es in der Nähe ist, fahre ich hin.« Ich deutete die Straße hinunter. »Da hinten ist eine Bushaltestelle, da gable ich dich wieder auf, wenn ich zurück bin, in Ordnung?«

»Okay. Lass dich nicht verhaften.« Nadja beugte sich vor und küsste mich auf die Wange.

Ich versuchte, mir nicht anmerken zu lassen, wie sehr mich das aus dem Konzept brachte. »Ich gebe mir Mühe«, versicherte ich betont locker.

Nadja

»Sie?« Franziska Völkl verzog das Gesicht.

Nadja setzte ein breites Lächeln auf. »Ich bin Nadja.«

»Wenn Linus Sie geschickt hat ...« Sie spähte über Nadjas Schulter.

»Der weiß nicht einmal, dass ich hier bin. Man muss den Männern ja nicht alles sagen, oder?« Nadja zwinkerte verschwörerisch. »So still drinnen? Dann haben sich die Kinder wieder beruhigt?«

Franziska seufzte. »Sie haben sich um eine blöde Plastikfigur gestritten. Jetzt liegt sie unbeachtet in der Ecke.«

»Ja, so sind sie.«

»Haben Sie auch Kinder?«

Nadja schüttelte den Kopf. »Leider nicht. Dafür hätte ich mir wohl einen anderen Partner suchen müssen. Sie kennen Linus ja ...«

»Ich verstehe, was Sie meinen.« Franziska zögerte. »Kommen Sie, ich mache uns einen Kaffee.«

Nadja folgte der Frau in die Küche. Überrascht bemerkte sie die Kochinsel mit sechs Gasflammen und riesiger Dunstabzugshaube, die Arbeitsplatte aus schwarzem Marmor und die Fronten aus Edelstahl, die nicht so richtig zu dem eher spießigen Haus passten.

»Die Küche ist Stefans Revier«, erklärte Franziska. »Zumindest wenn er da ist. Er ist viel beruflich unterwegs, oft zwei oder drei Wochen am Stück. Wenn er dann mal zu Hause ist, kommt er kaum aus der Küche heraus. Kochen ist seine große Leidenschaft. Aber natürlich nur, wenn er eine spezielle Kreation ausprobieren kann und die perfekten Zutaten dafür zusammenhat. Für die Butterbrote und Fischstäbchen, die die Kinder essen, bin ich zuständig.«

»Dürfen Sie denn in diesen heiligen Hallen etwas so Profanes wie Fischstäbchen zubereiten?«

Franziska lachte. »So weit käme es noch!« Sie machte sich an der Kaffeemaschine zu schaffen.

»Und Sie? Keine große Leidenschaft?«

»Das war eigentlich die Medizin.« Franziska holte Tassen aus dem Schrank. »Aber dann wurde ich schwanger. Stefan hat das Geld verdient, ich war noch an der Uni. Also habe ich abgebrochen, obwohl ich fast fertig war. Und danach hat es sich irgendwie nicht mehr ergeben.« Sie stellte die Tassen auf den Tisch. »Und Sie? Kennen Sie Linus schon lange?«

»Nicht lange genug, um ihn wirklich zu verstehen«, erwiderte Nadja ausweichend. »Wie war er denn früher so?«

»Er war einer von den Wilden, den Jungs, die ständig zum Direktor mussten.« Franziska drehte sich zu Nadja um. »Wir haben ihn bewundert, weil er nicht so ein Duckmäuser war, weil er sich Sachen getraut hat, die allen anderen zu gefährlich waren.«

»Was für Sachen?«

»Er hat heimlich eine Spritztour mit dem Wagen seines Vaters gemacht, da war er erst vierzehn. Und er ist nachts in die Burg eingebrochen und hat eine Lanze aus dem Museum geklaut.« Franziska lächelte versonnen. »Ich hätte nie gedacht, dass ausgerechnet er zur Polizei geht.«

»Lange hat er es da ja auch nicht ausgehalten.«

»Davon habe ich gehört. Er ist jetzt Privatdetektiv, stimmt's?«

»Genau.«

Franziska goss Kaffee in die Tassen. »Setzen Sie sich doch.«

Nadja nahm auf einem der harten Kunststoffstühle Platz. Aus dem hinteren Teil des Hauses drang leise Musik, dann Stimmen. Offenbar hatte Franziska die Kinder mit einem Film ruhiggestellt.

Sie stellte die Kanne auf den Tisch. »Milch? Zucker?«

»Ein bisschen Milch, danke.« Nadja nahm die Tasse entgegen, dann wagte sie einen Vorstoß. »Ich hoffe, Sie sind Linus nicht böse, weil er Sie eben mit der Frage nach Ihrem Bruder überrumpelt hat.«

Franziska schüttelte den Kopf. »Nein. Es ist nur ... in letzter Zeit haben so viele Leute nach ihm gefragt ... die Polizei, irgendwelche Reporter, Nachbarn. Keinem von denen ging es wirklich um Maik. Was wissen die denn, wie sich das anfühlt, wenn der kleine Bruder zwanzig Jahre lang spurlos verschwunden war? Wenn man zuschauen musste, wie die Eltern daran zerbrachen? Wenn man all die Jahre nicht wusste, ob er tot ist oder noch lebt?«

»Aber Linus weiß, wie sich das anfühlt«, erinnerte Nadja sie leise.

Franziska biss sich auf die Lippe. »Natürlich. Seine Mutter. Sie wurde bis heute nicht gefunden, oder?«

Nadja schüttelte den Kopf.

»Wie schrecklich.«

»Hatten Sie damals einen Verdacht, was passiert sein könnte?«

Franziska trank von ihrem Kaffee, dann seufzte sie. »Ich dachte, dass er verunglückt sein muss. Maik war ziemlich ungeschickt. Was der alles kaputtgemacht hat!« Sie lächelte, wurde jedoch sofort wieder ernst. »Er ist häufig irgendwo raufgeklettert und nicht wieder runtergekommen. Und dann hat er geheult, bis ihn jemand gerettet hat. Ich glaube, es lag daran, dass meine Mutter versucht hat, ihn vor allem Schlimmen zu bewahren. Sie war ständig in seiner Nähe, hat ihn in Watte gepackt, als wäre er aus Porzellan. Er war nicht geplant, müssen Sie wissen, ich war ja schon zehn, als er geboren wurde. Meine Eltern wollten keine weiteren Kinder. Und als er dann da war, haben sie ihn behandelt wie ein unerwartetes Geschenk.«

»Und weil er so ungeschickt war, dachten Sie, er wäre beim Spielen verunglückt.«

»Erst ja.«

»Und später?«

»Als man ihn nirgendwo gefunden hat, glaubte ich nicht mehr daran. Wir hatten all seine Lieblingsplätze abgesucht, doch er war nicht dort. Da dachte ich, dass ihn jemand entführt haben muss.«

»Das war bestimmt schrecklich für Sie.«

Franziska senkte den Blick. »Ich hätte da sein sollen, auf ihn aufpassen. Meine Mutter war einkaufen, sie hatte mich gebeten, ein Auge auf ihn und seine Freunde zu haben. Aber ich hielt die Sorge meiner Mutter für übertrieben. Die Jungen waren ja schon acht, die brauchten keinen Babysitter mehr, der ihnen beim Spielen zuguckte.«

»Also haben Sie sie allein gelassen.«

»Ich war auf meinem Zimmer und habe Musik gehört. Ich habe nicht mitgekriegt, wie seine Freunde gegangen sind. Ich habe gar nichts mitgekriegt. Er ist unter meinen Augen von seinem Mörder entführt worden.«

Nadja nahm Franziskas Hand. »Es war nicht Ihre Schuld.«

»Das sagt sich so leicht.« Sie zog die Hand weg, rieb sich die Augen. »Er war komisch, wissen Sie?«

Nadja horchte auf. »Komisch?«

»Kurz bevor er verschwand. Er war stiller als sonst, und anhänglicher. Er ist mir überallhin nachgelaufen. Ich fand das total lästig.«

Nadja wagte kaum zu atmen. Etwas war mit Maik geschehen, bevor er umgebracht worden war. Vielleicht stimmte ihr Verdacht doch, und es ging um Missbrauch. »Haben Sie ihn gefragt, was los ist?«

»Einmal, ja.«

»Und?«

»Er sagte etwas von Männern.«

»Was für Männer?«

»Das weiß ich nicht. Er sagte nur immer wieder: Da waren Männer. So etwas in der Art. Genau erinnere ich mich nicht. Keine Ahnung, was für Männer er meinte. Vielleicht hatte er einfach nur schlecht geträumt.«

»Möglich«, sagte Nadja, aber sie glaubte es nicht.

Linus

Das Ehepaar Josefson lebte in einer Art Luxusblockhütte am Stadtrand von Düren. Als ich mich der Tür näherte, schlug irgendwo im Haus ein Hund an, ein großes Tier, wenn ich das Bellen richtig interpretierte.

Wenig später polterte etwas Schweres mit einem lauten Krachen von innen gegen die Tür. Das dunkle Bellen war direkt auf der anderen Seite. Hier passte jemand offenbar sehr gut auf den Besitz von Herrchen und Frauchen auf.

Ich wollte schon wieder gehen, als ich eine Stimme hörte. »Aus, Toby! Aus!«

Den Hund scherte das gar nicht, er warf sich weiter mit der Wucht seines ganzen Körpers gegen die Tür, sodass das Holz erzitterte.

»Toby! Wirst du wohl Ruhe geben!«

Drinnen ertönten Kampfgeräusche, ein Stöhnen, ein Jaulen, dann wieder das Bellen, doch diesmal dumpfer, und eine Tür schlug zu.

Kurz darauf wurde die Haustür aufgerissen. Ein hagerer Mann um die sechzig in Outdoor-Klamotten musterte mich argwöhnisch.

»Sie wünschen?«

»Linus Roth, Kriminalpolizei. Ich weiß, dass meine Kollegen bereits mit Ihnen gesprochen haben. Aber es gibt da noch ein paar Fragen.«

Der Mann nickte. »Kommen Sie rein.«

Erleichtert atmete ich auf. Wenn er meinen Dienstausweis hätte sehen wollen, hätte ich ein Problem gehabt.

Wir gingen durch einen schmalen Flur, hinter einer der Türen bellte Toby, und ich war froh, dass sie gut verschlossen war. Einen Moment lang fragte ich mich, ob es wirklich Wildschweine gewesen waren, die Maiks Gebeine ausgegraben hatten.

Wir betraten ein Wohnzimmer, dessen Wände größtenteils aus Glas bestanden, sodass es sich anfühlte, als wäre man mitten im Garten. Eine Frau, die ebenso drahtig und durchtrainiert aussah wie ihr Ehemann, erhob sich vom Sofa.

»Das ist Herr Roth, Eva. Er ist von der Polizei.«

»Ach, der arme Junge«, sagte die Frau. »Ich sehe ständig die Knochen vor mir. Wird man diesen Anblick je wieder los? Sie kennen das doch sicher, Herr Roth.«

»Ganz los wird man ihn nicht«, antwortete ich wahrheitsgemäß. »Aber er verblasst.«

Sie nickte. »Einen Tee? Wir haben verschiedene Kräutermischungen, alle selbst gepflückt.«

Ich verzichtete dankend. »Ich möchte Sie gar nicht lange aufhalten. Ich habe nur ein paar kurze Fragen.«

Wir nahmen auf dem asketisch harten Sofa Platz.

»Legen Sie los«, forderte Josefson mich auf.

»Sie haben ausgesagt, dass Sie Ihren Wagen auf dem Parkplatz abgestellt haben, um zu wandern«, begann ich. Zum Glück hatte ich mir vorher rasch die Aussage des Ehepaars angesehen, sodass ich in etwa im Bilde war. »War zu dem Zeitpunkt noch jemand in der Nähe?«

»Nein, niemand«, antwortete Josefson.

»Und es stand auch kein weiteres Fahrzeug auf dem Parkplatz?«

»Nein, das habe ich Ihren Kollegen bereits gesagt.«

»Auch auf keinem der Waldwege in der Nähe?«, hakte ich nach.

Josefson überlegte. »Ich bin nicht sicher. Du, Eva?«

Die Frau schüttelte den Kopf. »Ich habe nicht darauf geachtet. Und nachdem …« Sie verstummte.

»Wer war als Erstes da, nachdem Sie die Polizei alarmiert hatten?«

Josefson runzelte die Stirn. »Ich verstehe nicht …«

»Bitte beantworten Sie einfach meine Frage.«

»Zwei Streifenpolizisten aus Olefthal, wenn ich mich richtig erinnere.«

»Ja, das stimmt«, bestätigte seine Frau. »Die haben alles mit rot-weißem Band abgesperrt. Und dann haben sie uns gefragt, was genau passiert ist. Aber das wussten wir ja gar nicht. Wir hatten ja nur die Knochen gefunden.«

»Zu dem Zeitpunkt war noch gar nicht klar, ob es sich überhaupt um menschliche Gebeine handelt«, ergänzte Josefson.

»Verstehe.« Ich hatte mein Handy hervorgezogen, schrieb mir mit der Notizblock-App ein paar Stichworte auf. »Und als Nächstes?«

»Na ja, da kam dann die ganze Truppe«, sagte Josefson. »Ihre Leute, Sie wissen schon. Spurensicherung, ein Gerichtsarzt, Sie kennen das ja besser als ich.«

»Aber vorher war da noch dieser Mann«, fiel seiner Frau ein.

»Was für ein Mann, Eva?«

»Der mit den blauen Augen, der sich die Knochen angeschaut hat.«

»Ich weiß nichts von einem Mann mit blauen Augen.«

»Doch, Egon, ich erinnere mich gut, weil die Augen so was unangenehm Stechendes hatten, als könnten sie in einen hineinschauen. Er ist überall rumgelaufen, hat kein Wort mit uns gesprochen, nur mit einem der Polizisten kurz geredet. Und dann ist er wieder weggefahren.«

»Ach ja, ich erinnere mich. Ich dachte, dass das vielleicht der Experte für die Knochen wäre, der sagen sollte, ob sie von einem Menschen oder einem Tier sind.«

»Nein, das war ein Polizist, bestimmt der Polizeichef, der selbst ein Auge auf den Tatort werfen wollte.«

Gebannt verfolgte ich das Gespräch zwischen den Eheleuten. Jemand war am Fundort gewesen und hatte sich an den Knochen zu schaffen gemacht, bevor die Spurensicherung eingetroffen war. Und er hatte mit einem der Polizisten gesprochen. Irgendwo in den Akten standen die Namen der beiden Beamten, die als Erste vor Ort gewesen waren. Einer von ihnen musste wissen, wer der Mann war, er hatte schließlich mit ihm geredet.

»Und dieser Mann hat sich die Fundstelle angesehen?«, hakte ich nach.

»Ja, das müssen Sie doch wissen, das war schließlich einer von Ihnen.«

Ich seufzte theatralisch. »In diesen Fall sind mehrere Dienststellen involviert. Leider weiß da oft die eine Hand nicht, was die andere tut.«

Missbilligend schüttelte Josefson den Kopf. »Das ist nicht gut, so können wichtige Informationen verloren gehen.«

»Wem sagen Sie das? Was meinen Sie, warum ich hier bin?«

Josefson nickte wissend. »Er war an der Stelle, wo wir die Knochen entdeckt hatten, und hat sich alles genau von allen Seiten angesehen. Er ist sogar ins Gebüsch gekrochen. Und dann hat er telefoniert.«

Ich schrieb eifrig mit. Dieser Mann hatte zumindest grob fahrlässig gehandelt, indem er riskiert hatte, Spuren zu kontaminieren. Ich hielt es für unwahrscheinlich, dass es sich um einen Kollegen in Zivil gehandelt hatte. Entweder war es ein Reporter gewesen, der den Polizeifunk abgehört hatte, oder jemand, der mit dem Tod von Maik zu tun hatte. Der Mann, der meine DNA an Maiks Schuhen angebracht hatte.

Das allerdings würde bedeuten, dass der oder die Täter Minuten nach dem Auffinden der sterblichen Überreste entschieden hatten, mir den Mord anzuhängen. Und dass sie irgendwo Material mit meiner DNA vorrätig hatten. Aber wie war das möglich?

»Herr Roth?« Offenbar hatte Josefson mir eine Frage gestellt.

»Verzeihen Sie.«

»Wir haben in der Zeitung gelesen, dass man weiß, wer den Jungen umgebracht hat. Die DNA des Täters wurde an den Knochen gefunden. Stimmt das?«

»So einfach ist das leider nicht mit der DNA«, erwiderte ich. »Dass Spuren am Tatort oder am Opfer sind, heißt noch nicht, dass die Person, von der sie stammen, auch der Täter ist.«

»Aber …«

»Stellen Sie sich vor, die Mutter hat Maik umarmt, bevor er verschwand. Dann sind an seiner Kleidung womöglich Haare von ihr. Aber sie hat ihn nicht umgebracht.«

Josefsons Lippen formten sich zu einem stummen O.

Ich erhob mich. »Der Mann, der die Knochen untersucht hat – war der noch da, als die anderen Kollegen kamen?«

Das Ehepaar tauschte einen Blick.

»Ich glaube nicht«, sagte die Frau. »Wenn ich mich richtig erinnere, war er zu dem Zeitpunkt schon wieder weg.«

»Wissen Sie, was für einen Wagen er fuhr?«

Eva Josefson blickte fragend zu ihrem Mann.

»Keine Ahnung. Ich kann mich an keinen Wagen erinnern«, sagte der.

»Aber Sie sind sicher, dass er blaue Augen hatte?«, fragte ich die Frau.

»Ja«, sagte Eva Josefson bestimmt. »Stechend blaue Augen.«

»Können Sie sonst noch etwas zu seinem Aussehen sagen?«

»Ich … ich war so durcheinander, ich habe nicht darauf geachtet. Er hatte eine dunkle Jacke an. Eine Lederjacke vielleicht. Aber da bin ich nicht sicher. Und er war groß, größer als mein Mann.«

Ich blickte zu Josefson, der etwa eins achtzig groß sein mochte.

Ein großer Mann mit Lederjacke und stechend blauen Augen. Viel war das nicht. Aber ein Anfang.

Nadja

Sie saßen in einem übervollen Restaurant in Monschau, weit genug weg von Olefthal und umgeben von belgischen und niederländischen Touristen, die ihnen keinerlei Beachtung schenkten. Nadja hatte ein Jägerschnitzel mit extra viel Pommes bestellt. Nach drei Tassen Kaffee und zwei Stunden Plaudern mit Franziska Völkl war sie total ausgehungert. Irgendwann hatten sie angefangen, sich zu duzen und sich gegenseitig ihre peinlichsten Erlebnisse mit Männern zu erzählen. Das war lustig gewesen, aber auch anstrengend. Zumal Franziska immer wieder auf Nadjas vermeintliche Beziehung mit Linus zurückgekommen war und Nadja sich schäbig gefühlt hatte, weil sie die Frau belügen musste.

Sie schnitt ein großes Stück Fleisch ab. »Wir haben also den kleinen Maik Wilkens, der ein traumatisches Erlebnis mit irgendwelchen Männern hat und wenige Tage danach ermordet wird. Und wir haben einen Unbekannten mit stechend blauen Augen und guten Kontakten bei der Polizei, der zwanzig Jahre später kurz nach der Entdeckung der Gebeine an der Fundstelle im Wald auftaucht und sich an den Knochen zu schaffen macht. Habe ich das so richtig zusammengefasst?« Sie schob den Bissen in den Mund und kaute.

»Hätte ich nicht besser machen können.« Linus gab Ketchup auf seinen Burger.

»Und nun?«, fragte Nadja kauend.

»Wir müssen die Akten gründlich durchgehen. Vielleicht stoßen wir auf weitere Hinweise.«

Nadja schluckte. »Mal angenommen Stechauge hat deine DNA an den Schuhen von Maik angebracht, wie ist er so schnell da rangekommen?«

»Darüber habe ich mir auch den Kopf zerbrochen.« Linus stellte die Ketchupflasche ab. »Und ich bin nur auf eine mögliche Erklärung gekommen. Er muss sie sich bei meinen Eltern verschafft haben. In dem Haus gibt es bestimmt noch jede Menge alten Kram von mir.«

»Sie wohnen noch in Olefthal?«

Linus biss ab und nickte.

»Dann ruf an. Worauf wartest du?«

Linus antwortete nicht sofort, nahm stattdessen einen weiteren Bissen von seinem Burger.

Nadja spießte ein paar Pommes mit ihrer Gabel auf und wartete.

»Also gut«, sagte Linus schließlich und griff seufzend zum Handy. »Ich stelle auf laut, dann kannst du mithören.« Er tippte eine Nummer ein und legte das Telefon auf den Tisch.

Nach dem dritten Klingelton meldete sich eine Frauenstimme. »Ja?«

»Hi, Christa.«

»Linus! Wo steckst du? Die Polizei war hier und hat nach dir gefragt. Was ist denn los?«

»Nichts weiter, nur ein Fall, an dem ich arbeite.«

»Warum ist es bei dir so laut? Ich verstehe dich kaum.«

Linus beugte sich über das Telefon. »Ich bin in einem Restaurant.«

»Ach so. Kommst du nächste Woche?«

»Nächste Woche?«

»Dein Vater hat Geburtstag. Du hast es versprochen.«

Linus warf Nadja einen unergründlichen Blick zu. Das Thema schien ihm unangenehm zu sein. »Ich weiß nicht, ob ich es schaffe.«

»Bitte, Linus.«

Die Frau klang, als hätte sie ihren Stiefsohn schon häufiger vergeblich um einen Gefallen gebeten. Nadja fühlte mit ihr. Sie hatte es bestimmt nicht leicht gehabt, hatte all die Jahre im Schatten der anderen Mutter gestanden, die spurlos verschwunden war.

»Du hast vermutlich gehört, dass die Gebeine von Maik Wilkens gefunden wurden«, sagte Linus, ohne auf ihre Bitte einzugehen.

»Ach Gott, der arme Junge!«

»Erinnerst du dich an den Tag?«

»Als die Knochen entdeckt wurden? Natürlich. Ist doch erst zwei Wochen her. So senil bin ich noch nicht.«

»Weißt du, ob jemand bei euch im Haus war? Unerwarteter Besuch oder ein Handwerker vielleicht?«

»Warum willst du das wissen?«

»Bitte, Christa, beantworte meine Frage.«

»Nein, ich glaube nicht, dass jemand hier war.«

»Wirklich nicht?«

»Ganz bestimmt nicht ... nein, warte, da war jemand. Das muss an dem Tag gewesen sein. Am selben Abend hat Gertrud mich nämlich angerufen und mir erzählt, dass sie am Vormittag den kleinen Maik gefunden haben.«

»Und da war jemand bei euch?«

»Das war irgendwie komisch, jetzt, wo ich drüber nachdenke. Ein Mann vom Roten Kreuz hat an der Tür geklingelt und gefragt, ob wir Kleiderspenden hätten. Ich habe ihm die Garage aufgeschlossen, wo noch ein paar Säcke mit alten Kindersachen von Tristan und dir stehen. Er hat sich das angeschaut, dann aber nur eine alte Jacke von dir mitgenommen, die dicke blaue mit der riesigen Fellkapuze, du erinnerst dich bestimmt.«

Nadja, die sich bis dahin auf ihr Schnitzel konzentriert hatte, hörte auf zu kauen. Sie sah Linus an, der genauso elektrisiert zu sein schien wie sie.

»Hat der Typ gefragt, wem die Jacke gehörte?«, fragte er.

»Wir haben geplaudert, während er die Säcke durchsah. Er erzählte, dass er immer die Kleidung seines großen Bruders auftragen musste und es gehasst hat. Ich habe ihm erzählt, dass das bei uns nicht so war, weil du immer alle Sachen so kaputtgemacht hast, dass man sie unmöglich weitergeben konnte. Die Jacke war eine Ausnahme, die ist einigermaßen heil geblieben, aber die wollte Tristan nicht haben, weil er die Fellkapuze hässlich fand.«

»Und das hast du dem Typ erzählt?«

»Hätte ich das nicht tun sollen?« Linus' Stiefmutter klang verunsichert.

»Und dann hat er sie mitgenommen?«

»Ja, nur die Jacke. Obwohl da noch ganz viele andere gute Sachen waren. Vor allem von Tristan. Ein bisschen komisch fand ich das schon.«

»Wie sah der Mann aus?«

»Normal.«

»Groß? Klein? Alt? Jung? Sprach er mit Akzent?«

»Ich weiß es nicht mehr. Wirklich. Kein Akzent, wenn ich mich richtig erinnere.«

»Augenfarbe? Stechend blau vielleicht?«

»Nein, ich glaube nicht. Eher dunkel. Warum willst du das alles wissen?«

»Erkläre ich dir später. Danke.«

»Und nächste Woche?«

»Ich versuche es.« Er beendete das Gespräch.

Nadja hob den Daumen. »Ein Rätsel weniger.«

»Dafür jede Menge neue Fragen.« Linus presste die Lippen zusammen. »Warum ich? Wer sind diese Kerle? Und was wollen sie ausgerechnet von mir?« Er klopfte mit den Fingern auf die Tischplatte. Dann schlug er sich vor den Kopf. »Mensch, ich habe doch das Kennzeichen von dem Wagen!«

»Von welchem Wagen?«

»Dieser Typ, den ich vor dem Haus in Oberkassel fotografieren sollte. Ich habe auch sein Auto aufgenommen. Samt Kennzeichen.«

»Hoffentlich ist es nicht auch nur ein Schauspieler gewesen, der gar nichts mit der Sache zu tun hat«, sagte Nadja, und ein Schauder lief ihr über den Rücken, als sie an Ann-Katrin Harras dachte, an den Anblick des toten Körpers unter dem Tuch.

Am Nebentisch prosteten sich ein paar junge Männer zu. Nadja blickte zu ihnen hinüber, ertappte sich dabei, wie sie sie um ihre Sorglosigkeit beneidete. Einem rutschte der Ärmel seines Sweatshirts hoch, als er das Glas hob, und eine kleine Tätowierung kam zum Vorschein, ein Engel und darunter in ungelenken Buchstaben der Name Femke.

Nadja starrte auf die Buchstaben. Verdammt! Natürlich! Warum hatte sie nicht früher daran gedacht?

»Hey, Erde an Nadja. Bist du noch da?«

Nadja riss sich von dem Anblick los. »Sorry, ich war in Gedanken.«

»Bist du scharf auf einen von denen?« Linus zog die Brauen hoch und musterte die Männer am Nebentisch abschätzend.

»Unsinn!«

»Ich wollte vorschlagen, dass wir …«

»Das Foto, wo hast du es?«

»Von dem Kennzeichen?« Er zog seinen Schlüsselbund hervor und deutete auf einen Speicherstick, der daran befestigt war. »Hier drauf. Aber ich weiß nicht, ob mein Kontakt bei der Kripo unter diesen Umständen noch immer bereit ist, mir zu helfen.«

»Nein, ich meine das andere Foto. Das mit dem merkwürdigen Kreis darauf, das zusammen mit der Karte in Bodo Steins Abfalleimer war.«

»Ach so.« Er überlegte. »Das habe ich, glaube ich, in meine Jacke gesteckt.« Er tastete die Innentaschen ab. »Nein. Dann vielleicht in der Hose.« Wieder suchte er die Taschen ab, während Nadja ihn ungeduldig beobachtete, dann zog er es hervor. »Ah, hier steckt es. Was ist denn damit?«

»Nur so eine Idee.« Nadja nahm es entgegen und betrachtete es. Ja, jetzt, wo sie wusste, worauf sie achten musste, erkannte sie den cremefarbenen, merkwürdig strukturierten Untergrund, auf den der Kreis gemalt war. Kein Zweifel, es handelte sich um menschliche Haut.

»Hast du was herausgefunden?«, fragte Linus und warf ebenfalls einen Blick auf das Foto. »Weißt du, was das darstellen soll?«

»Allerdings.«

»Und was?«

»Das ist kein Graffito«, erklärte sie, ganz berauscht von ihrer Entdeckung. »Es ist eine Vergrößerung, deshalb sieht es so aus, als wäre der Kreis riesig. In Wahrheit ist er viel kleiner. Vermutlich nur etwa so groß wie mein Fingernagel.«

Linus zog das Foto zu sich heran und runzelte die Stirn.

»Ach, und was ist es?«

»Eine Tätowierung.«

Linus

Ich starrte auf das Foto. Natürlich! Eine Tätowierung, wieso hatte ich das nicht sofort erkannt? *Verdammt, verdammt.* Ich war dermaßen blind gewesen. Es war so klar, wenn man es einmal kapiert hatte. Eine Tätowierung … und was für eine.

Plötzlich ergab alles einen Sinn, all die merkwürdigen Dinge, die bisher nicht zusammengepasst hatten. Wie bei einer Reihe Dominosteine, die nacheinander umfielen, klickte es wieder und wieder in meinem Kopf.

Der aus Papier gefaltete Wolf. Der Name der Stiftung. Die Verflechtungen bis in höchste Kreise, wo Geld keine Rolle spielte. Das Foto von der Tätowierung. Kein Kreis, kein Buchstabe. Sondern eine Zahl: eine Null. Eine Null auf die Innenseite eines Oberarms tätowiert.

Blutgruppentätowierung. Wie bei der SS. Die Männer, die Maik solche Angst eingejagt hatten, waren keine Kinderschänder gewesen, sondern Nazis. Die Nationalsozialisten waren besessen gewesen von allem, was irgendwie mit Wölfen zu tun hatte. Wolfsschanze. Wolfsangel. Hitler selbst hatte sich den Decknamen Wolf gegeben.

Fuck! Ich schlug mit der Faust auf den Tisch.

»Was ist los?« Nadja legte den Kopf schief. »Dir geht doch irgendwas im Kopf herum. Lässt du mich an deinen Erkenntnissen teilhaben?«

»Weißt du, was eine Blutgruppentätowierung ist?«, fragte ich zurück.

Ihr klappte die Kinnlade runter. »Oh Mann.« Sie sah auf das Foto. »Blutgruppe Null.«

»Du sagst es.« Ich berichtete ihr von meinen Schlussfolgerungen.

»Das ist die Lösung!«, stieß sie mit leuchtenden Augen hervor, als ich geendet hatte. »Alles passt zusammen. Wir haben endlich ...«

In dem Augenblick gab das Handy in Nadjas Rucksack einen Ton von sich.

Sie kramte es hervor und öffnete die Nachricht. »Eine SMS von meiner Freundin.«

»Lies vor!«

»Die Wolfsblut-Stiftung steht unter dem Verdacht, rechtsradikale Vereinigungen zu unterstützen«, las sie. »Mit Finanzhilfen für Konzerte von einschlägigen Bands und Demonstrationen. Aber auch mit weitaus schlimmeren Mitteln. Die Villa in Luxemburg soll als Waffenlager und Unterschlupf für Mitglieder dienen, die von der Polizei gesucht werden. Bisher konnte aber nichts nachgewiesen werden.« Nadja legte das Handy auf dem Tisch ab. »Das ist das letzte Puzzleteil. Wir wissen jetzt, hinter welcher Story Bodo Stein her war und warum er sterben musste.« Sie grinste mich an. »Wir haben es geschafft.« Sie hob ihr Glas. »Wir haben die Mörder entlarvt.«

Ich stieß mit ihr an. »Wir sind ein gutes Team.«

»Dann lass uns aufbrechen. Worauf warten wir? Du musst der Polizei von unserer Entdeckung erzählen. Sie müssen die Köpfe dieser Stiftung verhaften.«

Ihre Worte holten mich aus dem Siegestaumel zurück auf den Boden der Tatsachen. Ich stellte mein Glas ab und sah Nadja schweigend an.

Das Leuchten in ihren Augen verschwand. »Was ist los?«

»Wir haben keine Beweise.«

»Aber …«

»Ein verschwommenes Foto aus den Siebzigern, eine Landkarte mit einer Markierung und ein Origami-Wolf. Das reicht nicht. Meine Exkollegen würden mich auslachen. Und mich sofort einbuchten. Denn sie haben etwas viel Besseres: meine DNA an einem der Opfer.«

»Aber deine Stiefmutter …«

»Was, glaubst du, ist ihre Aussage wert? Klar, dass sie mir helfen würde. Aber sie kann den Mann, der die Jacke abgeholt hat, ja nicht einmal beschreiben.«

»Und die Kamera auf deinem Boot?«

»Ich dachte, die hättest du entsorgt?«

»Vielleicht gibt es weitere.«

»Die würden nur beweisen, dass irgendwer mich ausspioniert. Wer weiß, womöglich habe ich sie selbst dort platziert, weil ich paranoid bin oder jemandem was anhängen will.«

Nadja verzog das Gesicht. »Und die Schießerei?«

»Keine Zeugen. Vermutlich haben die Kerle sogar ihre Hülsen inzwischen eingesammelt.« Ich griff nach ihrer Hand. »Wenn diese Stiftung bereits einmal im Fokus von polizeilichen Ermittlungen stand, wie deine Freundin angedeutet hat, aber bisher nichts nachgewiesen werden konnte, heißt das, dass die gut darin sind, ihre Spuren zu verwischen. Wenn wir die drankriegen wollen, brauchen wir mehr. Vor allem brauchen wir den Mörder. Oder die. So, wie es aussieht, könnten Maik Wilkens und Bodo Stein von zwei verschiedenen Personen dieser Organisation umgebracht worden sein.«

Nadja senkte den Blick. »Das heißt, wir müssen uns weiter verstecken?«

Ich drückte ihre Hand. »Ja. Und zwar noch besser als zuvor. Wir dürfen niemandem mehr trauen. Wir wissen nicht, wie weit die Verflechtungen der Wolfsblut-Stiftung reichen.«

»Die Polizisten am Fundort?«

»Irgendwer muss dem Mann mit den stechenden Augen Bescheid gegeben haben, und zwar unmittelbar nachdem die Meldung der beiden Wanderer einging. Das muss nicht unbedingt einer der Streifenpolizisten gewesen sein. Möglich, dass der Kerl den beiden einen falschen Ausweis vorgelegt hat.«

»Also hängt irgendwer bei der Polizei in Olefthal mit drin.«

»Mindestens. Ja.«

»Ich habe Angst«, flüsterte sie.

Ich küsste ihre Hand. »Ich auch. Aber wir lassen uns trotzdem nicht einschüchtern.«

Zwanzig Minuten später saßen wir im Auto auf dem Weg zurück nach Olefthal. Wir mussten Beweise finden für unsere Theorie, und die aussichtsreichste Möglichkeit waren die alten Akten zum Fall Maik Wilkens, die noch immer in der Hütte lagen. Zwar hatten wir alles abfotografiert, aber manche Bilder waren in der Eile unscharf geworden, bei anderen waren die handschriftlichen Notizen am Rand des Textes nicht zu entziffern.

»Wenn wir niemandem mehr trauen wollen, dürfen wir nicht in die Jagdhütte zurückkehren«, sagte Nadja, als ich den Citroën auf die B258 lenkte.

»Aber da liegen die Akten«, wandte ich ein.

»Okay, dann holen wir die und suchen uns ein anderes Versteck.«

Ich hatte keine Lust, schon wieder im Hotel zu übernachten, zumal ich das keineswegs für sicherer hielt als die Hütte. Ich erinnerte mich noch zu gut, wie schnell ich Bodo Stein ausfindig gemacht hatte, trotz des falschen Namens. »Wenn Erik uns hätte verraten wollen, hätte er das längst getan«, wandte ich ein.

Nadja schien das nicht zu überzeugen. »Vielleicht handelt er auf Befehl, darf nur eingreifen, wenn er die Order dazu hat.«

»Das klingt aber sehr arg nach Verschwörungstheorie. Immerhin ist Erik Bürgermeister von Olefthal.«

»Du bist doch derjenige, der behauptet hat, dass die Neonazis bis in die höchsten Kreise vernetzt sind.«

»Nicht Erik, das glaube ich nicht.« Ich überlegte. »Aber wenn es dich beruhigt, treffen wir zusätzliche Vorsichtsmaßnahmen. Schließlich wäre es ja auch möglich, dass jemand ihn beschattet, weil er ein alter Freund von mir ist. Wir stellen den Wagen in einiger Entfernung zur Hütte ab und gehen auf getrennten Wegen dorthin. Ich mache den Anfang. Wenn ich in die Falle tappe, bist du gewarnt und kannst dich in Sicherheit bringen.«

»Und wenn sie uns irgendwann heute Nacht überfallen?«

»Dafür habe ich die hier.« Ich tippte auf die Waffe im Holster an meinem Gürtel.

»Also gut.«

Es fing an zu regnen, die Tropfen waren mit Schnee vermischt, es war kalt geworden. Ich drehte die Heizung höher und stellte den Scheibenwischer an.

»Das mit der Blutgruppentätowierung bedeutet doch, dass irgendein alter Nazi der Organisation angehört, oder?«, fragte Nadja.

»Wäre eine Möglichkeit. Es könnte aber auch nur eine Devotionalie sein. Das Bild stammt aus dem Jahr 1977. Der Mann darauf lebt bestimmt längst nicht mehr. Er müsste ja weit über neunzig sein.«

»Trotzdem könnte es uns weiterhelfen, wenn wir den Mann identifizieren würden, auch wenn er nicht mehr lebt. Vielleicht stoßen wir über ihn auf weitere Namen.«

»Nur auf Grundlage dieses Fotos? Wie sollen wir das anstellen?« Der Schneeregen wurde dichter, ich schaltete die Scheinwerfer ein. Draußen war es trüb, obwohl erst früher Nachmittag war.

»Ich kenne da jemanden, der uns vielleicht helfen könnte«, sagte Nadja. »Einen Typen, der untergetauchte Nazis sucht.«

Überrascht sah ich sie an. »Du kennst einen Nazijäger?«

»Nicht direkt. Ich habe einen Bekannten, der einen kennt. Ich könnte ihn bitten, Kontakt herzustellen. Vielleicht hat dieser Mann eine Ahnung, um wen es sich auf dem Foto handeln könnte. Bestimmt weiß er auch was über die Stiftung.«

Ich war skeptisch, aber wir mussten alles versuchen. »In Ordnung, frag deinen Bekannten.«

»Ich schicke ihm eine SMS.« Sie nahm ihr Handy und tippte etwas hinein.

Wir waren nah an der Stelle, die ich als Versteck für den Citroën auserkoren hatte, ein Wanderparkplatz, der etwas tiefer im Wald lag und von der Straße aus nicht einsehbar war. Ich hielt am Straßenrand.

»Hier müsstest du aussteigen«, erklärte ich Nadja. »Folge einfach dem Pfad dort drüben. Er stößt nach ein paar Minuten auf einen Wanderweg. Da biegst du rechts ein, dann gelangst du kurze Zeit später auf den Weg, an dem die Hütte liegt.«

»Und du?«

»Ich fahre noch ein Stück weiter, stelle den Wagen ab und komme von der anderen Seite zu Fuß. Wenn alles nach Plan läuft, bin ich ungefähr fünf Minuten vor dir da.«

»Okay.« Sie griff nach ihrem Rucksack. »Bis gleich. Pass auf dich auf.«

»Du auch.« Ich widerstand der Versuchung, sie zum Abschied in den Arm zu nehmen, sonst hätte ich sie vielleicht nicht wieder losgelassen.

Als Nadja eine Viertelstunde später in der Hütte ankam, hatte ich bereits alles nach Eindringlingen abgesucht und Kaffee gekocht. Das Stück Papier, das ich am Vormittag in die Eingangstür geklemmt hatte, war noch an Ort und Stelle gewesen, ebenso wie der Faden zwischen den Aktenordnern.

»Niemand ist hier gewesen«, verkündete ich und reichte Nadja einen Becher.

Sie warf ihre nasse Jacke auf das Sofa und nahm ihn entgegen. »Dann scheint dein Freund ja wirklich einer von den Guten zu sein.«

Wir setzten uns an den Tisch und verteilten die Ordner. Ich übernahm die Spurenakte, weil ich mit den Fachbegriffen und dem speziellen Jargon der Kriminaltechniker besser klarkam. Nadja las die alten Zeugenaussagen.

Eine Weile war in der Hütte nichts zu hören außer dem Regen, der aufs Dach prasselte, und dem Rascheln von Papier. Ich vertiefte mich in den Fall und blendete, soweit es ging, alles um mich herum aus. Das Verschwinden von Maik war offenbar zu Anfang nicht besonders ernst genommen worden, man hatte vermutet, dass der Junge sich versteckt, versehentlich irgendwo eingeschlossen oder verlaufen hatte. Ein Verbrechen wurde erst ernsthaft in Erwägung gezogen, als er in den späten Abendstunden noch immer nicht aufgetaucht war. Da war es bereits dunkel gewesen, sodass die angeforderte Hundertschaft erst am nächsten Tag mit dem Durchkämmen der Wälder rings um Olefthal beginnen konnte. Trotzdem fand ich es merkwürdig, dass niemandem das frische Grab an dem Wanderparkplatz aufgefallen war. In den Akten stieß ich jedenfalls auf keinen Hinweis darauf. Allerdings lag die Stelle im äußeren Radius des Suchgebiets, sie war ja fünf Kilometer von Olefthal entfernt. Hier war wohl erst Tage später nachgesehen worden. Gut möglich, dass die Einsatzwagen direkt auf dem Grab geparkt hatten, als die Polizisten diesen Teil des Waldes absuchten.

Man hatte an einem Zaun in der Nähe des Elternhauses rote Fasern gefunden, die zu der Strickjacke gehörten, die Maik an dem Tag trug. Jedoch konnte nicht ausgeschlossen werden, dass die Fasern schon länger dort hafteten. Also führte auch diese Spur zu nichts.

Ich schenkte Kaffee nach. »Schon was gefunden?«

Nadja hob den Kopf. »Nein. Nichts, was wir nicht schon wussten. Nur …«

»Was?«

Sie blätterte ein paar Seiten zurück. »Hier lag ein Schnipsel Papier zwischen den Blättern.« Sie deutete auf den Tisch. »Ich hab ihn dahin gelegt.«

Ich begriff nicht sofort. »Und?«

»Es könnte sein, dass jemand an dieser Stelle eine Seite rausgerissen hat.«

»Unwahrscheinlich, es sind doch Kopien.«

»Dein Freund hat diese ganzen Seiten vermutlich nicht eigenhändig kopiert, oder?«

»Ich denke, er hat eine Kopie der Ermittlungsakte von der Kripo oder von der Staatsanwaltschaft angefordert, vielleicht im Namen der Polizei von Olefthal, damit die auf dem Laufenden ist.«

»Also wäre es doch möglich, dass jemand eine Seite entfernt hat, bevor die Ordner deinem Freund übergeben wurden.«

»Fehlt denn irgendwas?«

»Nicht auf den ersten Blick. Alle Zeugenaussagen beginnen mit den persönlichen Daten der Befragten und enden mit der Unterschrift. Wenn mitten im Text eine Seite fehlen würde, wäre mir das beim Lesen aufgefallen.«

»Dann wurde vielleicht eine komplette Aussage entfernt.« Nachdenklich nahm ich den Schnipsel in die Hand. Ganz am Rand war ein einzelner Buchstabe zu erkennen, ein großes R. »Blätter mal an den Anfang, da müsste ein Inhaltsverzeichnis sein.«

Nadja schlug die erste Seite auf. »Ja, hier ist es.«

»Welche Aussage war die unmittelbar vor dem Papierfetzen?«

»Die von Franziska.«

»Stand noch was Interessantes drin?«

»Weniger als das, was sie mir erzählt hat. Kein Wort von den Männern, von denen Maik kurz vor seinem Tod gesprochen hat.«

»Damals dachte sie wohl noch nicht, dass es wichtig sein könnte«, sagte ich und fragte mich im gleichen Atemzug, ob Franziska nach dem Auffinden der Gebeine noch einmal befragt worden war und ihre Aussage ergänzt hatte.

»Danach soll ein Jens Reichel kommen.« Nadja blätterte. »Stimmt aber nicht. Als Nächstes ist hier eine Nachbarin.«

»Das muss noch nichts heißen. Vielleicht wurde nur die Reihenfolge vertauscht.«

Nadja blätterte den Ordner zweimal durch. Danach versuchte ich es. Wir suchten sogar in den anderen Ordnern. Doch die Aussage von Jens Reichel blieb verschwunden.

Eine Stunde später saßen wir wieder im Auto. Da wir in der Hütte kein Internet hatten, war Nadja auf die Idee gekommen, Franziska anzurufen und noch einmal mit ihr zu sprechen. Tatsächlich kannte sie Jens Reichel. Er war einer der beiden Jungen, mit denen Maik an dem Nachmittag gespielt hatte. Inzwischen war er knapp dreißig und arbeitete in der IT-Abteilung der Technischen Hochschule in Aachen. Und Franziska hatte sogar eine Telefonnummer für uns gehabt.

Wir waren um sechs Uhr in einem Café am Stadtrand von Aachen verabredet. Jens Reichel dachte, wir wären Journalisten, und er schien nicht abgeneigt zu sein, seine Kindheitserlebnisse in einer Zeitschrift abgedruckt zu sehen.

Das Café stellte sich als eine Art Kiosk mit zwei Klapptischen und ein paar wackeligen Hockern heraus. An einem saß ein Mann mit karottengelbem Pferdeschwanz und gleichfarbigem Bart über ein Notebook gebeugt.

»Herr Reichel?«

Der Karottenkopf zuckte nach oben. »Oh, da seid ihr schon.« Er klappte das Notebook zu und deutete auf den Platz gegenüber. »Bitte, setzt euch. Wollt ihr was trinken?«

Ich mochte das kumpelhafte Du nicht, und das bräunliche Getränk in Reichels Pappbecher sah auch nicht besonders vertrauenerweckend aus, aber ich wollte für gute Stimmung sorgen. Also orderte ich eine Runde Kaffee an der Theke.

Als wir alle vor unseren Bechern saßen, fragte Reichel: »Für welche Zeitschrift arbeitet ihr denn?«

»Wir sind freie Journalisten, arbeiten für den, der am besten zahlt«, erklärte ich vage.

»Von dir habe ich einen Artikel im Netz gefunden«, sagte Reichel zu Nadja. »Irgendwas über eine Kunstausstellung.«

Überrascht zog ich die Brauen hoch. Nadja arbeitete also tatsächlich als Journalistin, daran hätte ich schon fast nicht mehr geglaubt. Umso besser. Mir schoss durch den Kopf, dass ich nicht ein einziges Mal auf die Idee gekommen war, sie zu googeln oder auf anderem Weg etwas über sie herauszufinden. Eine unverzeihliche Nachlässigkeit, die mir sonst nicht unterlief, auch wenn ich als Entschuldigung anführen konnte, dass ich alle Hände voll damit zu tun gehabt hatte, meinen Kopf aus der Schlinge zu ziehen.

»Erzählen Sie uns von Maik«, bat ich.

»Er war ein netter Junge. Ich weiß, das klingt doof, aber auf ihn trifft es wirklich zu. Er war immer freundlich und eher still, keiner von denen, die ständig im Mittelpunkt stehen müssen.«

»Seine Schwester sagt, dass er manchmal ungeschickt sein konnte«, sagte Nadja.

Jens Reichel lächelte. »Das stimmt. Er hatte zwei linke Hände. Und besonders sportlich war er auch nicht. Manchmal …« Er fuhr mit dem Finger über die Kante des Notebooks, als gäbe es dort etwas wegzuwischen. »Manchmal haben wir ihn geärgert. Dann sind wir auf einen Baum geklettert, wo er nicht hochkam, und haben ihn von oben mit Kastanien beworfen.«

»Nicht sehr nett.« Ich probierte den Kaffee. Er schmeckte so scheußlich, wie er aussah.

»Druckt ihr das etwa?« Reichel schien plötzlich eingefallen zu sein, dass er in einer Geschichte, in der er ein Kind gemobbt hatte, das später ermordet worden war, nicht sehr gut wegkommen würde.

Ich ging nicht auf seine Frage ein. »An dem Nachmittag gab es Streit zwischen Ihnen und Maik. Hatten Sie ihn da auch geärgert?«

»Ärgern würde ich das nicht nennen.«

»Wie dann?«

»Wir haben ihn ein bisschen auf die Schippe genommen, der Daniel und ich. Wir haben Verstecken gespielt. Und als er mit Suchen dran war, sind wir einfach abgehauen.«

»Was geschah danach?« Nadja beugte sich vor. Sie hatte ihren Kaffee noch nicht angerührt. Kluges Mädchen.

»Wir wollten eigentlich nach einer Weile zurückkehren. Aber dann haben wir es doch nicht getan.«

»Warum nicht?«

»Keine Ahnung. Einfach so. Keinen Bock mehr.« Er sah mich an. »Müsst ihr euch keine Notizen machen oder so? Ich will nicht, dass ihr mich falsch zitiert.«

»Keine Sorge«, sagte ich. »Meine Kollegin hat ein eidetisches Gedächtnis. Sie muss sich nichts notieren.«

»Echt jetzt? Wow!« Reichel warf Nadja einen bewundernden Blick zu.

Gleichzeitig bekam ich unter dem Tisch einen Tritt gegen das Schienbein verpasst.

»War Maik vor seinem Verschwinden verändert?«, fragte Nadja. »Hat er was erzählt? Über ein besonderes Erlebnis vielleicht? Eine Begegnung?«

»Na ja. Maik war immer ein bisschen komisch, wie ich schon sagte. Nett, aber auch seltsam. Wegen seiner Mutter, denke ich. Sie hat ihn total verhätschelt.«

»Er hat also nichts erzählt?«, hakte Nadja nach.

»Nur so eine merkwürdige Geschichte mit bösen Männern. Aber ich glaube, die hatte er sich ausgedacht, um sich wichtigzumachen.«

Ich setzte mich kerzengerade auf. »Was war das für eine Geschichte?«

Reichel runzelte die Stirn. »Ich weiß nicht, ob ich's noch zusammenkriege. Das war was mit schwarzen Kreuzen und bösen Männern, die ihn verfolgt haben.«

Mein Blick schoss zu Nadja und wieder zurück zu Jens Reichel. »Schwarze Kreuze?«

»Ich glaube ja. Keine Ahnung, was er damit meinte. Jedenfalls hatte er die angeblich im Vereinsheim gesehen. Und als die Männer ihn entdeckten, haben sie ihn durch den Wald gejagt. Ich schätze, es war ein Albtraum. Oder Angeberei. Eine ziemlich krude Geschichte jedenfalls.«

»Und die Männer wollte Maik im Vereinsheim gesehen haben?«, hakte ich nach. »In welchem denn?«

»In dem alten Heim des Sportvereins von Olefthal. TSV Olef. Inzwischen gibt es ja ein großes neues Sportgelände weiter außerhalb mit einer Halle und einer Gaststätte. Aber damals gab es nur den Rasenplatz und das kleine Vereinsheim.«

Nadja sah mich fragend an.

Ich nickte. Ich kannte das Gebäude. »Und dort hat Maik böse Männer und schwarze Kreuze gesehen.«

»Das hat er zumindest behauptet.«

»Haben Sie das damals der Polizei erzählt?«

»Klar. Aber die haben das nicht besonders ernst genommen.« Reichel griff nach seinem Becher, hielt mitten in der Bewegung inne. »Glaubt ihr, das könnte mit seinem Verschwinden zusammenhängen?«

Ich stand auf. »Wir müssen los.«

»Das war's schon? Wollt ihr kein Foto machen?«

»Wir müssen uns bestimmt noch einmal treffen. Dann erledigen wir das.« Ich nickte Nadja zu, die ebenfalls aufgestanden war und dem Karottenschopf die Hand reichte.

»Eidetisches Gedächtnis, das muss cool sein«, murmelte der. »Keine Spickzettel in der Schule, immer alles parat.«

Nadja warf mir einen wütenden Blick zu und stapfte zur Tür.

Ich folgte ihr, drehte mich jedoch in Columbo-Manier noch einmal um. »Eine Frage noch.«

»Ja?«

»Könnte es sein, dass die schwarzen Kreuze, die Maik in dem Vereinsheim gesehen hat, Hakenkreuze waren?«

Reichel riss die Augen auf. »Fuck, Alter, ist das dein Ernst?«

Ich unterdrückte den Impuls, die Augen zu verdrehen. »Könnte es sein?«

»Jetzt, wo ich noch mal drüber nachdenke … ja, das wäre möglich.«

Nadja

»Wir sollten uns dieses Vereinsheim ansehen«, sagte Nadja, als sie im Wagen saßen, und rieb sich ihre kalten Finger. Die Luft war eisig, und die Klamotten, die sie sich aus der Villa ihrer Auftraggeberin geborgt hatte, waren nicht gerade für ein Outdoor-Abenteuer in der Eifel geeignet. »Und für den Scheiß mit dem eidetischen Gedächtnis bist du mir was schuldig.«

»Warum denn? Hat den Kerl doch mächtig beeindruckt.«

»So langsam beginne ich zu verstehen, warum nicht alle deine Exkollegen Fans von dir sind.« Nadja spähte durch die Windschutzscheibe nach draußen. »Schon wieder dunkel.«

»Dann kommen wir leichter ungesehen in das Vereinsheim.«

»Was ist eigentlich mit dem Kennzeichen von dem Typ in Oberkassel? Kannst du irgendwie rauskriegen, auf wen der Wagen zugelassen ist?«

»Nicht über meinen üblichen Kontakt. Das will ich nicht riskieren. Der sitzt im Präsidium und weiß womöglich, dass ich gesucht werde. Aber es gibt da noch jemanden.«

»Ach ja?«

Linus drehte umständlich am Regler der Heizung.

Neugierig musterte Nadja ihn. Irgendetwas stimmte nicht mit dieser anderen Kontaktperson. »Und? Willst du nicht anrufen?«

»Yvonne und ich, wir hatten mal was miteinander.«

Nadja schluckte. Das war es also. »Na und?«, fragte sie und versuchte, gleichgültig dreinzublicken, obwohl sie ein völlig unerwarteter und ebenso unbegründeter Stich von Eifersucht durchzuckte.

»Ich glaube, es wäre besser, wenn sie nicht mitbekommen würde, dass du bei mir bist.« Linus lenkte den Wagen auf eine Bushaltestelle am Straßenrand und stellte den Motor ab. »Sie ist bestimmt eher geneigt, mir zu helfen, wenn sie glaubt, dass ich ganz allein bin.«

Nadja kniff die Augen zusammen, dann zuckte sie mit den Schultern. »Ich werde kein Wort sagen. Oder soll ich aussteigen?«

Linus zögerte, blickte nach draußen. Es schneite wieder, diesmal richtig, kein halbgefrorener Regen. »Natürlich nicht«, sagte er dann, etwas zu spät, um überzeugend zu klingen.

Nadja beobachtete den Tanz der Flocken im Licht der Scheinwerfer, während Linus eine Nummer eintippte, die er offenbar auswendig kannte.

»Ich bin's, Linus«, sagte er dann.

Ein Wortschwall folgte, von dem Nadja nichts verstand.

»Ja, ich weiß. Kannst du mir trotzdem einen Gefallen tun?«

Wieder die gedämpfte Stimme am anderen Ende.

»Ich brauche den Halter eines Wagens. Es ist wichtig. Moment.« Er nahm den Zettel aus der Hosentasche, auf dem er das Kennzeichen notiert hatte, und diktierte es ins Telefon. »Danke, dass du das für mich tust, Yvonne.«

Sie antwortete etwas, das in Nadjas Ohren ziemlich schnippisch klang.

»Da ist noch was«, sagte Linus, scheinbar ungerührt von ihren Vorhaltungen. »Ich habe Hinweise auf Neonazis in der Eifel. In Olefthal. Weißt du irgendwas darüber?«

Wieder sprach die Frau länger, während Linus mit den

Fingern auf das Lenkrad trommelte. Nadja versuchte sich vorzustellen, wie sie aussah, auf was für einen Typ Frau Linus wohl stand. Aber es wollte ihr nicht so recht gelingen. Schließlich bedankte Linus sich erneut und legte auf.

»Und?«, fragte Nadja.

»Yvonne kümmert sich um das Kennzeichen. Sie arbeitet in der Abteilung für Organisierte Kriminalität beim LKA. Deshalb habe ich sie auch nach den Neonazis gefragt. Sie sagt, dass Olefthal eine Zeit lang ein Treffpunkt für Biker war. Einige von denen waren unter Beobachtung, weil sie der rechten Szene nahestanden. Sie wurden observiert, aber bis auf das Benutzen verbotener Symbole konnte man ihnen keine Straftaten nachweisen. Die Gruppe, die sich regelmäßig in Olefthal getroffen hat, existiert angeblich nicht mehr.«

»Dann sind wir tatsächlich auf der richtigen Spur.«

»Das ist noch nicht alles. Anscheinend gab es bei diesen Treffen hin und wieder einen ganz besonderen Ehrengast, einen echten alten SS-Oberführer.«

»Der Kerl von dem Foto.«

»Möglich.«

»Na, das passt doch«, sagte Nadja. »Und es war gar nicht so schwer, oder?« Sie zwinkerte, um ihren Worten die Spitze zu nehmen.

Linus startete den Motor. »Yvonne ist klasse. Eine gute Polizistin und eine zuverlässige Freundin. Aber sie kann manchmal etwas emotional sein.«

»Und das hast du nicht ausgehalten?«

»Was? Nein, das war es nicht. Sie hat sich von mir getrennt, weil sie jemanden kennengelernt hatte. Die große Liebe. Aber es hat nicht lange gehalten.«

»Und jetzt bereut sie, dass sie dich für diesen Typen abserviert hat.« Eigentlich wollte Nadja nur ein wenig auf den

Busch klopfen, doch als sie es aussprach, war sie plötzlich sicher, dass es zutraf.

»Quatsch.«

»Doch, das tut sie.«

»Du kennst sie doch gar nicht.«

»Ich hab's an ihrer Stimme gehört.«

Linus

Als wir das Vereinsheim erreichten, war die Schneedecke bereits einige Zentimeter hoch, und der alte Citroën hatte mit seinen Sommerreifen Mühe, nicht ins Schleudern zu geraten. Ich dachte kurz über die Spuren nach, die wir im frischen Schnee zwangsläufig hinterlassen würden, sah aber keine Alternative.

Das Gebäude war noch mickriger, als ich es aus meiner Fußball-Kindheit in Erinnerung hatte. Ein ehemals weiß verputzter Bau im Format einer großen Garage, flach und hässlich. Die Tür war aus Aluminium, die Fenster zur Straßenseite hin vergittert. Überall wucherten mannshohe Sträucher, die sich unter der Last des Schnees beugten, Efeu rankte an der Fassade hoch.

»Gemütlich«, sagte Nadja.

Ich warf ihr einen Blick zu. Seit dem Telefonat mit Yvonne hatten wir kaum ein Wort gewechselt. Ich war in Erinnerungen versunken gewesen, und sie hatte vermutlich darüber spekuliert, was für ein Paar Yvonne und ich wohl gewesen waren. Vielleicht würde ich es ihr eines Tages erzählen, nicht nur die vagen Andeutungen, sondern die ganze komplizierte Geschichte, die dazu geführt hatte, dass ich meinen Job geschmissen hatte und auf einem Boot wohnte und dass ein anderer Mann, in dem wir uns alle getäuscht hatten, nicht mehr lebte. Aber dazu mussten wir diesen ganzen Scheiß erst mal überleben.

Ich schüttelte den Gedanken ab und parkte den Wagen in einiger Entfernung zum Vereinsheim am Straßenrand. Hier standen keine Häuser, es gab nur eine Holzverarbeitungsfirma, in der sonntagabends um die Zeit ganz bestimmt niemand war, und ganz am Ende der Straße die Kläranlage.

»Kriegst du die Tür auf?«, fragte ich.

»Machst du Witze?«

Ich grinste. Und für einen Moment war ich ganz sicher, dass ich mich trotz des Schlamassels, in dem wir steckten, nicht nach meinem komfortablen Leben als Polizeibeamter mit Pensionsansprüchen und einer Beziehung mit einer Kollegin zurücksehnte.

Nadja hob die Brauen. »Können wir?«

Ich wurde wieder ernst, warf einen Blick in den Rückspiegel. »Lass uns noch einen Augenblick warten. Nur um sicherzugehen, dass uns niemand gefolgt ist.« Selbst ein Wagen ohne Licht würde sich nicht unbemerkt nähern können. Es hatte aufgehört zu schneien, und der Himmel war sternenklar. Der Schnee leuchtete selbst im schwachen Licht der wenigen Straßenlaternen in hellem Weiß.

Ich fixierte noch fünf Minuten den Rückspiegel, dann gab ich Entwarnung. Wir stiegen aus, drückten die Türen leise zu und näherten uns dem Gebäude. Der Schnee knirschte unter unseren Schuhen.

Nadja brauchte keine fünfzehn Sekunden für das Schloss. Einen Augenblick lang verharrten wir reglos, doch eine Alarmanlage schien es nicht zu geben.

Im Eingangsbereich standen gestapelte Stühle. Rechts zweigte ein Gang ab, an dem Umkleidekabinen und Toiletten lagen. Ich hatte die Taschenlampe an meinem Handy aktiviert, leuchtete jeden der gekachelten Räume kurz ab. Nichts. Bis auf das Kribbeln von Erinnerungen an durchgefrorene Trainingsstunden bei strömendem Regen und Turniere, die fast immer im Desaster endeten, weil ich mich jedes Mal in den ersten Minuten verletzte und den Rest der Zeit auf der Reservebank absaß. Eine Karriere als Profisportler war mir definitiv nicht in die Wiege gelegt worden.

Der Rest des Gebäudes bestand aus einem Saal mit Theke und angrenzender Küche. Auf dieser Seite waren die Fenster nicht vergittert und gaben den Blick auf den ehemaligen Fußballplatz frei. Der Schnee verdeckte gnädig das Unkraut, das bestimmt überall wuchs.

Nadja war hinter der Theke verschwunden und kramte in den Schränken und Schubladen herum.

»Irgendwas gefunden?«, fragte ich.

»Ein paar Kartons mit Biergläsern, haufenweise Servietten und Plastikbesteck. Sieht alles noch gar nicht so alt aus.«

»Was meinst du damit?«

»Kein Dreck. Kein Staub.« Nadja wedelte mit einem Päckchen Servietten. »Kann natürlich trotzdem sein, dass sie schon Ewigkeiten hier rumliegen.«

Ich hörte draußen einen Wagen vorbeifahren und schaltete die Lampe aus. Es dauerte zwei Minuten, dann kehrte das Motorengeräusch zurück und verebbte allmählich.

»Kontrollbesuch?«, raunte Nadja.

»Könnte auch sein, dass irgendwer nicht wusste, dass es sich um eine Sackgasse handelt.«

Nadja kam hinter der Theke hervor. »Ich würde gern bei Tageslicht noch mal wiederkommen.«

»Ich glaube nicht, dass wir nach all den Jahren hier noch was finden.«

»Und ich bin mir nicht sicher, ob es wirklich so lange her ist, dass dieser Saal genutzt wurde.«

Ich nickte. »Also gut. Lass uns abhauen. Wir machen es

wie vorhin, gehen auf getrennten Wegen zur Hütte und versuchen es morgen noch einmal.«

Ich hatte die Hand am Holster, als wir nach draußen traten. Alles schien unverändert, bis auf die zweite Fahrspur im Schnee. Wir liefen zum Wagen, blieben dabei dicht an den Sträuchern, die die Straße säumten. Wieder sah ich mich um. Ganz in der Ferne, wo die schmale Straße ins Wohngebiet am Ortsrand mündete, glaubte ich die dunklen Umrisse eines Fahrzeugs zu erkennen, das dort vorher noch nicht gestanden hatte. Bevor ich den Motor startete, entsicherte ich die Waffe und legte sie auf dem Armaturenbrett ab.

Nadja

Nadja wandte ihren Blick von der Straßenbiegung ab, um die der Citroën soeben verschwunden war, und machte sich auf den Weg. Der Schnee lag über der nächtlichen Landschaft wie eine weiße Decke. Wunderschön. Glitzernd. Beinahe magisch. Er schien sogar den Schall zu dämpfen, den Wald in eine märchenhafte Stille zu hüllen. Allerdings war die Nacht mondlos, und Nadja war froh, dass sie die Strecke schon einmal bei Tageslicht gelaufen war. So genügte ihr das fahle Schneeflimmern, um sich zurechtzufinden.

Als sie auf den Waldweg stieß, klingelte ihr Handy. Eine unbekannte Nummer.

»Ja?«

»Spreche ich mit Nadja Ludwig?«, fragte eine schnarrende Stimme.

»Wer will das wissen?«

»Elias Goldberg. Sie wollten Kontakt zu mir aufnehmen.«

»Oh. Wie schön, dass es so schnell geklappt hat.«

»Erzählen Sie!«

Während sie weiter durch die Winterlandschaft lief, nur begleitet vom Knirschen ihrer Schritte, berichtete Nadja Goldberg so knapp wie möglich von den Morden an Maik Wilkens und Bodo Stein, von der Wolfsblut-Stiftung, dem Origami-Mann, dem Foto von der Tätowierung und der Geschichte, die Maik seinem Freund kurz vor seinem Tod erzählt hatte.

Danach war es eine Weile still in der Leitung.

Nadja blieb stehen, weil sie glaubte, dass das Netz abgerissen sein könnte.

Doch in dem Moment räusperte sich Goldberg. »Was genau wollen Sie von mir?«

»Informationen über mögliche Hintermänner. Eine Idee, wessen tätowierter Arm auf dem Foto zu sehen ist.« Nadja setzte sich wieder in Bewegung. Sie war kurz vor der Stelle, wo der Waldweg auf den mündete, an dem die Hütte lag.

»Sie glauben, der Mann könnte mit den Morden zu tun haben?«

»Dafür ist er vermutlich schon bei Maiks Tod zu alt gewesen. Falls er da überhaupt noch lebte. Aber angeblich war ein ehemaliger SS-Mann regelmäßig Gast bei den Neonazitreffen in Olefthal. Wir nehmen an, dass es sich dabei um die Person auf dem Foto handelt. Jemand muss diese Treffen organisiert haben. Und das war bestimmt einer der Anführer der Gruppe. An den wollen wir ran.«

»Verstehe.«

»Können Sie uns helfen?«

»Nicht am Telefon. Ich melde mich wieder.« Goldberg unterbrach die Verbindung.

Nadja steckte das Telefon weg. Die Hütte war jetzt noch etwa zweihundert Meter entfernt und lag halb verdeckt zwischen schneeschweren Tannen. Alles war dunkel. Linus war bestimmt schon da, er war nur nicht so unvorsichtig, Licht zu machen.

Trotzdem hatte Nadja ein ungutes Gefühl. Sie beschloss, sich parallel zum Weg durch den Wald zu nähern. So lautlos wie möglich schlich sie auf die Hütte zu. Zum Glück war sie geübt darin, mit den Schatten der Nacht zu verschmelzen.

Als sie fast da war, sah sie eine Bewegung neben der Hütte,

an der Stelle, wo Linus anfangs den Citroën versteckt hatte. Da war jemand. Sie hielt inne, heftete ihre Augen auf den Punkt im Schnee, bis sie brannten.

Da! Wieder eine Bewegung!

Erst dachte Nadja, es wäre Linus. Doch dann erkannte sie, dass die Gestalt kräftiger gebaut war und helle Haare hatte.

Linus

Auf dem Wanderparkplatz stand ein verschmutzter Geländewagen, deshalb beschloss ich, ein anderes Versteck für den Citroën zu suchen, bevor ich mich auf den Weg zur Hütte machte. Nicht dass der Förster oder wem auch immer der Wagen gehörte, auf die Idee kam, Alarm zu schlagen, weil er glaubte, irgendwelche Städter hätten sich bei dem plötzlichen Wintereinbruch im Wald verlaufen.

Ich lenkte den Citroën zurück auf die Landstraße und fuhr wieder in Richtung Olefthal, überlegte dabei, wo ich stattdessen parken konnte. Ich war wohl ziemlich in Gedanken versunken, denn ich bemerkte das Fahrzeug hinter mir erst, als die Scheinwerfer das Wageninnere des Citroëns grell ausleuchteten.

Idiot! Bei diesem Wetter so dicht aufzufahren war lebensgefährlich.

Ich lenkte so nah wie möglich an den Seitenstreifen, damit die Nervensäge überholen konnte. Doch der Wagen fuhr nur noch dichter auf.

Vorsichtig tippte ich ein wenig aufs Gaspedal. Ich hatte keine Lust, in einen Unfall verwickelt zu werden, nur weil irgendwer sich für einen Rallyeweltmeister hielt.

Der Wagen blieb mir auf den Fersen.

Ich spähte durch die Windschutzscheibe, hielt nach einer Parkbucht Ausschau, nach einer Einmündung, irgendeinem Ort, wo ich anhalten und das Arschloch passieren lassen konnte. Inzwischen hatten wir die Serpentinen erreicht, die erst hoch zur Burg und dann runter nach Olefthal führten.

Plötzlich krachte es, und ich wurde durchgeschüttelt. Der Citroën geriet ins Schleudern, mit Mühe gelang es mir, ihn auf der Straße zu halten. Die Waffe schlitterte über das Armaturenbrett und fiel in den Fußraum vor dem Beifahrersitz. *Verfluchter Mist!* Der Wagen hinter mir hatte mich gerammt!

In dem Moment wurde mir klar, dass das nicht irgendein Dorftrottel war. Irgendwer wollte, dass ich von der Straße abkam. Irgendwer wollte mich umbringen!

Mir brach der Schweiß aus. In einem modernen Wagen auf trockener Fahrbahn hätte ich gute Karten gehabt. Bei den Fahrtrainings während der Ausbildung hatte ich immer sehr gut abgeschnitten. Aber in dieser alten Möhre mit Sommerreifen hatte ich keine Chance. Mir blieb nur eine Möglichkeit. Mich bis Olefthal irgendwie auf der Straße zu halten. Dort würde es auch um diese Zeit noch zu viele Zeugen geben für einen Mord auf offener Straße.

Hoffte ich zumindest. Bei Ann-Katrin Harras war den Tätern egal gewesen, wie viele Zeugen es gab. Doch daran wollte ich jetzt nicht denken.

Vorsichtig beschleunigte ich. Der Citroën raste schlitternd los, auf die erste Kurve zu. Doch noch bevor er sie erreichte, waren die Scheinwerferkegel meines Verfolgers mit einem Mal auf der Gegenspur zu sehen, und ein Schatten tauchte neben mir auf. Eine Sekunde später wurde ich erneut durchgeschüttelt.

Fuck, fuck!

Ich hielt den Blick auf die Straße geheftet, versuchte das Lenkrad gerade zu halten und nicht vom Gas zu gehen. Mit viel zu hoher Geschwindigkeit nahm ich die Kurve. Zum Glück gab es keinen Gegenverkehr.

Der Schatten glitt erneut neben mich. Wieder krachte es. Der Citroën machte einen Satz, aber er hielt die Spur. Ich trat das Gaspedal weiter durch, obwohl die nächste Kurve bereits in Sicht war.

Beim dritten Mal war der Aufprall so heftig, dass er mir das Lenkrad für einige Sekunden aus der Hand riss. Der Citroën schleuderte, drehte sich um die eigene Achse.

Ich versuchte gegenzusteuern, doch der Wagen hatte jegliche Straßenhaftung verloren. Wie in Zeitlupe sah ich die gewaltigen Konturen eines Baums auf mich zurasen. Dann wurde mir schwarz vor Augen.

Nadja

Nadja schlug das Herz bis in den Hals, als sie Schritt für Schritt den Weg zurückschlich, den sie gekommen war. Sie hielt sich dicht bei den Baumstämmen, bewegte sich seitwärts von Deckung zu Deckung, sodass sie die Gestalt, die noch immer neben der Hütte lauerte, die ganze Zeit im Auge behalten konnte.

Während sie sich äußerlich zu absoluter Ruhe zwang, herrschte in ihrem Inneren Aufruhr. Ihre Gedanken überschlugen sich. Was war mit Linus geschehen? Hatten die anderen ihn bereits erwischt? War Linus längst tot und der Mann im Schatten als Nachhut zurückgeblieben, um sie ebenfalls umzubringen?

Gütiger Himmel! Bloß das nicht!

Lass Linus eine Panne gehabt haben, betete sie stumm, einen kleinen Auffahrunfall, irgendetwas, das ihn davon abgehalten hat, auf dem kürzesten Weg zur Hütte zu laufen.

Sobald Nadja weit genug von der Gestalt weg war, beschleunigte sie ihre Schritte. Sie hastete durch den Wald zurück zu der Stelle, wo sie aus dem Auto gestiegen war, so lautlos und so schnell es der Schnee und die Dunkelheit zuließen.

Atemlos erreichte sie die Landstraße. Irgendwo nicht weit von hier musste der Parkplatz sein, wo Linus den Citroën abstellen wollte. Nadja rannte die Straße entlang. Fahrspuren im Schnee zeigten an, dass nur wenige Wagen in den vergangenen Stunden hier vorbeigekommen waren. Inzwischen musste es nach zehn sein, und wer nicht mehr unbedingt rausmusste, blieb bei dem Wetter lieber zu Hause.

Auf der gegenüberliegenden Seite tauchte eine Einmündung auf. Nadja überquerte die Fahrbahn und erreichte kurz darauf einen Parkplatz. Sie blickte zurück, die Landstraße war nicht mehr zu sehen. Das musste der Parkplatz sein, den Linus gemeint hatte.

Aber der Citroën war nicht hier. Es gab jedoch frische Reifenspuren im Schnee. Nadja trat näher, fummelte ihr Handy aus dem Rucksack und betrachtete die Spuren im Licht der Taschenlampen-App. Kein Zweifel, hier hatte kürzlich ein Wagen gestanden. Und er war weggefahren, nachdem es zu schneien aufgehört hatte.

Warum hatte Linus den Wagen nicht hier stehen lassen? Was war geschehen? Hatte er einen Anruf bekommen und war noch einmal aufgebrochen? Aber wohin?

Wieder beleuchtete Nadja die Spuren. Zweifel kamen ihr. Das Profil war sehr breit und markant. Wie bei einem Geländewagen. Der Citroën hatte viel schmalere Reifen. Also hatte ein anderes Fahrzeug hier gestanden.

Nadja rannte zurück zur Straße und folgte ihr weiter. Als sie sich der Stelle näherte, wo der Weg zur Hütte abzweigte, verlangsamte sie das Tempo. Im Schatten der stillen Tannen schlich sie daran vorbei, jederzeit darauf gefasst, Schritte zu hören oder eine Gestalt zu erblicken, die sich mit gezogener Waffe auf sie stürzte.

Doch nichts geschah.

Nadja eilte weiter. Es ging jetzt bergauf, sie begann zu schwitzen, doch sie gönnte sich keine Pause. Ein Motorengeräusch näherte sich von hinten. Nadja sprang hinter einen Baum, wartete, bis das Fahrzeug sie passiert hatte. Dann spähte sie hinter dem Stamm hervor. In der Dunkelheit konnte sie nicht viel von dem Wagen erkennen, aber es war definitiv nicht der silberne Citroën.

Sie lief weiter, die Straße machte eine Kurve, rechts von der Fahrbahn ging es steil den Hang hinunter. Wenige Meter später blieb sie erschrocken stehen.

Vor ihr stand der Citroën auf dem schmalen, schneegepuderten Grünstreifen. Es sah fast so aus, als hätte ihn jemand dort geparkt. Nur dass die Schnauze auffallend dicht an einem Baumstamm klebte und die Fahrertür einen Spalt offen stand.

Nadja wollte losrennen, doch in dem Moment hörte sie ein Geräusch, das sie erstarren ließ.

Azzo

Verfluchte Amateure! Azzo musste sich beherrschen, um das Telefon nicht gegen den nächsten Baum zu knallen. Seine Anweisungen waren mehr als deutlich gewesen, warum waren diese Volltrottel nicht in der Lage, sie umzusetzen? Ein bedauerlicher Unfalltod auf schneeglatter Straße für den nervigen Exbullen, der nicht mehr lebend gebraucht wurde, ein Tod, den man auch als Suizid eines in die Enge getriebenen Mörders lesen konnte.

Das konnte doch nicht so schwer sein.

War es aber offenbar doch. Das war der zweite schwere Patzer, nachdem seinen Männern gestern schon die Kunsttussi auf dem Boot durch die Lappen gegangen war. Wie Anfänger hatten sie sich von ihr linken lassen. Der dritte, wenn man die unnötige Schießerei in Luxemburg dazuzählte. Azzo ballte die Faust. Ihm blieb nichts anderes übrig, von jetzt an würde er alles, was auch nur ansatzweise heikel war, selbst erledigen müssen.

Aber zuerst galt es, seine Auftraggeber zu beschwichtigen. Sie waren dabei, die Nerven zu verlieren, der jüngere zumindest. Und danach musste er dafür sorgen, dass die Spuren beseitigt wurden. Bei Morgengrauen musste alles weg sein.

Azzo blickte den Waldweg auf und ab. Das kleine Miststück war nicht aufgetaucht. Offenbar war sie ziemlich gut darin, sich in Luft aufzulösen. Einmal hatte er geglaubt, sie zu hören. Da waren Geräusche gewesen, das leise Knacken eines Zweigs, gedämpft durch den Schnee, und ein kaum hörbares Knirschen. Aber danach war es wieder still gewesen. Er hatte weitere Geräusche gehört, einen Schatten gesehen, und kurz darauf war ein Fuchs an ihm vorbeigeschnürt.

Irgendwann war ihm klar geworden, dass Nadja nicht mehr kommen würde. Schade. Er hatte sich gefreut auf sie und ihn allein im Wald.

Er verscheuchte den Gedanken. Die Gelegenheit würde wiederkommen, und zwar schon bald. Und dann würde das Dreckstück für alles bezahlen, was sie angerichtet hatte.

Azzo presste die Lippen zusammen. Es fiel ihm schwer, sich einen Fehler einzugestehen. Aber in diesem Fall war es nicht zu leugnen. Er hätte sie gleich bei der ersten Gelegenheit ausschalten müssen, in der Wohnung, als er sie in seiner Gewalt gehabt und die Zielperson noch nicht einmal etwas geahnt hatte von ihrer Existenz. Er hatte zu sehr an den Spaß des Spiels gedacht und zu wenig an das Risiko.

Azzo warf einen letzten Blick auf die dunkle Hütte, dachte an das, was seine beiden Widersacher erwarten würde, sollten sie so dumm sein, noch einmal hierher zurückzukehren, und machte sich auf den Weg. Der Wagen musste jeden Moment eintreffen, er würde auf dem Wanderparkplatz auf ihn warten. Seine Auftraggeber wollten ihn sehen. Azzo musste ihnen glaubwürdig versichern, dass er alles im Griff hatte.

Nadja

Das metallische Stöhnen ging Nadja durch Mark und Bein. Es klang wie der Schmerzenslaut einer gequälten Kreatur, und doch zugleich, als stamme es nicht von dieser Welt. Was zum Teufel war das? Sie presste sich fester an den Baumstamm, hinter dem sie Schutz gesucht hatte, und unterdrückte den Impuls, sich die Ohren zuzuhalten.

Da! Wieder!

Diesmal folgte auf das knirschende Geräusch ein lautes Krachen, als würde ein dicker Ast brechen.

Im selben Moment begriff Nadja. Sie trat an den Abgrund und spähte hinab.

Tatsächlich, etwa zwanzig Meter unter ihr lag ein Autowrack, ein Geländewagen. Seine dunkle Form hob sich deutlich von dem schneebedeckten Waldboden ab. Ein Stück oberhalb ragte das gezackte Ende eines dürren Baumstumpfs in die Luft. Der Baum musste den Sturz des Autos abgefangen haben, bis er dem Gewicht nicht mehr hatte standhalten können.

Jetzt entdeckte Nadja auch den Fahrer. Genau wie der Wagen war er gegen den leuchtenden Schnee gut zu erkennen. Er hing über einem Ast, etwa drei Meter von dem Fahrzeugwrack entfernt. Für den Mann kam jede Hilfe zu spät, ihm fehlte der Kopf.

Nadja presste die Hände auf den Bauch, um die aufkommende Übelkeit zu unterdrücken. Ihre Beine zitterten unkontrolliert.

O Gott!

Ein Autounfall! Linus musste mit dem Geländewagen kollidiert sein. Hoffentlich war er nicht verletzt! Nadja stöhnte auf. Hatte sie sich nicht eben noch einen Unfall gewünscht, damit Linus nicht in die Falle bei der Hütte getappt war?

Nein, daran durfte sie jetzt nicht denken. Sie musste Linus helfen, und zwar schnell, bevor der Mann an der Hütte merkte, dass sie nicht mehr auftauchen würde.

Auf wackeligen Beinen taumelte Nadja auf den Citroën zu, vermied es dabei, noch einmal in den Abgrund zu schauen. Sie riss die Fahrertür auf.

Linus saß hinter dem Lenkrad und rührte sich nicht, sein Gesicht war voller Blut.

Nein, bitte nicht!

Nadja berührte ihn, er war kühl, aber nicht kalt. Sie tastete an seinem blutbeschmierten Hals nach dem Puls. Als sie ihn endlich fand, schossen ihr Tränen der Erleichterung in die Augen.

»Linus? Kannst du mich hören?«

Keine Reaktion.

Lieber Himmel, was sollte sie tun? Den Notarzt rufen? Aber was, wenn Linus gar nicht so schlimm verletzt war, wie es aussah, und sie ihn auf direktem Weg ins Gefängnis bringen würden?

»Linus!«

Ein leises Stöhnen.

Nadja tastete seinen Körper ab. War etwas gebrochen, hatte er innere Verletzungen?

»Was ist los?«, nuschelte Linus.

»Du hattest einen Unfall. Soll ich den Notruf wählen?«

»Nein, bloß nicht. Es geht schon wieder.«

»Aber wir müssen hier weg. An der Hütte hat jemand auf uns gewartet. Er könnte jederzeit hier auftauchen.«

Wieder stöhnte Linus. »Dann nichts wie los. Steig ein.« Er tastete nach dem Zündschlüssel, bekam ihn aber nicht zu fassen. »Scheiße, mein Schädel fühlt sich an, als würde er explodieren.«

Nadja traf eine Entscheidung. »Meinst du, du kannst auf den Beifahrersitz rutschen?«

»Ich dachte, du kannst nicht Auto fahren?«

»Aber ich weiß theoretisch, wie es geht.«

Linus grummelte etwas und warf seinen Oberkörper zur Seite.

»So nicht. Erst die Beine.«

Nadja half ihm, das Bein anzuwinkeln. Hoffentlich hatte er keine inneren Blutungen, sonst würde ihn dieses Manöver umbringen!

Mit vereinten Kräften hievten sie erst das rechte und dann das linke Bein in den Fußraum des Beifahrersitzes. Die ganze Zeit horchte Nadja dabei mit einem Ohr auf Motorengeräusche oder Schritte, die näher kamen. Doch bislang blieb alles still.

Den restlichen Körper hinter den Beinen herzuschieben stellte sich als der schwierigste Teil heraus. Nadja war nassgeschwitzt, als Linus endlich saß.

Rasch nahm sie hinter dem Steuer Platz.

»Kupplung ganz durchtreten, bevor du zündest«, murmelte Linus mit geschlossenen Augen.

Nadja rieb sich den Schweiß von der Stirn. Verdammt, welches Pedal war noch mal die Kupplung? Warum hatte Linus sich keinen Wagen mit Automatikgetriebe geliehen?

»Linkes Pedal. Der Rückwärtsgang liegt ganz rechts.«

Nadja streckte ihre Finger, um das Zittern in den Griff zu

kriegen. Sie nahm ihren Mut zusammen, trat das Pedal und drehte den Schlüssel. Zu ihrer Überraschung sprang der Wagen sofort an. Sie fummelte am Schaltknüppel herum, bis sie das Gefühl hatte, dass etwas einrastete. Dann ließ sie die Kupplung kommen und gab vorsichtig ein bisschen Gas.

Der Wagen machte einen Satz nach hinten und ging aus.

Mit rasendem Herzen saß Nadja da. Bilder von dem geköpften Mann im Baum schossen ihr in den Sinn. Sie wollte nicht wie er enden. Sie musste das hinkriegen.

Wieder trat sie die Kupplung durch und griff nach dem Schaltknüppel. Zum Glück war der Wagen so weit zurückgesprungen, dass sie diesmal den ersten Gang nehmen konnte, das ging leichter. Notfalls würde sie die ganze Strecke im ersten Gang zurücklegen.

Vorsichtig trat sie das Gaspedal, ließ wieder die Kupplung kommen. Der Citroën ruckte, dann setzte er sich in Bewegung.

Schon in der nächsten Kurve war Linus wieder bewusstlos. Nadja hätte ihn lieber wach neben sich gehabt, sie hätte seine Hilfe gebraucht, um den Weg zu finden und um dieses Monstrum sicher durch die verschneite Nacht zu steuern. Aber nun musste es eben ohne ihn funktionieren.

Eine Weile ging es bergauf, dann wieder bergab. Der Wald öffnete sich, die Umrisse einer Burg tauchten auf und dahinter im Tal die Häuser von Olefthal.

Das Lenkrad so fest umklammert, dass ihre Knöchel weiß hervortraten, lenkte Nadja den Wagen durch die Serpentinen ins Tal. Der Motor protestierte lautstark, weil er die ganze Strecke im ersten Gang zurücklegen musste, doch Nadja graute davor, ihn bei dem Versuch hochzuschalten, abzuwürgen und womöglich nicht wieder zum Laufen zu kriegen.

Immerhin war auf den Straßen in Olefthal nichts los, und sie fand den Weg auf Anhieb. Als sie vor dem Haus bremste und der Citroën mit einem Ruck ausging, war sie klatschnass geschwitzt.

Linus war noch immer ohne Bewusstsein. Nadja stieg aus und lief zur Haustür.

Franziska Völkl öffnete fast unmittelbar, nachdem Nadja den Klingelknopf gedrückt hatte. Sie trug einen fliederfarbenen Jogginganzug, aber sie war offenbar noch nicht im Bett gewesen.

»Nadja?«

»Wir brauchen deine Hilfe. Linus hatte einen Autounfall, er ist verletzt, ich weiß nicht, wie schwer.«

Franziska warf einen Blick in Richtung Straße. Die Schrammen auf der Fahrerseite waren nicht zu übersehen. »Warum seid ihr nicht ins Krankenhaus gefahren?«

»Das ist eine komplizierte Geschichte. Können wir uns erst um Linus kümmern?«

»Ich sollte das nicht tun«, murmelte Franziska, aber sie zog bereits die Haustür ganz auf und trat nach draußen. »Ist er bei Bewusstsein?«

»Er war es, ist mit meiner Hilfe auf den Beifahrersitz geklettert.«

»Um Gottes willen! Das hättest du nicht tun dürfen. Man darf einen Verletzten nicht einfach bewegen.« Franziska lief in Gymnastikschläppchen durch den Schnee zum Wagen und öffnete die Beifahrertür. »Oh, scheiße, das sieht nicht gut aus.« Sie richtete sich auf. »Wir müssen ihn ins Haus bringen.«

Als sie Linus mit vereinten Kräften aus dem Wagen hievten, wachte er wieder auf. Er stöhnte und redete wirres Zeug von Scheinwerfern und Rutschgefahr, aber immerhin schaffte er es, von Nadja und Franziska gestützt ins Haus zu humpeln, wo sie ihn aufs Wohnzimmersofa betteten.

Wie Nadja gehofft hatte, war Franziskas Mann nicht zu Hause, und die Kinder schliefen längst. Franziska verschwand kurz, kam mit einem Erste-Hilfe-Kasten zurück und begann, Linus zu untersuchen. Bis auf die Kopfverletzung und ein paar Prellungen schien er unverletzt zu sein. Sie reinigte die Wunde und verband sie.

Dann verabreichte sie Linus Schmerztabletten. Er war inzwischen halbwegs wach und hatte nach anfänglichem Protest eingewilligt, dass Franziska ihn versorgte.

»Vermutlich hast du nichts weiter als die Platzwunde und eine ziemlich heftige Gehirnerschütterung«, sagte sie. »An deiner Stelle würde ich mich aber trotzdem gründlich im Krankenhaus untersuchen lassen. Dein Schädel sollte geröntgt werden, und dein Brustkorb auch, vielleicht ist doch eine Rippe gebrochen. Außerdem kann ich für nichts garantieren, ich habe mein Studium abgebrochen und nur eine ungefähre Ahnung, was ich tue.«

»Das muss genügen«, sagte Linus. Er versuchte, sich aufzurichten, verzog jedoch das Gesicht vor Schmerzen und ließ sich zurück aufs Sofakissen sinken.

»Du solltest liegen bleiben«, sagte Franziska. »Mit einer Gehirnerschütterung ist nicht zu spaßen.«

»Wir müssen hier weg.« Linus warf Nadja einen beschwörenden Blick zu.

Er hatte recht. Sie brachten nicht nur sich selbst, sondern auch Franziska und die Kinder in Gefahr, wenn sie sich länger hier aufhielten. Möglicherweise suchten ihre Gegner bereits nach dem silbernen Citroën, es war nur eine Frage der Zeit, bis sie ihn fanden.

»Wir haben deine Gastfreundschaft lange genug in Anspruch genommen«, sagte Nadja und legte Franziska die Hand auf den Arm.

»Wollt ihr mir nicht wenigstens sagen, was los ist?«

Nadja blickte fragend zu Linus. Er deutete ein Nicken an.

Sie wandte sich wieder an Franziska. »Irgendwer will Linus den Mord an deinem kleinen Bruder anhängen.«

»Was? Das ist doch Blödsinn.«

»Seine DNA wurde an den Gebeinen gefunden.«

Franziska starrte erst Nadja und dann Linus an. »Aber wie …«

»Irgendwer hat sie dort platziert«, fuhr Nadja fort. »Und wir müssen herausfinden, wer das war, damit Linus seine Unschuld beweisen kann.«

»Aber warum sollte Linus Maik umgebracht haben? Was für einen Grund hätte er haben sollen? Außerdem hat er damals gar nicht mehr in Olefthal gelebt. Das ergibt keinen Sinn.«

»Offenbar hat irgendwer entschieden, dass Linus den perfekten Sündenbock abgibt.«

Franziska schüttelte den Kopf, dann weiteten sich plötzlich ihre Augen. »Hat der Unfall etwa damit zu tun, hat …«

Nadja nickte.

»Oh, verdammt.« Franziska schlug die Hand vor den Mund.

»Du verstehst jetzt vermutlich, warum wir nicht hierbleiben können. Das wäre zu gefährlich.«

»Aber wo wollt ihr denn hin?«

»Es ist besser, wenn du nichts weißt«, sagte Nadja. Dabei wusste sie selbst nicht, wo sie den Rest der Nacht verbringen sollten.

»Kann ich noch irgendwas für euch tun?«

Linus streckte die Hand aus und griff nach ihrer. »Du hast genug getan. Das werde ich dir nicht vergessen.«

Ein Hauch von Röte flog über Franziskas Gesicht. Sie stand auf. »Ich habe ein paar alte Decken in der Garage. Ich schätze, die könnt ihr gebrauchen.«

»Die nehmen wir gern. Danke.« Linus versuchte erneut, sich aufzusetzen. Diesmal gelang es ihm. »Ich habe das Gefühl, dass die Tabletten allmählich wirken.«

Franziska drückte ihm das Päckchen in die Hand. »Nimm sie mit, du wirst sie brauchen. Und pass auf dich auf.«

Fünf Minuten später saßen sie wieder im Wagen. Auf der Rückbank lagen zwei warme Wolldecken, außerdem hatte Franziska ihnen noch eine Tüte mit frischen Anziehsachen in die Hand gedrückt.

»So blutbefleckt könnt ihr euch doch nirgendwo blicken lassen«, hatte sie gesagt.

Linus hatte darauf bestanden, das Steuer zu übernehmen, obwohl er noch immer hundeelend aussah. Nadja war dankbar dafür. Sie hatte die Grenzen ihrer Fahrkünste genug ausgelotet für eine Nacht.

Franziska stand in der offenen Haustür, als sie davonfuhren.

»Und jetzt?«, fragte Nadja, nachdem sie um die Ecke gebogen waren.

»Jetzt müssen wir irgendwo ein Versteck finden, wo wir eine Chance haben, ein paar Stunden Schlaf zu kriegen und die Nacht zu überleben.«

Nadja sah ihn an. »Wenn's weiter nichts ist.«

TAG SECHS

Montag, 5. November

Linus

Ich erwachte von dem Gefühl, mein Kopf würde jeden Augenblick explodieren. Stöhnend versuchte ich mich aufzurichten, stieß dabei gegen etwas Hartes und fluchte.

Dann erst bemerkte ich, wo ich war. Ich lag auf der Rückbank des Citroën, die Scheiben waren beschlagen, sodass ich nicht nach draußen schauen konnte. Ich war allein, von Nadja keine Spur.

Ich brachte mich vorsichtig in eine aufrechte Position, ohne den Kopf dabei zu viel zu bewegen. Nach und nach fielen mir die Ereignisse der Nacht wieder ein. Der Einbruch ins Vereinsheim, der Wagen, der versucht hatte, mich von der Fahrbahn zu drängen, Nadjas Feuertaufe am Steuer, Franziskas medizinische Notversorgung.

Ich öffnete die Wagentür. Grelles Tageslicht blendete mich. Der Himmel war stahlblau, die Sonne ließ die Schneereste leuchten.

»Auch schon wach?« Nadja kam auf mich zu, eine Wolldecke um die Schultern gehängt. »Wie geht es dir?«

»Frag nicht.«

Sie hielt mir eine Wasserflasche hin. »Nimm eine von den Tabletten, damit du einen klaren Kopf kriegst. Den brauchst du gleich.«

Ich nahm die Flasche, fummelte das Päckchen aus meiner Hosentasche, drückte erst eine, dann nach kurzem Zögern eine zweite Tablette heraus und warf beide in den Mund.

»Wo sind wir?«, fragte ich, nachdem ich die Tabletten mit einem Schluck Wasser heruntergespült hatte.

»Auf einem Supermarktparkplatz.«

Erst jetzt bemerkte ich, dass draußen ein stetiger Geräuschpegel herrschte. Ich stieg aus und sah mich um. Dutzende von Autos standen in einiger Entfernung, Menschen schoben Einkaufswagen auf einen Flachbau zu, keiner schenkte uns auch nur einen zweiten Blick, obwohl ich mit meinem Kopfverband bestimmt ziemlich verwegen aussah. Ich musste den Wagen gestern Nacht hier abgestellt haben, aber ich erinnerte mich nicht.

»Drinnen gibt es Toiletten«, erklärte Nadja. »Ich habe mich schon gewaschen und umgezogen. Außerdem habe ich Frühstück mitgebracht.« Sie hielt eine Papiertüte hoch. »Kaffee und Croissants.«

Allein beim Gedanken an Essen drehte sich mir der Magen um. Aber die Aussicht auf einen Kaffee schien verlockend. Wir verzehrten unser Frühstück schweigend, ich schaffte es sogar, ein paar Bissen von meinem Croissant zu essen. Den Rest nahm Nadja mir gern ab.

Als wir fertig waren, fingen die Tabletten an zu wirken. Nadja wechselte den Verband gegen ein dickes Pflaster, danach machte ich mich auf die Suche nach der Supermarkttoilette.

Zehn Minuten später saßen wir nebeneinander im Wagen. Ich fühlte mich noch immer benommen, hatte mir aber auf der Toilette so etwas wie einen Schlachtplan zurechtgelegt. Ich wollte bei Yvonne wegen des Kennzeichens nachhaken, mich außerdem in Olefthal bei ein paar alten Bekannten über diesen Motorradklub umhören, der sich jahrelang in dem Ort getroffen hatte. Irgendwer musste mehr darüber wissen.

Doch Nadja machte meine Pläne zunichte. »Fühlst du dich fit genug zum Fahren?«, fragte sie.

»Wenn ich damit verhindern kann, dass du dich ans Steuer setzt, allemal.«

»Sehr witzig.«

»Sorry. Du hast mir vermutlich das Leben gerettet. Der Typ, der mich von der Fahrbahn drängen wollte, wäre bestimmt wiedergekommen, um sein Werk zu vollenden.«

»Das bezweifle ich doch sehr.«

»Warum? Glaubst du, die wollten mir nur einen Schreck einjagen? Mich davon abbringen, weiter nachzuforschen?«

»Das weiß ich nicht. Ich weiß nur, dass der Kerl mit dem Geländewagen dir nicht mehr gefährlich werden kann. Er hängt kopflos über einem Ast. Leider hat er Freunde. Und einer davon ist der Wolfsmann, und der ist echt gefährlich.«

Ich schluckte. »Er ist bei dem Unfall ums Leben gekommen? Ist die Leiche noch im Wald?«

»Na ja, spätestens jetzt bei Tageslicht wird ihn wohl bald jemand entdecken.«

»Ich spreche nachher mit Erik. Wenn man den Mann identifizieren kann, führt das vielleicht zum Rest der Bande.«

»Gute Idee. Aber zuerst müssen wir nach Brohltal.«

»Wieso das?«

»Wir haben eine Verabredung mit Elias Goldberg. Auf dem Autobahnrastplatz Brohltal West.«

Eine knappe Stunde später lenkte ich den Citroën auf die Raststätte. Ich musste noch immer an den Toten im Baum denken. Im Vergleich zu meinem Angreifer waren sowohl der Citroën als auch ich verdammt glimpflich davongekommen. Joes Auto hatte den Zusammenstoß mit dem Geländewagen erstaunlich gut überstanden, allerdings war die Fahrerseite ziemlich ramponiert. Die linke hintere Tür war so verzogen, dass sie sich kaum öffnen ließ, und auch vorne hatte die Karosserie ein bisschen was abbekommen, wo der Wagen gegen den Baum geprallt war. Joe würde mir den Kopf abreißen, wenn er sein Schmuckstück jetzt so sehen könnte, aber das war im Augenblick meine geringste Sorge.

Ich fuhr langsam an den parkenden Wagen vorbei. Der Schnee war hier bereits vollständig weggetaut, nur auf den Wiesen und Tannenspitzen hinter dem Parkplatz lagen noch ein paar Reste.

»Wo genau wollte Goldberg uns treffen?«, fragte ich.

»Auf dem Rastplatz, stand in der SMS, mehr nicht.« Nadja spähte durch die Windschutzscheibe. »Leider habe ich keine Ahnung, wie der Typ aussieht.«

Nicht zum ersten Mal kam mir der Gedanke, dass das Treffen auch eine Falle sein könnte. Wenn Nadjas Handy abgehört wurde, wussten unsere Gegner, dass wir auf einen Rückruf von Goldberg warteten. Es wäre ein Leichtes gewesen, die SMS mit unterdrückter Nummer zu schicken. Allerdings schien mir ein Autobahnrastplatz kein idealer Ort zu sein, um zwei Menschen in einen Hinterhalt zu locken. Zu viele potentielle Zeugen.

Ich parkte den Wagen etwas abseits und zog die Walther aus dem Holster. Mir war nach dem improvisierten Frühstück auf dem Parkplatz siedend heiß eingefallen, dass sie bei dem Unfall vom Armaturenbrett gerutscht war, und zum Glück hatte sie noch im Fußraum gelegen.

Nadja runzelte die Stirn. »Traust du Goldberg nicht?«

»Hat auffallend schnell geklappt mit dem Treffen.«

»Aber …« Nadja deutete nach draußen. »Ich glaube, das ist er.«

Ein Mann um die fünfzig schlenderte scheinbar ziellos

über den Rastplatz, näherte sich dabei jedoch unauffällig unserem Wagen. Er hatte ein markantes Gesicht, dunkle, von grauen Strähnen durchwirkte Haare und trug einen blauen Trenchcoat.

Ich stieg aus. Die Bewegung jagte einen stechenden Schmerz durch meine geprellten Rippen und meinen lädierten Schädel. Ich stöhnte auf, tastete nach dem Tablettenpäckchen und drückte eine heraus. Falls es brenzlig wurde, durfte ich nicht von Schmerzen in meiner Bewegungsfreiheit eingeschränkt sein. Ich umfasste die Waffe fester und schlenderte auf den Mann zu, Nadja an meiner Seite.

Als wir noch etwa zwei Meter voneinander entfernt waren, blieb Goldberg stehen.

»Nadja Ludwig?« Seine Stimme klang rau und kratzig, als hätte er sie sein Leben lang überstrapaziert.

»Ja«, antwortete Nadja. »Und das ist Linus Roth.«

»Lassen Sie uns da rübergehen.« Der Mann nickte zu einer Bank, die halb verdeckt hinter einem Strauch lag.

»Haben Sie etwas herausgefunden?«, fragte Nadja, kaum dass wir außer Sichtweite der anderen Rastplatzbesucher waren. Sie war stehen geblieben, genau wie Goldberg und ich, die Bank war nass, aber das war nicht der einzige Grund.

»Schon bei Ihrem Anruf hatte ich einen Verdacht. Haben Sie den Namen Heinrich Richter schon mal gehört?«

»Nein«, sagte ich.

»SS-Oberführer. Hat lange an der Ostfront gedient, Erschießungskommandos geleitet. War blutjung damals, und berüchtigt für seine Grausamkeit. Er wurde der Nachtjäger genannt, weil er besonders gern in der Dunkelheit seine Opfer heimsuchte, Menschen aus dem Schlaf riss, um sadistische Spielchen mit ihnen zu spielen, bevor er sie ermordete. Er starb kurz vor Ende des Krieges, die genauen

Umstände sind ungeklärt, aber die Unterlagen sind eindeutig.«

»Dennoch gibt es Zweifel?« Ich lockerte den Griff um meine Waffe und sah Goldberg erwartungsvoll an.

»Es gab von Anfang an Gerüchte, dass Richter den Krieg überlebt hätte. Viele haben nach ihm gesucht, jedoch ohne Erfolg. Wenn er damals untergetaucht ist, dann war er sehr gründlich. Eins der Probleme bei der Suche nach ihm war, dass es nur ein einziges verwackeltes Foto gab. Man hätte also Augenzeugen gebraucht, um ihn zu identifizieren. Und welche zu finden ist natürlich mit jedem Jahr, das ins Land gezogen ist, unwahrscheinlicher geworden.«

Goldberg nahm ein Päckchen Zigaretten aus der Tasche und zündete sich eine an. Dann hielt er mir und Nadja das Päckchen hin, doch wir schüttelten beide den Kopf. Er steckte die Zigaretten weg, inhalierte, blies den Rauch in die Luft. In seiner Jugend musste er ein gut aussehender Mann gewesen sein, doch inzwischen hatte er tiefe Falten um den Mund, die seinem Gesichtsausdruck etwas Verbittertes verliehen.

»Gut möglich, dass das Gerücht uns in die Irre geführt hat, dass Richter doch in den letzten Kriegstagen starb. Es gibt haufenweise Verschwörungstheorien über überlebende Nazis, manchmal ist es schwer zu erkennen, in welchen ein wahrer Kern steckt.«

»Inzwischen müssten doch fast alle tot sein«, wandte Nadja ein.

»Stimmt. Aber Sie würden sich wundern, wie viele von diesen Verbrechern unbehelligt über neunzig Jahre alt geworden sind.«

Ich wollte endlich zum Punkt kommen. »Warum erzählen Sie uns das?«

»Weil der SS-Mann, der diese Bikertreffen in Olefthal besucht haben soll, angeblich Heinrich Richter war.«

Ich tauschte einen Blick mit Nadja.

Sie rieb sich fröstelnd über die Oberarme. »Ist bekannt, welche Blutgruppe Heinrich Richter hatte?«

»Null.«

Bingo. Ich ließ die Waffe ganz los, knetete meine durchgefrorenen Finger. »Was wissen Sie noch über Richter?«

»Er stammte aus Breslau, gutbürgerliche Familie. Machte steile Karriere bei der SS, wohl weil er sehr ehrgeizig war und keine Skrupel kannte. Ich kann Ihnen Unterlagen mailen. Alles, was wir im Laufe der Jahre zusammengetragen haben. Auch zu angeblichen Sichtungen.«

»Können Sie auch das Foto besorgen?«

»Darauf werden Sie nicht viel erkennen.«

»Wir würden es gern versuchen.«

»Ich schicke Ihnen eine SMS mit einem Link zu einer Cloud, wo alles über Richter gespeichert ist. Auch das alte Foto.« Er blickte auf die Uhr. »Sonst noch was?«

Ich schaute fragend zu Nadja. Sie hob die Schultern.

»Danke, Sie haben uns sehr geholfen.«

Er nahm einen letzten Zug von seiner Zigarette und warf die Kippe weg. »Sie zuerst.«

Sekundenlang wusste ich nicht, was er meinte, dann begriff ich. Er wollte, dass wir den Treffpunkt als Erste verließen. Der Typ war echt paranoid, aber nach den Erlebnissen der vergangenen Tage konnte ich das gut nachvollziehen. Er machte das schon sein Leben lang, ich hätte nicht mit ihm tauschen wollen. Wir bedankten uns noch einmal und gingen zurück in Richtung Wagen.

»Ich wette, der hat sogar Angst vor seinem eigenen Schatten«, sagte ich, während ich den Citroën aufschloss.

»Aus gutem Grund, nehme ich an.« Nadja blickte zur Raststätte.

»Hunger?«

»Ja. Aber wir sollten nicht länger als nötig hierbleiben. Ich könnte allerdings etwas Warmes zu trinken vertragen. Das geht schnell. Soll ich dir was mitbringen?«

»Kaffee.«

»Bin sofort zurück.« Sie flitzte los.

Ich sah ihr hinterher, dann wanderte mein Blick zu dem Gebüsch. Doch Elias Goldberg war von meinem Standort aus nicht zu sehen.

Nadja

In Gedanken versunken lief Nadja auf die Raststätte zu. Gerade drängte sich eine Busladung Senioren durch die Glastüren. Während sie wartete, bis der Eingang wieder frei war, warf sie einen Blick über die Schulter. Linus war offenbar bereits in den Citroën eingestiegen, jedenfalls konnte sie nur noch den silbernen Wagen sehen, der einsam unter einem kahlen Baum stand. Dafür hatte sie von ihrer erhöhten Position aus einen guten Blick auf die Bank. Goldberg war noch da, tippte etwas in ein Tablet und steckte es dann weg. Wie musste es sich anfühlen, sein ganzes Leben der Jagd nach Verbrechern zu widmen, ständig die Gräueltaten vor Augen, die diese Männer begangen hatten? Hatte Goldberg überhaupt ein Privatleben? Hatte er Familie? Kinder?

Nadja schüttelte die düsteren Gedanken ab und drehte sich weg. Im Eingangsbereich der Raststätte herrschte noch immer Gedränge, zwei Fernfahrer und eine Familie mit Kindern strebten auf die Türen zu. Nadja musste ausweichen und stieß mit einem Mann zusammen, den sie zuvor nicht bemerkt hatte. Sie entschuldigte sich, und für den Bruchteil einer Sekunde begegnete sie dem Blick des Mannes.

Blaue Augen, so klar und intensiv, dass es sie wie ein Blitzschlag traf.

Sie schnappte nach Luft.

Der Mann lächelte, doch es war ein kaltes, ironisches Lächeln, das seine Augen nicht erreichte.

Nadja bekam weiche Knie, ein Schwindel rauschte durch ihren Kopf. Sie griff nach dem Geländer und umkrallte es, als hinge ihr Leben davon ab, als würde sie ins Bodenlose stürzen, wenn sie losließ.

Als der Schwindel sich gelegt hatte, war der Mann bereits zwischen den parkenden Wagen verschwunden. Entweder hatte er nicht bemerkt, welchen Schreck er ihr eingejagt hatte, oder es hatte ihn nicht geschert.

Oder er hatte es genau darauf angelegt.

Ja, so war es. Er hatte sie erschrecken, hatte ihre Reaktion sehen wollen. Denn es war nicht irgendein Fremder gewesen, sondern der Mann, der sie auf Schritt und Tritt verfolgte. Der Mann aus ihrer Wohnung, der Mann neben der Hütte im Wald. Kein Zweifel. Der Blick, das kalte Lächeln. Das alles war genau kalkuliert gewesen. Aber aus welchem Grund? Eine Warnung? Warum wollte der Wolfsmann, dass sie wusste, wie er aussah? Warum hatte er die Maske fallen lassen und die Begegnung provoziert? Was bezweckte er damit?

Plötzlich schoss ihr ein Gedanke durch den Kopf. Linus!

Der Citroën stand noch immer an der gleichen Stelle, scheinbar unverändert. Nadja rannte los.

Azzo

Azzo widerstand der Versuchung zurückzublicken. Das würde nur ihre Aufmerksamkeit erregen, falls sie tatsächlich versuchte, ihn zu verfolgen. Er hätte sich gern sofort um sie gekümmert, aber sie war später dran, sie würde ihm nicht weglaufen. Jetzt musste er sich erst mal um die andere Zielperson kümmern, sie durfte ihm nicht entwischen.

Mit wenigen Schritten erreichte er das Ende des Parkplatzes. Hier verlief ein schmaler Fahrweg parallel zur Autobahn. Elias Goldberg war nicht zu übersehen. Mit wehendem Mantel lief er über den Trampelpfad, der im rechten Winkel von dem Weg abzweigte und in ein tiefer gelegenes Wäldchen führte. Er schien sich sicher zu fühlen, blickte nicht ein einziges Mal über die Schulter.

Ein Fehler.

Azzo zog das Messer aus der Scheide. Eine Schusswaffe war etwas für Amateure und Feiglinge. Er liebte es, beim Töten Körperkontakt zu haben, zu spüren, wie das Leben aus seinem Opfer pulste. In solchen Momenten war er Gott, Herr über Leben und Tod.

An einer Biegung blieb Goldberg stehen, um sich eine Zigarette anzuzünden. Das war die Gelegenheit.

Mit wenigen langen Schritten war Azzo bei dem Mann, legte ihm von hinten den Arm um die Brust und hielt ihm die Klinge an den Hals. »Du hast die falschen Freunde, Mann. Deshalb muss ich dich leider aus dem Verkehr ziehen.«

Goldberg blieb erstaunlich gefasst. »Schon seltsam«, murmelte er. »Da wartet man sein ganzes Leben lang auf den Moment, in dem der Gegner zuschlägt, und wenn es dann passiert, ist man dennoch überrascht.«

»Was hast du ihnen erzählt?«

Goldberg antwortete nicht.

»Ich kann dir ziemlich unangenehme Schmerzen bereiten, bevor ich dir die Kehle durchschneide.«

»Fick dich!«

Azzo schnalzte mit der Zunge. »Aber, aber.« Mit einer blitzschnellen Bewegung nahm er das Messer vom Hals seines Opfers, schnitt mit einem sauberen Hieb das rechte Ohr ab und presste die blutige Klinge erneut an Goldbergs Kehle.

Der Mann jaulte auf vor Schmerz.

»Was hast du ihnen gesagt?«

»Nichts.« Goldberg spuckte auf den Boden.

Azzo rammte ihm das Messer in den Oberschenkel.

Goldberg sank stöhnend auf die Knie und presste die Hände auf die Wunde.

Azzo packte ihn an den Haaren, riss den Kopf hoch. »Was? Spuck's aus!«

»Fahr zur Hölle!«

Missbilligend schüttelte Azzo den Kopf. »Du willst es wirklich wissen.«

Er begann mit den Fingern. Hackte einen nach dem anderen ab und wiederholte dabei seine Frage. Als er mit einer Hand durch war, begann Goldberg, zwischen den jaulenden Schmerzenslauten unzusammenhängende Silben zu murmeln. Azzo glaubte, das Wort »Richter« herauszuhören, aber sicher war er nicht. Als er Goldberg die Hose aufschlitzte und das Messer in dessen Schritt ansetzte, verlor dieser das Bewusstsein. Azzo versuchte es noch eine Weile mit Ohrfeigen, Beschimpfungen und weiteren Verstümmelungen. Doch der Mann wachte nicht mehr auf.

Schade. Aber letztlich spielte es keine Rolle.

Mit einem sauberen Schnitt durchtrennte er Goldberg die Kehle. Bevor er sich abwandte, hinterließ er einen kleinen Gruß auf der Brust seines Opfers. Nur für den Fall, dass seine Botschaft nicht deutlich genug war. Dann wischte er sein Messer in einem Schneerest sauber und schlenderte zurück zum Rastplatz.

Linus

Wir aßen in einer Pizzeria in Bad Münstereifel. Nadja stocherte in ihrer Pasta herum, was ungewöhnlich für sie war. Sie war noch immer aufgewühlt, weil sie sich einbildete, den Wolfsmann in der Raststätte gesehen zu haben. Sie war ohne Kaffee zum Wagen zurückgekehrt, hatte die Tür aufgerissen, völlig aufgelöst vor Angst, und gleichzeitig gelacht, geweint und atemlos auf mich eingeredet, nachdem sie sich vergewissert hatte, dass es mir wirklich gut ging.

»Es gibt viele Menschen mit blauen Augen«, sagte ich zum gefühlt zehnten Mal. »Wie kommst du darauf, dass es der Typ war, der dich überfallen hat?«

»Ich weiß es einfach.«

Ich wandte mich wieder meiner Pizza zu. Vor dem Essen hatte ich Erik angerufen und ihm von dem Unfall erzählt. Er hatte versprochen, sich umzuhören. Wir waren für später verabredet, auch wenn Nadja davon nicht begeistert war. Aber so, wie sie ihrem Nazijäger vertraut hatte, vertraute ich meinem ältesten Freund. Sie musste ja nicht mitkommen.

Nadja hatte ihren Teller weggeschoben und einen kleinen Block und einen Bleistift aus ihrem Rucksack gekramt. Sie kritzelte etwas aufs Papier. Erst erkannte ich nichts, doch dann begriff ich, dass sie das Porträt eines Mannes zeichnete.

»Der Wolfsmann?«, fragte ich kauend.

»Ja«, antwortete sie, ohne aufzublicken.

Schließlich reichte sie mir den Block. Die Zeichnung war richtig gut, Nadja verstand nicht nur etwas von Kunst, sie hatte selbst Talent fürs Zeichnen. Das Bild zeigte einen hellhaarigen Mann ungefähr in meinem Alter mit attraktiven, aber harten Gesichtszügen und einem intensiven Blick.

»Und das ist der Kerl, der dich in deiner Wohnung überfallen hat?«

Nadja verschränkte die Arme. »Du weißt, dass ich meinen Angreifer nicht gesehen habe. Aber er war es, da bin ich sicher.«

»Und wenn das irgendein harmloser Fremder ist?«

»Du hast nicht gesehen, wie er mich angegrinst hat. Er wollte, dass ich ihn erkenne.«

Ich betrachtete die Zeichnung. Dann griff ich nach meinem Handy, machte ein Foto davon und schickte es ab.

»Was hast du vor?«

Ich tippte Yvonnes Nummer ein und hob die Hand, um Nadja um Geduld zu bitten.

Yvonne meldete sich nach dem ersten Klingelton. »Linus, bist du das?«

»Wie kommst du darauf?«

»Du bist der Einzige, der mit unterdrückter Nummer anruft. Und ich weiß auch, warum.« Also hatte sie inzwischen erfahren, dass ich auf der Flucht war.

»Ich kann das erklären«, sagte ich lahm, während ich zusah, wie Nadja an ihrem Smartphone herumfummelte.

»Ach ja? Die Kollegen suchen dich, du stehst unter Mordverdacht. Deine DNA wurde am Opfer gefunden.«

»Glaubst du wirklich, dass ich einen achtjährigen Jungen ermordet habe?«

Sie seufzte. »Was willst du von mir?«

»Ich habe dir ein Foto aufs Handy geschickt. Es ist das

Phantombild eines Mannes, der höchstwahrscheinlich in die Morde verwickelt ist.«

»Solltest du das nicht lieber den Kollegen von der Mordkommission schicken?«

»Bitte, Yvonne.«

»Ich muss diesen Anruf melden. Wenn ich es nicht tue, kann mich das meinen Job kosten.«

»Dann tu es. Aber lass vorher das Bild abchecken. Und gib mir Bescheid, wenn eure Datenbank einen Namen ausspuckt.«

»Wie erreiche ich dich?«

Ich zögerte. »Schick mir eine E-Mail. Die Adresse hat sich nicht geändert.«

»Danke für dein Vertrauen.«

»So kannst du sagen, dass du meine Mobilnummer nicht kennst und mich nicht erreichen kannst, ohne lügen zu müssen.«

»Ich hoffe, du weißt, was du tust.« Sie klang ehrlich besorgt.

»Das hoffe ich auch.« Ich unterbrach die Verbindung.

»Und?« Nadja sah mich erwartungsvoll an.

»Yvonne wird das Bild durch die Datenbank des LKA jagen. Wenn der Typ irgendjemandem ähnlich sieht, der polizeilich gesucht wird, findet sie es heraus. Aber es kann eine Weile dauern.«

»Hoffentlich nicht zu lang, uns läuft die Zeit davon.« Sie hielt ihr Handy hoch. »Mein Akku ist leer. Ich brauche so bald wie möglich eine Steckdose, um es zu laden, damit ich nachschauen kann, ob Goldberg mir die SMS mit dem Zugang zur Cloud geschickt hat.«

»Ich weiß nicht, ob uns das wirklich weiterbringt. Dieser alte Nazi ist längst tot.« Ich tippte auf den Block. »Wir sollten uns an die Lebenden halten, diesen Kerl und seine schießwütigen Komplizen.«

Nadja schob ihr Handy in den Rucksack. »Vermutlich hast du recht.«

Ich blickte auf die Uhr. »Wir müssen los. Erik erwartet mich in einer knappen Stunde.«

Nadja presste die Lippen zusammen. »Ich habe kein gutes Gefühl dabei.«

»Du musst nicht mitkommen.«

»Damit ich dich nachher wieder aus dem Straßengraben ziehen darf?«

»Was schlägst du dann vor?«

»Erik weiß nichts von mir, oder?«

»Nicht von mir zumindest.«

»Dann habe ich eine Idee.«

Nadja

Diesmal war es hell, als Nadja den inzwischen vertrauten Weg durch den Wald nahm. Sie war noch immer nicht überzeugt davon, dass es eine gute Idee war, diesen Erik zu treffen, auch wenn er noch so ein guter Freund von Linus war. Und dann ausgerechnet an der Hütte im Wald, wo sie bereits gestern um ein Haar einem der Verbrecher in die Arme gelaufen wäre. Nicht irgendeinem, sondern dem Wolfsmann, da war sie sicher.

Aber aus unerfindlichen Gründen hatte Linus' Freund es so gewollt, und Linus war offenbar gewillt, ihm zu vertrauen. Immerhin würde Nadja nicht mit ihm in die Falle tappen – sollte es eine sein. Sie würde in sicherer Entfernung oberhalb der Hütte im Wald warten. Und zwar auf einem Hochsitz, von dem aus sie alles im Blick hatte. Auf dem Weg zum Auto hatten sie sogar extra noch ein Fernglas besorgt.

Zwar würde sie durch den Wald keinen unverstellten Blick auf die Hütte haben, aber doch genug mitbekommen, um zu erkennen, wenn etwas nicht stimmte. Für den Fall hatte Linus ihr die Nummer seiner Ex beim LKA gegeben.

Nadja erreichte die erste Kreuzung und bog nach rechts ab. Der Untergrund war matschig, die wenigen Schneereste pappig. Soweit sie das erkennen konnte, waren ihre Spuren die einzigen auf dem Weg. Aber sicher war sie nicht. Sie kannte sich mit Großstädten aus, mit Gartenmauern und Zäunen, mit Terrassentüren und Alarmanlagen. Spuren im

Wald waren wie eine fremde Sprache für sie, auch wenn sie auf dem Land groß geworden war. Da, wo sie herkam, hatte es weit und breit keinen Wald gegeben.

Etwa zweihundert Meter, bevor der Weg auf den anderen stieß, der an der Hütte vorbeiführte, tauchte rechts im Wald der Hochstand auf. Nadja blieb stehen und horchte.

Nichts.

Langsam schlich sie darauf zu. Am Fuß der Holzkonstruktion spähte sie hinunter ins Tal. Der Blick auf die Hütte war von niedrigem Gestrüpp verstellt, nur ein Teil des Dachs war zu sehen. Nadja setzte das Fernglas an die Augen. Jetzt sah sie bloß das Gestrüpp von Nahem. Sie musste auf den Hochstand steigen. Von oben hätte sie einen besseren Blick.

Gerade als sie den Fuß auf die erste Sprosse setzen wollte, hörte sie ein Knacken. Sie fuhr herum. Niemand zu sehen. Aber sie spürte, dass jemand in der Nähe war, fast so, als würde sie sein Atmen vernehmen. Bestimmt ein Tier, sagte sie sich, kein Grund, in Panik zu geraten.

Noch einmal spähte sie den Hang hinab. In der Nähe der Hütte glaubte sie eine Bewegung zu erkennen. Bestimmt war es Linus. Sie musste machen, dass sie auf den Hochstand kam, damit sie ihn im Auge behalten konnte.

Wieder knackte ein Ast, diesmal unmittelbar hinter ihr. Doch ihr blieb keine Zeit, sich umzudrehen und nachzusehen. Ein Arm legte sich um ihren Oberkörper, eine Hand presste sich auf ihren Mund.

»Hab ich dich«, flüsterte eine Stimme ihr ins Ohr.

Linus

Als ich den Waldweg entlang zur Hütte lief, war ich sicher, beobachtet zu werden. Was für eine Schnapsidee, sich ausgerechnet hier zu treffen! Ich wusste gar nicht mehr genau, warum ich mich darauf eingelassen hatte, vermutlich nur aus Trotz gegenüber Nadja, um ihr zu beweisen, dass Erik auf unserer Seite stand.

Dabei ging es gar nicht um Erik. Gestern Nacht hatte jemand neben der Hütte gewartet, während sein Komplize versucht hatte, mich mit dem Wagen in den Abgrund zu drängen. Unsere Gegner kannten unser Versteck, sie wussten offenbar sogar darüber Bescheid, wie wir auf verschiedenen Wegen dorthin gelangten.

Was also machte ich hier?

Zugegeben, ich konnte stur sein, und manchmal spielte ich gern mit dem Feuer. Aber es gab durchaus auch gute Gründe. Zum einen war die Wahrscheinlichkeit, rational betrachtet, nicht sehr hoch, dass ich in einen Hinterhalt lief. Jeder vernünftige Mensch würde nicht an diesen Ort zurückkehren, also würden unsere Gegner keine Ressourcen damit verschwenden, eine leere Hütte zu bewachen. Grund zwei war etwas heikler. Ein Teil von mir hatte das Hin und Her satt, wollte endlich die Konfrontation mit dem Feind, ihm die Maske vom Gesicht reißen. Egal, was dabei herauskam.

Je näher ich der Hütte kam, desto langsamer wurde ich. Die Waffe hatte ich schon beim Aussteigen gezogen, jetzt entsicherte ich sie. Ich hielt mich dicht an den Bäumen, achtete auf jedes Geräusch, jeden Schatten, jede auffällige Bewegung.

Noch war alles still. Ein rascher Blick auf die Uhr verriet mir, dass ich fünf Minuten über der Zeit war. Ich konnte die Hütte sehen, aber keine Spur von Erik. Auch sein Wagen stand nicht dort.

Mein Nacken begann zu prickeln. Noch vorsichtiger als zuvor schlich ich näher. Auf den letzten Metern verließ ich den Weg und bewegte mich durch den lichten Wald auf mein Ziel zu. Hinter einem Baumstamm hervor spähte ich den Hang hoch. Irgendwo da oben musste der Hochstand sein, wo Nadja hoffentlich bereits Position bezogen hatte.

Mein Blick wanderte langsam hangabwärts, über den Weg, dann zum Eingang der Hütte. Alles sah normal aus. Ich kniff die Augen zusammen. Und dann entdeckte ich es.

Ich schnappte nach Luft. *Fuck!* Was war das?

Irgendetwas aus dunklem Fell hing über der Eingangstür. Lautlos schlich ich noch näher heran. Und jetzt erkannte ich es. Jemand hatte den abgetrennten Kopf eines Wolfs an die Bretterwand genagelt. Darunter stand in roten Buchstaben: *Du bist der Nächste.*

Verfluchte Scheiße, was waren das für Irre, die so etwas machten?

Ich suchte die Fassade nach weiteren Veränderungen ab. Danach den Bereich vor der Tür. Erst bemerkte ich nichts, doch dann entdeckte ich etwas, das im ersten Moment aussah wie ein Faden von einer Spinne, hauchdünn, kaum sichtbar. Nur dass dieser Faden in Knöchelhöhe quer über den Boden gespannt war.

Ein Stolperdraht, womöglich verbunden mit einer Sprengfalle.

Ich lehnte mich gegen den Baumstamm und rang nach Luft. So viel zu meiner tollen Theorie, dass die Kerle nicht damit rechneten, dass wir wieder hier auftauchen würden. Ich musste machen, dass ich wegkam. Und ich musste Nadja warnen. Hoffentlich blieb sie auf dem Hochstand und kam nicht auf die Idee, nach dem Rechten zu sehen, weil ich nicht bei der Hütte auftauchte.

So leise wie möglich trat ich den Rückzug an. Ich war noch keine fünf Schritte weit gekommen, als ich aus dem Wald über mir einen Schrei hörte.

Nadja!

Ich zögerte nur zwei Sekunden, dann stürzte ich los. Diese Leute hatten ein Kind ermordet, das ihnen versehentlich in die Quere gekommen war, ich wollte mir gar nicht ausmalen, was sie mit Nadja anstellen würden.

Keuchend rannte ich den Hang hinauf, die Waffe im Anschlag.

»Nadja!«, brüllte ich durch den Wald. »Nadja!« Ich musste die Kerle aus dem Konzept bringen, sie von Nadja ablenken.

Schon bald kam der Hochstand in Sicht, darunter zwei Gestalten. Ich konnte keine Details erkennen, sah nur, dass die größere Person die kleinere im Klammergriff hielt und ihr die Hand auf den Mund presste. Allerdings machte die Kleine es ihrem Angreifer nicht leicht, sie zappelte und wand sich und trat nach ihm.

Ohne die beiden aus den Augen zu lassen, legte ich die letzten Meter zurück. Der Hang war steil und glitschig, und ich musste höllisch aufpassen, um nicht auszurutschen.

Schließlich war ich nahe genug, um zu erkennen, wer Nadjas Angreifer war.

»Erik?«

»Linus, gut, dass du kommst.« Er schien mich erst jetzt zu bemerken. »Du musst mir helfen, sie ist kaum zu bändigen.«

»Was soll der Scheiß, Erik?«

Er sah mich erstaunt an. »Du kennst die Kleine?«

»Lass sie los!« Ich hielt die Waffe auf ihn gerichtet.

»Schon gut.« Er löste sich von Nadja und trat zurück, die Hände erhoben. »Ich hatte ja keine Ahnung, dass sie zu dir gehört. Sie hat dich mit einem Fernglas beobachtet. Ich dachte, sie ist eine von denen.«

»Bist du okay, Nadja?«, fragte ich, ohne die Waffe zu senken.

Sie nickte und warf Erik einen finsteren Blick zu. Sie war weiß wie die Schneereste zu ihren Füßen.

»Tut mir echt leid«, sagte Erik zerknirscht.

»Schon gut.« Ich blickte mich um, konnte jedoch nichts Verdächtiges entdecken. »Du kannst die Arme runternehmen.« Ich ließ die Waffe sinken.

Erik klopfte sich die Hose ab. »Deine Freundin hat ganz schön Kraft.«

»Unterschätze niemals eine Frau.«

»Würde mir nicht in den Sinn kommen.« Erik grinste. »Freut mich, dich gesund und munter zu sehen, Linus.«

Ich schob die Walther ins Holster. »Dito.«

»Sollen wir in die Hütte gehen?«

»Lieber nicht.«

Erik runzelte die Stirn.

»Jemand hat sehr deutlich gemacht, dass er uns da nicht mehr haben will, und ich möchte ungern weitere unangenehme Überraschungen erleben.«

»Was denn für Überraschungen?« Nadja hatte sich in sicherem Abstand von Erik auf einen Baumstumpf gesetzt und rieb sich die Oberarme. Bestimmt hatte Erik ziemlich fest zugepackt. Aber er hatte ja nicht ahnen können, dass ich nicht allein kommen würde.

»Jemand hat einen Wolfskopf über die Tür genagelt.«

»Grundgütiger!« Erik riss die Augen auf.

»Und einen Stolperdraht gespannt. Den solltest du möglichst bald von Sprengstoffexperten entfernen lassen, bevor ein unbeteiligter Wanderer, der unter dem Vordach der Hütte Schutz sucht, in die Falle läuft.« Ich warf Nadja einen Blick zu, sie saß mit zusammengepressten Lippen da, wirkte nicht sonderlich überrascht.

Erik schüttelte den Kopf. »In was für eine Scheiße bist du da nur geraten, Linus?«

»Was ist mit dem Unfall auf der Landstraße?«, fragte ich zurück. »Ist der Tote schon identifiziert worden?«

»Es gab dort keinen Unfall in der vergangenen Nacht.« Erik sah mich forschend an.

Ich starrte ungläubig zurück, sah dann fragend zu Nadja.

»Ich habe die Leiche gesehen«, sagte sie. »Der Typ war definitiv tot, so tot, wie man ist, wenn man keinen Kopf mehr hat.«

»Und das war hier oben auf der Landstraße?«, fragte Erik.

»Ja«, sagte ich. »Kurz hinter dem Wanderparkplatz, wo es hochgeht zur Burg.«

Erik schüttelte den Kopf. »Ich bin die Strecke eben selbst gefahren und habe nach Spuren Ausschau gehalten. Da war kein Autowrack. Und ganz bestimmt keine Leiche. An verschiedenen Stellen waren frisch umgestürzte Bäume und abgebrochene Äste, aber ich hätte nicht sagen können, ob die nicht schon seit dem letzten Herbststurm da sind.«

»Aber das kann nicht sein.« Nadja stand auf und verschränkte die Arme. »Ich weiß doch, was ich gesehen habe.«

»Die Kerle müssen ihren Kameraden und das Wrack noch in der Nacht geborgen haben.« Nachdenklich blickte ich in die Richtung, in der die Straße lag. »Zu blöd. Vielleicht wäre das eine Spur gewesen.«

»Ich schicke gleich noch mal eine Streife hin«, sagte Erik. »Vielleicht gibt es ja doch noch Hinweise. Reifenabdrücke, Scherben von einem kaputten Scheinwerfer oder so.«

»Wusstest du, dass sich in Olefthal früher regelmäßig irgendwelche Biker getroffen haben?«, fragte ich.

Erik wirkte irritiert über den unvermittelten Themenwechsel. »Ja, ich erinnere mich dunkel. Die haben sich doch immer an der Imbissbude unten an der Hauptstraße mit Essen eingedeckt.«

»Angeblich haben die sich auch im Vereinsheim des TSV Olef getroffen.«

»Echt? Davon weiß ich nichts. Was ist denn mit denen?«

»Waren offenbar Neonazis.«

»Das glaube ich nicht.« Erik sah ehrlich geschockt aus. »Mein Großvater hätte nie zugelassen, dass solche Leute sich ausgerechnet in seiner Stadt versammeln.«

»Vielleicht wusste er nichts davon.«

»Ich kann mir das nicht vorstellen. Wer behauptet das denn?«

»Yvonne.«

»Yvonne Abel? Deine …« Er warf Nadja einen Blick zu.

»Sie ist bei der OK, sie weiß, wovon sie redet.« Ich zog mein Handy hervor und öffnete das Foto von Nadjas Phantombild. »Hast du diesen Typen schon mal gesehen?«

Erik beugte sich über das Handy. In seinen Mundwinkeln zuckte es. »Sieht mir ein bisschen ähnlich, finde ich«, sagte er mit einem schiefen Grinsen und fuhr sich über das blonde Stoppelhaar. »Wer soll das sein?«

»Möglicherweise einer aus diesem Klub.«

Noch einmal betrachtete er das Foto. »Bedaure. Den habe ich noch nie gesehen.«

»Schade.«

Erik gab mir das Handy zurück. »Warum interessierst du dich für diese Biker? Glaubst du, die stecken hinter alldem?« Er machte eine vage Handbewegung in Richtung Jagdhütte.

»Ich bin fest davon überzeugt, dass Maik Wilkens sterben musste, weil er die Kerle bei irgendwas beobachtet hat. Und dass alles, was in den vergangenen Wochen geschehen ist, nur dazu diente, das zu vertuschen.«

»Ziemlich gewagte Theorie.« Erik strich sich über das Kinn.

»Hast du eine bessere?«

Er schob die Hände in die Jackentaschen, sah erst zu Nadja und dann zu mir. »Was kann ich tun?«

»Du könntest diskret überprüfen, ob irgendwer bei der Polizei in Olefthal Verbindungen in rechtsradikale Kreise hat. Oder zumindest mit irgendwelchen rechten Sprüchen aufgefallen ist.«

Erik runzelte die Stirn. »Du glaubst …«

»Jemand hat meine DNA an den Turnschuhen angebracht, die bei Maiks sterblichen Überresten gefunden wurden. Das Zeitfenster dafür war nicht sehr groß. Also hat einer der Beamten am Fundort es entweder selbst getan oder dem Täter ermöglicht, an die Gebeine heranzukommen, um die Spurenträger zu kontaminieren.«

»Verflucht, ja, das leuchtet ein.« Erik wiegte den Kopf hin und her. »Ich werde sehen, was ich rausfinde.«

»Weißt du, ob es irgendwas Neues bei den Ermittlungen zu Bodo Steins Tod gibt?«

»Leider nicht. Ich schätze mal, die Jungs trauen mir nicht,

weil wir befreundet sind.« Er schnitt eine Grimasse. »Ich bin froh, wenn diese ganze Scheiße vorbei ist.«

»Wem sagst du das!«

»Hast du mit irgendwem über all das gesprochen? Außer mit Yvonne und mir, meine ich.«

Ich sah keine Veranlassung, Franziska oder Elias Goldberg mehr als nötig mit hineinzuziehen. »Nein.«

Er trat auf mich zu, nahm mich in den Arm. »Halt die Ohren steif, Großer«, raunte er mir ins Ohr. »Und traue niemandem.« Er trat zurück. »Wie erreiche ich dich?«

»Ich melde mich bei dir.«

Er nickte. Dann verabschiedete er sich mit einer Handbewegung von Nadja, bevor er quer durch den Wald in Richtung Landstraße davonstapfte.

Als er verschwunden war, sah ich Nadja an. »Ich hoffe, er hat dir nicht allzu sehr wehgetan.«

Sie fasste sich an den Hals. »Ich möchte ihn jedenfalls nicht zum Feind haben.«

Zwanzig Minuten später saßen wir wieder im Citroën. Wir waren zu einem Aussichtspunkt ein Stück außerhalb von Olefthal gefahren, um Kriegsrat zu halten.

Als ich mein Handy einschaltete, sah ich, dass ich eine E-Mail von Yvonne bekommen hatte. Betreff: *Achtung! Sehr gefährlich!*

Sofort öffnete ich die Mail. *Der Mann heißt Dirk Pardell, ist deutschstämmiger Italiener aus Südtirol und wird wegen Mordes gesucht. Offiziell arbeitet er als Sicherheitsberater. Er benutzt verschiedene Decknamen, unter anderem Azzo Lupo, und gilt als absolut skrupellos. Wo hast du ihn gesehen? Bitte melde dich so bald wie möglich!*

Ein Foto war angehängt, das einen finster blickenden Kerl

mit dunklen Haaren und Bart zeigte, der unverkennbar die Gesichtszüge und vor allem die stahlblauen Augen des Mannes auf Nadjas Zeichnung besaß. Er hatte sich lediglich rasiert und die Haare gefärbt.

Ich schluckte.

»Was ist los?«, fragte Nadja.

Ich las ihr die Mail vor.

»Azzo Lupo? Das ist ja wohl ein Scherz.«

»Nomen est omen. Wusstest du, dass Lupo Wolf heißt?«

»Ja. Und Azzo ist die italienische Kurzform von Adolf. Adolf Wolf, Sicherheitsberater einer Neonazigruppe.« Sie schüttelte den Kopf. »Wie absurd ist das denn?«

Ich wählte Yvonnes Nummer.

»Linus, bist du das?«

»Ich habe gerade deine Mail gekriegt.«

»Der Typ ist brandgefährlich, halte dich von ihm fern.«

»Wie kommt es, dass er frei herumläuft?«

»Bisher konnte ihm nie etwas nachgewiesen werden. Wegen des letzten Mordes vor zwei Jahren wird er allerdings mit internationalem Haftbefehl gesucht.«

»Hat er einen rechtsradikalen Hintergrund?«

Yvonne stieß einen überraschten Laut aus. »Nicht, dass ich wüsste.«

»Dann arbeitet er für jeden Auftraggeber, der gut bezahlt, nehme ich an.«

»So ungefähr. Ich muss wissen, wo er ist.«

»Keine Ahnung.«

»Linus, das ist kein Spiel. Und auch kein Machtkampf. Ich weiß, dass du sauer auf die Kollegen bist. Aber was hatten sie denn für eine Wahl? Alle Hinweise deuten auf dich als Täter, sie können das nicht einfach ignorieren.«

»Ich habe nichts damit zu tun.«

»Ich glaube dir. Deshalb habe ich auch niemandem erzählt, dass wir Kontakt haben.« Sie holte Luft. »Aber du musst mir etwas geben. Wo hast du Dirk Pardell gesehen?«

»Auf der Autobahnraststätte Brohltal an der A61. Das war vor ein paar Stunden. Er ist bestimmt nicht mehr dort.«

»Aber es könnte weitere Zeugen geben, die etwas beobachtet haben.«

»Möglich.«

»Was hat er da gemacht?«

»Mich beschattet, nehme ich an.«

»Mist! Wo steckst du jetzt?«

Ich ließ meinen Blick durch die Windschutzscheibe über die waldbedeckten Bergkuppen wandern, die Aussicht war spektakulär, man hatte die halbe Nordeifel im Blick, die so rein und idyllisch aussah, als könne hier nichts Schlimmes geschehen. »Ich bin in Sicherheit.«

»Scheiße, Linus, das gefällt mir nicht.«

»Mir auch nicht.« Ich warf Nadja einen Blick zu, die nachdenklich auf ihrer Unterlippe kaute. »Halte dich an die Neonazitreffen in Olefthal«, sagte ich zu Yvonne. »Und eine gewisse Wolfsblut-Stiftung mit Sitz in Luxemburg. Dieser Azzo Lupo arbeitet für die, da bin ich sicher.«

»Ich werde der Sache nachgehen. Und du solltest den Kopf einziehen. Überlass uns die Sache.«

»Ich pass schon auf mich auf.« Unwillkürlich tastete ich nach meinem Schädel. Die Wirkung der Tabletten ließ bereits wieder nach. Dann fiel mir etwas ein. »Was ist mit dem Kennzeichen, das ich dir durchgegeben habe?«

»Ach, das hätte ich beinahe vergessen. Wirklich seltsam. Warum interessierst du dich für den Wagen? Hat dieser Pardell ihn gefahren?«

Ich streckte den Rücken durch. »Möglich.«

»Das Kennzeichen gehört zum Cabrio der Ehefrau unseres Chefs.«

»Welcher Chef? Der Polizeipräsident? Der Leiter des LKA?«

»Der Innenminister von NRW.«

»Sehr witzig.«

»Leider nicht. Der Wagen wurde vor etwa zwei Wochen als gestohlen gemeldet.«

Natürlich. Wieder eine Sackgasse. Wenn auch eine sehr pikante. Das Kennzeichen der Ehefrau des Innenministers. Die Kerle hatten echt Sinn für Humor.

Nadja

Frierend trat Nadja von einem Fuß auf den anderen. Seit ihrer Begegnung mit Erik Hoffmann war ihr nicht mehr warm geworden, obwohl Linus extra für sie die Heizung im Citroën voll aufgedreht hatte. Der Mann in dem Imbisswagen, der aussah, als würde er sich hauptsächlich von seinen eigenen Speisen ernähren, verpackte die zwei halben Hähnchen und die große Portion Pommes erstaunlich geschickt in Einschlagpapier.

»Was zu trinken dazu?« Er rieb sich seine riesigen Pranken an der Schürze ab.

»Zwei Cola.«

Der Mann nahm zwei Dosen aus dem Kühlschrank. »Macht vierzehn achtzig.«

Nadja bezahlte und kehrte mit der duftenden Tüte zurück zum Citroën, den Linus in einer Art Hinterhof abgestellt hatte.

»Und jetzt?«, fragte sie, nachdem sie eingestiegen war.

Linus sah nach draußen. »Für ein Picknick im Wald ist es leider ein bisschen zu kalt.«

»Wir wollten uns doch das Vereinsheim noch mal angucken.«

Linus zog die Brauen hoch.

»In der Höhle des Löwen suchen sie uns bestimmt zuletzt.«

»Möglich.« Er startete den Motor.

Schweigend fuhren sie die kurze Strecke. Nadja wärmte sich an der Tüte mit dem heißen Essen und dachte über das nach, was Yvonne Linus am Telefon erzählt hatte. Die Dreistigkeit ihrer Gegner machte ihr Angst. Sie schienen nicht im Geringsten um ihre Sicherheit besorgt zu sein, schienen sich unbesiegbar zu fühlen.

Dabei hatte es mindestens einen von ihnen gestern Nacht erwischt. Doch vermutlich war es nur ein entbehrlicher Handlanger gewesen. Die Chefs machten sich nicht die Finger schmutzig, indem sie die Drecksarbeit selbst erledigten.

Jedenfalls wollte Nadja keinem von denen je wieder begegnen. Am liebsten hätte sie ein Flugticket gebucht und wäre ans andere Ende der Welt geflogen. Japan. Australien. Neuseeland.

Aber das hätte bedeutet, Linus im Stich zu lassen. Er konnte nicht abhauen, würde noch am Flughafen verhaftet werden. Und dann? Würden seine Kollegen die abenteuerliche Geschichte mit Azzo Lupo, der Wolfsblut-Stiftung und dem Anschlag auf der Landstraße glauben? Ohne jede Spur? Und mit der einzigen Zeugin irgendwo im Pazifik?

Linus lenkte den Wagen in eine Parklücke. Sie waren noch in der Wohnsiedlung, von der die kleine Straße zum Vereinsheim abging.

»Den Rest des Weges legen wir lieber zu Fuß zurück«, sagte er. »Wir müssen unsere Freunde ja nicht mit der Nase darauf stoßen, wo wir sind.«

Nadja packte die Tüte und stieg aus. Inzwischen dämmerte es bereits wieder. Wenn sie das Vereinsheim noch bei Tageslicht untersuchen wollten, mussten sie sich beeilen. Aber erst mussten sie essen. Nadja knurrte der Magen. Sie hatte die Pasta am Mittag in Bad Münstereifel kaum angerührt, weil ihr die Begegnung mit dem Wolfsmann auf den Magen geschlagen war. Umso ausgehungerter war sie jetzt.

Niemand kreuzte ihren Weg, als sie auf das Vereinshaus zuliefen, was allerdings nicht bedeutete, dass sie nicht von irgendwo beobachtet wurden. Sowohl von der Siedlung als auch von der Landstraße aus gaben sie ein perfektes Ziel ab. Dazwischen gab es nichts als mit Stacheldraht eingezäunte Weiden und die Olef, die sich mitten hindurchschlängelte. Die wenigen niedrigen Sträucher boten kaum Deckung.

Als sie endlich die Tür des Vereinsheims hinter sich zumachten, atmete Nadja erleichtert auf. Sie gingen in den großen Saal, wo Nadja den Tisch deckte. Sie kramte sogar Teller und Besteck hinter der Theke hervor, während Linus zwei Schmerztabletten mit einem großen Schluck Cola herunterspülte.

»Immer noch so schlimm?«, fragte sie.

»Das wird schon.«

Nadja betrachtete ihn skeptisch. Er war sehr bleich, seine Gesichtszüge wirkten verkrampft. Bestimmt hatte er stärkere Schmerzen, als er zugab. Womöglich hatte er nicht nur eine Gehirnerschütterung, sondern auch ein paar gebrochene Rippen. Sie hatte beobachtet, wie er sich die Seite hielt, sobald er sich bewegen musste.

Sie setzte sich an den Tisch, nahm ein paar Pommes und tunkte sie in die Mayonnaise. »Die Sache ist mindestens drei Nummern zu groß für uns. Sollten wir uns nicht mit deiner Freundin Ivonne zusammentun?«

»Auf gar keinen Fall.«

»Aber sie scheint auf deiner Seite zu stehen.«

»Ach ja?« Linus setzte sich, doch er rührte das Essen nicht an. »Ich habe dich nie gezwungen, mir zu helfen. Du kannst gern abhauen, wenn du willst.«

Nadja schluckte ihren Bissen hinunter. »Wie kommst du darauf, dass ich das alles für dich mache?«, fuhr sie ihn an. »Hier geht es nicht nur um dich. Du vergisst wohl, dass diese Leute genauso hinter mir her sind wie hinter dir.«

Linus hob die Hände. »Entschuldige. Das war dumm von mir.« Er rieb sich die Stirn.

»Schon gut.« Nadja deutete auf den Tisch. »Iss was! Du kannst dich nicht nur von Tabletten und Cola ernähren.«

Gehorsam griff Linus nach einem Stück Hähnchen. »Ich bin nicht sicher, wie weit ich Yvonne vertrauen kann. Sie würde nie etwas tun, von dem sie glaubt, dass es mir schadet. Aber wenn sie davon überzeugt wäre, dass ich im Gefängnis sicherer bin, wäre sie die Erste, die mich einsperren würde.«

»Verstehe.« Nadja nahm einen Schluck von ihrer Cola. »Ich habe nur einfach Schiss. Diese Leute sind echt brandgefährlich, und ich bin nur eine einfache Kunsthistorikerin mit einem gewissen Talent fürs Schlösserknacken.«

Er sah sie an. »Ich habe auch Schiss. Dagegen helfen weder die Waffe noch die Polizeiausbildung.« Er streckte die Hand aus, strich Nadja eine Haarsträhne aus dem Gesicht. »Wir kriegen das irgendwie hin.«

»Glaubst du das wirklich? Manchmal habe ich das Gefühl, dass wir nur aus einem Grund noch leben: Weil es ihnen Spaß macht, uns zappeln zu lassen.«

»Das stimmt nicht.« Er beugte sich wieder über sein Essen.

Nadja betrachtete ihn eine Weile. Dann ließ sie ihren Blick durch den Saal schweifen, versuchte sich vorzustellen, wie er hier als kleiner Junge in Fußballklamotten herumgetollt, wie er mit seinen Freunden auf das Spielfeld gerannt war. War das Vereinsheim schon damals von den Neonazis genutzt worden? Hatten einige Väter dieser Jungen zu der Gruppe gehört, hatten sie vormittags ihre Söhne vom Spielfeldrand aus angefeuert und am Abend hasserfüllte Parolen gegrölt?

Nachdem sie aufgegessen hatte, fiel ihr ein, dass sie noch immer nicht nachgesehen hatte, ob Elias Goldberg ihr bereits eine Nachricht geschickt hatte. Sie zog das Smartphone und das Ladegerät aus dem Rucksack und machte sich auf die Suche nach einer Steckdose. Neben der Theke wurde sie fündig. Hoffentlich war der Strom nicht abgestellt! Sie stöpselte das Telefon ein, und sofort meldete es den Eingang einer Textnachricht. Der Uhrzeit nach musste Goldberg sie noch auf dem Rastplatz unmittelbar nach ihrem Treffen abgeschickt haben, genau als sie ihre Begegnung mit dem Wolfsmann hatte.

Nadja öffnete die SMS und drückte auf den Link zur Cloud.

»Die Unterlagen von Goldberg sind da«, sagte sie, während sie die Dateiordner durchsah.

»Und? Ist auch ein Foto dabei?«

Nadja scrollte weiter nach unten. »Ja, hier ist eins.« Sie drückte auf »Öffnen«, wartete darauf, dass das Bild lud.

Endlich erschien ein altes Schwarz-Weiß-Foto auf dem Bildschirm, das einen jungen Mann in Uniform zeigte. Es war tatsächlich ein wenig verschwommen, und der Mann war nur von der Seite zu sehen.

Dennoch erkannte Nadja ihn sofort. Sie erstarrte. »Aber das ist unmöglich«, murmelte sie ungläubig. »Das kann nicht sein.«

Linus

Ich beobachtete, wie Nadja weiß wurde wie eine Wand. Sie starrte auf den Bildschirm des Smartphones in ihrer Hand, als wäre er vergiftet.

Irgendwann hielt ich es nicht mehr aus. »Nun zeig schon her.« Ich ging zu ihr und streckte die Hand aus.

Doch in dem Moment ertönten Stimmen vor der Eingangstür. Zwei Männer. Mindestens. Sie unterhielten sich leise.

Fuck!

Nadja reagierte blitzschnell. Sie zog das Kabel aus der Dose, rannte zum Tisch und schob die Essensreste in die Tüte, schnappte sich ihren Rucksack, ihre Jacke und die Tüte und stürzte in Richtung Theke.

Ich folgte ihr. Kaum hatte ich mich neben sie in den schmalen Spalt zwischen dem alten Kühlschrank und der Spüle gequetscht, kam mir der Gedanke, dass es nicht besonders schlau war, sich so in die Sackgasse zu manövrieren. Wenn die Männer uns hier entdeckten, gab es keinen Fluchtweg mehr. Dann hockten wir hilflos wie die Sardinen in der Büchse zu ihren Füßen.

Um mich nicht ganz so ausgeliefert zu fühlen, zog ich leise die Waffe aus dem Holster. In der Sekunde ging die Tür auf.

»War nicht abgeschlossen«, sagte eine heisere Stimme.

»Unmöglich, ich schließe immer ab.«

Beide Männer klangen, als wären sie deutlich jenseits der

sechzig. Aber darauf verlassen wollte ich mich nicht, zumal sie bewaffnet sein konnten. Und dann spielte das Alter keine große Rolle.

Schritte ertönten. »Siehst du irgendwas?« Wieder die erste Stimme, die etwas heiser klang.

»Nee. Aber es riecht nach Essen, findest du nicht?«

»Du hast wohl Halluzinationen.«

»Und der Theo offenbar auch. Hier ist niemand. Wen glaubt er denn gesehen zu haben?«

»Zwei Leute, die sich am Türschloss zu schaffen gemacht haben.«

»Und das hat er von der Landstraße aus gesehen?«

Die Schritte kamen näher. »Hier gibt es doch sowieso nichts zu klauen.«

»Trotzdem sollte nicht jeder rein- und rausspazieren können, wie es ihm beliebt.«

»Wer hat denn noch einen Schlüssel außer dir? Liegt nicht einer beim Bauamt? Womöglich hat ganz offiziell jemand vorbeigeschaut. Das Ding soll doch abgerissen werden, das wird alles Bauland. Jedenfalls ist niemand da. Komm, lass uns verschwinden.«

»Und wenn doch jemand eingebrochen ist? Riechst du denn wirklich nichts? Könnte doch sein, dass hier irgendwer untergeschlüpft ist. Ich werfe mal einen Blick hinter die Theke. Vielleicht liegen da vergammelte Lebensmittel rum.«

Verflucht! Ich machte mich bereit, entsicherte die Waffe.

»Tu, was du nicht lassen kannst«, sagte der Heisere. »Ich warte an der Tür.« Die Schritte entfernten sich.

Sekundenlang blieb alles still.

Dann wieder die zweite Stimme. »Ach, was soll's. Geht mich nichts an.«

Noch einmal waren Schritte zu hören, die Tür fiel zu. Kurz darauf sprang draußen ein Wagen an.

»Glaubst du, die gehörten zum Wolfsmann?«, flüsterte Nadja, nachdem das Motorengeräusch sich entfernt hatte.

»Bestimmt nicht. Die hätten gründlicher nachgesehen. Das waren vermutlich zwei Männer vom Verein.« Ich schob die Waffe zurück ins Holster und rieb mir die schweißnasse Stirn. Dann kroch ich aus dem Versteck hervor, was äußerst schmerzhaft war. Meine Rippen sahen es gar nicht gern, dass ich mich so verrenkte.

Nadja hockte noch immer neben dem Kühlschrank. »Da ist eine Luke«, sagte sie.

Ich beugte mich vor, bereute die Bewegung jedoch sofort. »Wo?«

»Unter dem Kühlschrank. Da scheint ein Zugang in den Keller zu sein.«

»Nicht sonderlich praktisch.« Ich riskierte noch einen Blick und entdeckte den schmalen Rand eine Metallplatte samt Scharnieren.

»Es sei denn, man will nicht, dass Unbefugte den Zugang benutzen.« Nadja krabbelte aus dem Versteck. »Wir müssen den Kühlschrank wegschieben.«

Ich rieb mir die schmerzende Seite, meine Lust auf Möbelrücken hielt sich in Grenzen. »Glaubst du, da unten ist ein geheimes Nazi-Hauptquartier?«

»Kannst du es ausschließen?«, fragte Nadja zurück.

Konnte ich nicht, also packte ich mit an. Erst bewegte sich der Kühlschrank keinen Millimeter. Ich fluchte, Nadja schimpfte, bis ich bemerkte, dass er auf der Rückseite mit zwei schweren Eisenwinkeln an die Theke geschraubt war.

Jetzt wurde ich doch neugierig. Nadja zauberte aus ihrem Werkzeugtäschchen einen Schraubenzieher hervor. Die

Schrauben waren rostig und verzogen, und es dauerte eine Weile, bis es uns gelang, eine nach der anderen zu lösen. Danach war es ein Kinderspiel, den Kühlschrank hervorzuziehen.

Der Metalldeckel auf der Luke war mit einem dicken Schloss gesichert. Nadja brauchte fast fünf Minuten, dann ertönte ein metallisches Klicken. Gemeinsam hoben wir den Deckel an. Darunter kamen Eisenstufen zum Vorschein, die ins Dunkel verschwanden.

»Meinst du, da unten gibt es Licht?« Nadja blickte sich suchend um. »Vielleicht ist hier oben irgendwo ein Schalter versteckt.«

Wir fanden keinen, also aktivierte ich die Taschenlampenfunktion meines Handys und machte mich an den Abstieg. Es roch muffig und feucht, als wäre die Luke seit Jahren nicht geöffnet worden. Der Lichtkegel zuckte über das Mauerwerk, für Sekundenbruchteile blitzten rot-schwarze Banner auf, die an den Wänden hingen, versehen mit Hakenkreuzen, Runen, dem Reichsadler und anderen Symbolen.

Unten angekommen trat ich zur Seite, um Nadja Platz zu machen. Als sie ebenfalls am Fuß der Treppe angelangt war, drehte ich die Lampe langsam im Kreis. Neben den Bannern und Flaggen an den Wänden wurden Vitrinen sichtbar, in denen Waffen, Orden und Uniformteile ausgestellt waren.

»Was für ein Gruselkabinett«, murmelte Nadja.

Ich versuchte, nicht daran zu denken, wie oft ich als kleiner Junge oben im Saal gesessen hatte, beim Sommerfest, bei der Weihnachtsfeier, bei Turnieren, nicht ahnend, welcher Horror nur wenige Meter unter mir lauerte. »Wir müssen alles genau unter die Lupe nehmen. Irgendwo sind womöglich Unterlagen, aus denen hervorgeht, wer alles zu diesem exklusiven Klub gehört.«

»Und einer davon ist ein Mörder.« Mit grimmigem Gesicht marschierte Nadja auf eine Vitrine zu und begutachtete den Inhalt.

Ich drehte mich noch einmal im Kreis, hielt Ausschau nach einem Aktenschrank oder einem Schreibtisch, irgendeinem Möbelstück, worin man Papiere unterbringen konnte. Bei der zweiten Runde entdeckte ich eine kleine Holztruhe unter einer Vitrine.

Ich klappte sie auf.

Volltreffer! Die Truhe war bis oben hin voll mit Ordnern, Mappen und Einzeldokumenten, einige davon Briefe. »Ich glaube, ich habe, was wir suchen.«

Nadja trat zu mir. »Oh je, so viel! Wir brauchen Stunden, um das alles durchzusehen.«

»Du könntest dein Handy holen, dann hätten wir eine zweite Lampe.«

»Dazu müsste ich es erst laden. Eben bin ich ja dabei unterbrochen worden.« Sie stockte, sah mich an.

Das Foto! Über den unerwarteten Besuch hatte ich vollkommen vergessen, wie entsetzt Nadja auf das Bild von Heinrich Richter reagiert hatte. Als hätte sie den Mann wiedererkannt. Aber das war unmöglich. Er war höchstwahrscheinlich schon tot gewesen, als sie geboren wurde.

»Das Bild von Heinrich Richter …«, sagte ich.

»Du musst es mit eigenen Augen sehen, sonst glaubst du mir nicht.«

»Okay. Dann nehmen wir diesen Kram mit nach oben. Wir gucken ihn uns in Ruhe an, an einem Ort, wo wir keine Unterbrechungen befürchten müssen.«

»Klingt nach einem guten Plan.« Nadja streckte die Arme aus.

Ich drückte ihr zwei Aktenordner und einen dicken Stapel lose Blätter in die Hände, dann packte ich den restlichen Inhalt der Truhe, zwei weitere Ordner sowie einige vergilbte Mappen, und balancierte sie hinter Nadja her die Treppe hinauf.

Jagdfieber prickelte durch meine Adern. Wir waren kurz vor dem Durchbruch, der Name des Mörders von Maik Wilkens und Bodo Stein war irgendwo in diesen Papieren versteckt, da war ich ganz sicher. Und ich hatte sogar eine Idee, wo wir zumindest für die Nacht in Sicherheit sein würden, wo wir uns verstecken und die Unterlagen in Ruhe durchsehen konnten.

Als ich oben ankam, hatte Nadja ihr Smartphone bereits wieder in die Steckdose gesteckt und war dabei, das Foto aufzurufen.

Ich trat zu ihr. »Jetzt bin ich aber gespannt.«

Sie hielt mir den Bildschirm hin.

Entsetzt starrte ich in das vertraute Gesicht.

Erik, mein bester, ältester Freund Erik Hoffmann.

Mein Hirn brauchte geschlagene zwanzig Sekunden, bis es wieder anfing zu arbeiten, bis ich das, was ich sah, in einen logischen, vernünftigen Zusammenhang bringen konnte.

Natürlich war das nicht Erik auf dem Foto, das vor über siebzig Jahren geschossen worden war. Es war sein Großvater, der gar nicht der Widerstandskämpfer Carl Hoffmann war, sondern ein SS-Scherge mit dem Spitznamen Nachtjäger.

Ich schüttelte entgeistert den Kopf. »Ich bin in seinem Haus ein und aus gegangen. Er hat uns im Wald mit dem Gewehr auf Schießscheiben feuern lassen. Ich fand das cool. Wenn ich gewusst hätte ...«

»Das konntest du nicht wissen.« Nadja legte mir die Hand auf die Schulter. »Er hat ja wohl alle getäuscht. Bis auf seine Waffenbrüder.«

Ich presste meine Faust gegen die Stirn. »Der Mann war bei uns in der Schule, hat im Geschichtsunterricht erzählt, wie er mit seinem Gewissen gerungen hat, wie er sein Leben riskiert hat, um den Krieg schneller zu beenden.«

»Glaubst du, dein Freund weiß, wer sein Großvater in Wirklichkeit war?«

Ich starrte Nadja an. »Nein, das kann ich mir nicht vorstellen. Er wird am Boden zerstört sein, wenn er es erfährt.«

Irgendwo draußen ertönte ein Martinshorn, wurde lauter, erstarb abrupt.

»Wir sollten machen, dass wir hier wegkommen«, sagte ich und griff nach meiner Jacke. Als ich sie überstreifen wollte, fiel etwas aus der Tasche und blieb zwischen mir und Nadja liegen.

»Ist es das, wofür ich es halte?«, fragte sie.

»Ein Peilsender, ja.« Ich presste grimmig die Lippen zusammen.

»Dann wissen sie, wo wir sind«, flüsterte sie kaum hörbar.

»Und das offenbar schon seit einer Weile. Es würde erklären, warum dieser Azzo Lupo an der Raststätte war. Und wie der Geländewagen mich im richtigen Moment auf der Landstraße abpassen konnte.«

»Dann hast du den Sender schon länger in der Jacke?«

»Das nehme ich an. Er war bestimmt in der Brusttasche, da gehe ich normalerweise nicht ran.«

»Aber wie haben sie das angestellt?«

»Einmal anrempeln im Gedränge, das geht ganz leicht.« Ich sah mich um. »Gib mir deinen Rucksack.«

»Aber …«

»Ich will nur nachschauen, ob er clean ist. Durchsuch du in der Zeit deine Jacke, und am besten auch die Hosentaschen und die Schuhe.«

Wir suchten so gründlich wie möglich, tasteten alles zweimal ab, aber wir fanden keinen weiteren Sender.

»Okay«, sagte ich. »Dann hauen wir jetzt ab. Es ist dunkel, mit etwas Glück können wir unbemerkt verschwinden.«

»Aber wohin?«

»Wie gut bist du in alten Schlössern?«

»Wie alt?«

»Richtig alt.«

»Habe ich noch nicht versucht. Aber ich habe noch nie vor einem Schloss kapituliert.«

Nadja

Das alte Schloss erwies sich doch als ziemlich neu, auch wenn das Gebäude, das es sicherte, schon ein paar Jahrhunderte auf dem Buckel hatte. Bereits nach wenigen Sekunden spürte Nadja das vertraute Klicken und das rostige Tor sprang auf. Sie hatten den Wagen stehen gelassen und sich zu Fuß auf den Weg hinauf zur Burg gemacht. Das Museum hatte nur bis fünf Uhr nachmittags geöffnet, und da dort keine großen Schätze, sondern lediglich ein paar Fundstücke von Ausgrabungen, einige Ritterrüstungen und ein paar rostige Lanzen und Hellebarden ausgestellt waren, gab es keine Alarmanlage. Sie mussten nur noch durch eine weitere Tür, und schon waren sie im Inneren.

Nadja schaute sich in dem ehemaligen Rittersaal um, in den Linus sie zielstrebig geführt hatte. Die hohen Fenster waren mit schwarzen Vorhängen verdunkelt, in der Mitte des Raums stand ein langer Tisch aus dunklem, altem Holz mit passenden Stühlen. An einer Wand hing eine im Halbkreis angeordnete Sammlung Lanzen, zwei Infotafeln daneben erklärten, wie das Leben auf der Burg im Mittelalter abgelaufen war. Ansonsten war der Raum leer bis auf eine Rüstung, die drohend in der Ecke stand. Nadja musste sich zwingen, nicht das Visier aufzuklappen, um nachzusehen, ob jemand darin steckte und sie durch den Schlitz beobachtete.

»Ich habe gehört, dass das nicht dein erster Einbruch in dieses Gemäuer ist«, sagte sie.

Linus, der gerade die Unterlagen aus der Truhe auf dem Tisch abgeladen hatte, fuhr herum. »Woher weißt du das?«

»Franziska hat es mir erzählt.«

»Ach so, natürlich.« Er rieb sich die Seite. »Hat ganz schön Ärger gegeben damals. Mein Vater musste beim Direktor antanzen, und dann hat uns der alte Hoffmann auch noch zu sich ins Rathaus zitiert, hat mir einen Vortrag über die Verantwortung für die Geschichte gehalten. Dieser Heuchler!«

»Hauptsache, keiner von diesen Nazis weiß von deinem kleinen Abenteuer und kommt auf die Idee, uns hier zu suchen.«

»Das halte ich für unwahrscheinlich. Und selbst wenn, im Augenblick scheinen sie uns lebend zu brauchen.«

»Sie haben dich von der Straße abgedrängt.«

»Aber als ich ohnmächtig im Auto saß, haben sie mich nicht angerührt.«

»Dein Angreifer war tot.«

»Ich glaube nicht, dass er allein war.«

Nadja schauderte bei der Vorstellung. »Vielleicht war ich einfach nur schneller vor Ort als seine Komplizen.«

Linus schüttelte den Kopf. »Das glaube ich nicht. Offenbar haben sie die ganze Zeit gewusst, wo ich mich aufhalte. Sie haben mir gedroht, versucht, mir Angst einzujagen. Mehr nicht.«

Nadja verschränkte die Arme. »Und die Schüsse auf uns in Luxemburg?«

»Vielleicht ein Versehen.«

»Wie kann man denn versehentlich auf jemanden schießen?«

Linus zog einen Stuhl hervor und setzte sich. »Ich nehme an, das waren irgendwelche übereifrigen Wachleute, die zu spät zurückgepfiffen wurden. Was meinst du, warum niemand bei meinem Wagen gewartet hat? Glaubst du wirklich, wir hätten unbehelligt von dort abziehen können, wenn die uns wirklich hätten töten wollen?«

Nadja starrte die Rüstung an. »Das bedeutet, wir leben einzig und allein aus dem Grund noch, weil diese Leute es wollen?«

»Kann man so sagen. Ich schätze, sie brauchen mich als Sündenbock. Sie wollen mich erst umbringen, wenn alle Beweise so platziert sind, dass niemand mehr Zweifel an meiner Schuld hat. Dann inszenieren sie einen Selbstmord oder lassen mich spurlos verschwinden.«

»Aber worauf warten sie noch? Die Polizei hat dich längst im Verdacht, vor allem nach deiner Flucht.«

Linus schob einen Ordner hin und her. »Vielleicht hast du recht. Vielleicht wollten sie mich umbringen, aber es sollte wie ein Unfall aussehen. Und das hat nicht funktioniert.«

Nadja hatte mit einem Mal einen dicken Kloß im Hals. »Und welche Rolle ist für mich vorgesehen in diesem Spiel?«

Linus stand auf und trat zu ihr. »Ursprünglich gar keine, nehme ich an. Du bist ein Störfaktor, den sie nicht eingeplant hatten.«

Die Erkenntnis rieselte durch Nadjas Adern wie Eis. »Dann haben sie keinen Grund, mich am Leben zu lassen.«

Linus nahm sie in den Arm. »Ich werde nicht zulassen, dass sie dir etwas antun.«

Nadja hielt sich an ihm fest, gab sich für einen Augenblick der Illusion hin, dass ihr nichts passieren konnte, solange sie in seiner Nähe war, dass ihnen kein Leid geschehen konnte, wenn sie zusammenblieben. Aber sie schaffte es nicht, ihre Gedanken abzuschalten. »Und wenn sie warten, bis sie mich irgendwo allein erwischen? So wie gestern an der Hütte?«

»Ich lasse dich nicht mehr allein, nicht eine Sekunde.

Okay?« Er löste sich aus der Umarmung, fasste sie am Kinn. »Wir haben es so weit geschafft. Den Rest kriegen wir auch noch hin.« Er zog sein Handy aus der Tasche. »Und jetzt schicke ich Yvonne eine Nachricht. Das LKA soll sich das Vereinsheim mal ansehen, bevor sie dort auch alle Spuren verwischen können. Und Kalle werde ich ebenfalls informieren.«

Er setzte sich wieder an den Tisch und begann, in sein Handy zu tippen.

Nadja strich sich über das Kinn, dort wo Linus sie berührt hatte. »Ich schaue mal, ob ich irgendwo eine Kantine oder Teeküche oder so was finde. Dann mache ich uns einen Kaffee.«

»Gute Idee. Verlauf dich nicht. Das Gemäuer ist verwinkelter, als es aussieht.«

Nadja stemmte die Arme in die Hüften. »Ich kann ja eine Spur aus Krümeln legen oder einen Wollfaden hinter mir abrollen wie Theseus.«

»Wie wer?« Linus sah sie mit gerunzelter Stirn an.

»Griechische Mythologie? Das Labyrinth des Minotauros. Nie gehört?«

»Ich bin ein ungebildeter Exbulle.«

»Dann erzähle ich dir davon als Gute-Nacht-Geschichte.« Sie nahm ihr Handy aus dem Rucksack, stöpselte es zum Aufladen in eine Steckdose neben der Tür, dann machte sie sich auf die Suche. Sie folgte der offiziellen Ausstellung, bis sie im Eingangsfoyer ankam. Hier gab es zwar kein Café, aber zwei Getränkeautomaten. Und sie waren sogar eingeschaltet. Nadja knackte den mit den Kaltgetränken und nahm zwei Cola und zwei Wasser heraus. Dann zählte sie noch Münzen aus dem Geldfach ab, die sie in den Kaffeeautomaten werfen konnte. Mit den kalten Getränken unter den Armen und je einem großen Becher Milchkaffee in der Hand machte sie sich auf den Rückweg.

Als sie im Saal ankam, saß Linus noch immer am Tisch, einer der Ordner lag aufgeschlagen vor ihm.

»Schon was gefunden?«, fragte sie.

Linus nahm einen Kaffeebecher entgegen. »Nur irgendwelche Finanzpläne, aus denen ich nicht schlau werde. Sieht so aus, als würde es um den Bau eines Hauses gehen. Könnte das Stiftungsgebäude in Luxemburg sein. Aber sicher bin ich mir nicht. Jedenfalls sind die Kosten detailliert aufgelistet. Eine Einbauküche, Fußbodenbelag, Treppen, Beleuchtung, Badezimmerarmaturen, Belüftungsanlage und so weiter.«

»Belüftungsanlage?« Nadja stellte die Getränkeflaschen auf dem Tisch ab. »Wofür das denn?«

»Vermutlich ist die Villa aufwändig unterkellert.«

Nadjas Handy klingelte. Erschrocken fuhr sie zusammen. Sie wechselte einen Blick mit Linus, dann lief sie zur Steckdose, zog es raus und sah auf das Display. Unterdrückte Nummer.

»Wer ist es?«, fragte Linus.

»Keine Ahnung.« Sie nahm ab.

»Spreche ich mit Nadja Ludwig?« Eine Frauenstimme.

»Wer will das wissen?«

»Ist Linus bei Ihnen?«

Nadja erstarrte. Dann drückte sie auf das Lautsprechersymbol, damit Linus mithören konnte, kehrte zum Tisch zurück und legte das Handy darauf ab. »Können Sie die Frage noch einmal wiederholen?«

»Bitte antworten Sie einfach. Ist Linus bei Ihnen?«

Linus verdrehte die Augen. »Ich bin hier, Yvonne. Wie kommst du an diese Nummer?«

»Tut nichts zur Sache.«

»Tut es doch«, widersprach Linus. »Wenn du es nicht sagst, brechen wir das Gespräch sofort ab und vernichten die SIM-Karte.«

»Eine besorgte junge Frau hat vorhin hier beim LKA vorgesprochen, eine gewisse Lilly Merten.«

»Das ist meine Freundin«, sagte Nadja.

»Sie hatten ihr einen Brief gegeben, für den Fall, dass Ihnen etwas zustößt. Sie hat so lange nichts von Ihnen gehört, dass sie sich Sorgen gemacht und den Brief gelesen hat. Und da es um die Wolfsblut-Stiftung geht und sie offenbar weiß, unter welchem Verdacht diese steht, wollte sie jemanden von der Organisierten Kriminalität sprechen. Es war Zufall, dass man sie zu mir geschickt hat.«

»Hast du meine SMS mit den Infos über das Vereinsheim gekriegt?«, fragte Linus.

»Ja. Ein paar Kollegen sind unterwegs, um sich das anzusehen. Aber ich kann nicht geheim halten, woher ich den Hinweis habe.«

»Musst du nicht. Ich habe Kalle ebenfalls eine Nachricht geschickt.«

»Ich muss mit dir reden.«

»Das tun wir doch gerade.«

Yvonne seufzte. »Du musst herkommen, ganz offiziell.«

»Erst wenn diese Kerle gefasst sind.«

»Kalle weiß jetzt, dass du in Olefthal bist. Er wird dich finden.«

»Das werden wir sehen.«

»Frau Ludwig, können Sie ihn nicht zur Vernunft bringen?«

Nadja hob die Hände, obwohl Yvonne das nicht sehen konnte. »Sie kennen ihn doch.«

Wieder seufzte Yvonne. »Ich werde die Bonner Mordkommission auch über Sie informieren müssen.«

»Tun Sie, was Sie nicht lassen können.«

»Sonst noch was?«, fragte Linus, den Finger schon über dem roten Hörersymbol.

»Kennst du einen Elias Goldberg?«

Linus zog die Hand zurück. Nadja verknotete ihre Finger, eine dunkle Vorahnung senkte sich über sie.

»Was ist mit ihm?«, fragte sie mit belegter Stimme.

»Wir haben seine Leiche in der Nähe der Raststätte gefunden, war ziemlich hässlich zugerichtet. Der Mann ist vor seinem Tod gefoltert worden.«

Nadja schlug die Hände vors Gesicht.

»Wann wurde er gefunden?«, hörte sie Linus fragen.

»Ich habe gleich nach unserem Gespräch heute Mittag Kollegen aus Rheinland-Pfalz gebeten, nach weiteren Zeugen zu suchen und sich ein bisschen umzusehen. Wir sind ja dort nicht mehr zuständig. Die haben die Leiche am Waldrand entdeckt. Da war übrigens noch etwas Merkwürdiges. Auf der Brust des Mannes lag eine aus Papier gefaltete Figur.«

»Ein Wolf?«

»Stimmt. Woher weißt du das?«

»Scheint das Markenzeichen dieses Azzo Lupo zu sein.«

»Sehr originell. Also, woher kennst du Goldberg?«

»Wir waren mit ihm verabredet. Er wollte uns Informationen beschaffen über den Altnazi, der angeblich früher häufig bei diesen Bikertreffen in Olefthal Ehrengast war.«

»Und?«

»Es war Carl Hoffmann, der Bürgermeister, der in Wahrheit gar nicht Carl Hoffmann hieß, sondern Heinrich Richter und ein gefürchteter SS-Mann mit dem Spitznamen Nachtjäger war.«

»Ist nicht dessen Enkel inzwischen dort Bürgermeister?«

Nadja nahm die Hände vom Gesicht und sah Linus an.

»Für Erik lege ich meine Hand ins Feuer, er weiß ganz sicher nichts von der Vergangenheit seines Großvaters. Niemand in Olefthal weiß es. Er hat uns alle hinters Licht geführt.«

»Wie du meinst, Linus. Wir werden diesen Spuren nachgehen. Und von dir erwarte ich, dass du das Richtige tust.« Sie legte auf.

Nadja starrte auf die Tischplatte, doch was sie sah, war Elias Goldberg. So viele Jahrzehnte hatte er Mörder gejagt, und jetzt war er selbst tot. Und sie war schuld. Sie hatte seinen Mörder zu ihm geführt.

Linus legte ihr die Hand auf die Schulter. »Das mit Goldberg ist schrecklich.«

»Wir haben ihn auf dem Gewissen.«

»Nein, haben wir nicht. Dieser Pardell hat ihn umgebracht.«

»Aber …«

Linus drehte sie um, sodass sie ihn ansehen musste. »Wir stecken schon tief genug in der Scheiße, quäl dich nicht auch noch mit Selbstvorwürfen. Das hilft niemandem. Außer den Mördern vielleicht.« Er deutete auf das Telefon. »Morgen früh müssen wir dein Handy hier zurücklassen. Am besten zusammen mit den Unterlagen, dann findet die Polizei sie sofort.«

»Aber ich habe doch das GPS ausgestellt. Und diese andere Ortung über die Funkmasten.«

»GSM. Ja. Aber die Polizei hat andere Möglichkeiten, sie kommt an die Daten der Provider. Und dein Provider hat gespeichert, wann dein Handy in welchen Mast eingeloggt war.«

»Dann wissen sie doch sowieso schon, wo wir sind.«

»So schnell geht das nicht. Denn die Polizei muss sich an Regeln halten. Sie brauchen einen richterlichen Beschluss. Und da du eine unbescholtene Bürgerin bist, offiziell zumindest, kriegen sie den nicht mal so eben. Selbst bei Gefahr im Verzug. Ich denke, bis morgen früh brauchen wir uns keine Sorgen zu machen.«

Nadja betrachtete das Telefon, als wäre es eine gefährliche Waffe. »Tut mir leid, aber ich muss immerzu an Goldberg denken. Ich hätte ihn nicht hineinziehen dürfen.«

Linus griff nach ihrer Hand. »Glaub mir, er wusste genau, was er tat. Er kannte das Risiko. Er hat das schließlich nicht erst seit gestern gemacht.«

»Aber wenn ich nicht …«

»Schluss damit! Wir können nicht rückgängig machen, was geschehen ist. Sorgen wir lieber dafür, dass wir diesen Pardell und seine Hintermänner zur Strecke bringen, bevor sie noch mehr Unheil anrichten können.«

Linus

Wir arbeiteten uns zwei Stunden lang durch die Unterlagen, ohne irgendwelche Namen zu finden. Das meiste waren banale Dinge wie Getränkerechnungen oder Quittungen für Baumaterial. Wenn sich darauf eine Unterschrift befand, war sie unleserlich. Ich war nur halb bei der Sache, weil mir die Frage im Kopf herumspukte, wie viel Erik von alldem wusste.

Schließlich hielt ich es nicht mehr aus. Ich griff nach meinem Handy und rief die geheime Nummer auf, die er mir gegeben hatte.

Als er sich meldete, stellte ich auf laut, damit Nadja mithören konnte. Ich wollte sie als Zeugin für den Fall, dass ich irgendwelche Zwischentöne überhörte.

»Linus? Geht es dir gut?«

Ich hatte keine Lust, lange um den heißen Brei herumzureden, deshalb kam ich sofort zur Sache. »Ich habe nur eine Frage: Weißt du, wer dein Großvater in Wirklichkeit war?«

Schweigen am anderen Ende der Leitung.

Nadja formte mit den Fingern eine Pistole und feuerte auf mein Handy.

»Du hast es also rausgefunden«, sagte Erik schließlich. »Ich hätte es ahnen müssen. Wenn du einer Sache auf der Spur bist, lässt du nicht locker.«

In meiner Brust krampfte sich etwas zusammen. »Wie lange hast du davon gewusst?«

»Seit dem Tod meines Großvaters. Ich habe seinen Haushalt aufgelöst, und in seinem Schreibtisch habe ich Unterlagen gefunden … Erst dachte ich, er hätte sich nach dem Krieg heimlich als Nazijäger betätigt, bis ich begriff, dass es in den Dokumenten um ihn selbst ging. Er hatte die Leiche eines Piloten gefunden und sich dessen Papiere angeeignet. Der Mann hatte keine Angehörigen mehr, und so war es im Nachkriegschaos ein Leichtes, in dessen Identität zu schlüpfen.«

»Und du hast es nicht für nötig befunden, die Öffentlichkeit darüber zu informieren?«

»Wozu, Erik? Wem hätte es etwas gebracht? Mein Großvater war tot, und den Helden, dem in Olefthal gedacht wird, hat es wirklich gegeben.«

»Aber es war nicht der Mann, der sich für ihn ausgegeben hat.«

»Was macht das für einen Unterschied?«

»Das ist nicht dein Ernst, Erik.«

»Doch, ist es. Ich habe es mir nicht leichtgemacht, das kannst du mir glauben. Ich war geschockt, verzweifelt. Schließlich fließt sein Blut auch durch meine Adern. Am meisten bedauert habe ich, dass ich meinem Vater nicht mehr Abbitte leisten konnte. Sein Tod …«

Ich begriff nicht sofort, erst als Erik nicht weitersprach, fiel der Groschen. »Du glaubst, es war kein Unfall?«

»Nicht mehr. Er kam an einem trockenen, sonnigen Tag von der Fahrbahn ab, einfach so. Ich glaube, dass es Selbstmord war. Er konnte nicht ertragen, wer sein Vater war, aber er hatte auch nicht den Mut, ihn öffentlich bloßzustellen. Ich erinnere mich, dass mein Vater in den Tagen vor dem Unfall sehr in sich gekehrt war. Ein paarmal hat er versucht, mit mir zu reden. Aber ich war ein auf Protest gebürsteter Jugendlicher, ich habe seine Not nicht bemerkt.«

Ich erinnerte mich nur dunkel an Eriks Vater. Er hatte im Schatten des mächtigen Großvaters gestanden. Und in dessen Augen war er ein Versager gewesen, hatte den Baustoffhandel der Familie fast in den Ruin getrieben, sich als schlechter Geschäftsmann erwiesen, der das Unternehmen, das sein Vater nach dem Krieg in harter Arbeit aufgebaut hatte, leichtfertig verspielte. Angesichts dessen, was ich nun über den alten Hoffmann wusste, musste ich das alles in neuem Licht betrachten.

»Linus? Bist du noch dran?«

»Ja.«

»Es tut mir leid, dass ich dir gegenüber nicht aufrichtig war. Ich habe mich geschämt.«

»Und du wolltest deine Karriere nicht gefährden.«

»Ja, auch das. Ich habe Pläne für Olefthal, ich will Gutes bewirken. Aber wenn diese Geschichte ans Licht kommt, muss ich zurücktreten.«

»Du kannst das nicht länger verschweigen.«

»Ich weiß.«

»Ich habe das, was ich herausgefunden habe, an Yvonne weitergeleitet.«

»Das dachte ich mir.«

»Es tut mir leid, Erik.«

»Mir auch. Ich werde morgen vor die Presse treten und eine Erklärung abgeben. Wünsch mir Glück.«

»Niemand wird dich für das verurteilen, was dein Großvater getan hat«, sagte ich, obwohl ich wusste, dass es eine Lüge war. »Du wirst deinen Weg machen, aus seinem Schatten heraustreten.«

»Ich wünschte, du hättest recht. Danke, Linus, deine Freundschaft bedeutet mir viel.«

Als er aufgelegt hatte, schoss mir ein Gedanke durch den

Kopf, der mir einen Stich ins Herz versetzte. Erik hatte verzweifelt geklungen. Am Boden zerstört. Was, wenn er gar nicht vorhatte, sich der Öffentlichkeit zu stellen? Wenn er stattdessen plante, es seinem Vater gleichzutun, wenn er es vorzog, hocherhobenen Hauptes abzutreten, solange es noch möglich war, statt sich vom Sturm fällen zu lassen?

TAG SIEBEN

Dienstag, 6. November

Linus

Als ich aufwachte, wusste ich erst nicht, wo ich war. Meine Rippen stachen, mein Schädel dröhnte, als würde er jeden Augenblick explodieren. Grelles Licht schien mir ins Gesicht, sodass ich die Augen zukneifen musste.

»Wir müssen verschwinden«, sagte eine vertraute Stimme. »Das Museum macht in einer halben Stunde auf.«

Da fiel mir alles wieder ein. Ruckartig setzte ich mich auf, bereute es jedoch sofort. Mit zusammengebissenen Zähnen wartete ich, bis der Schmerz abebbte, dann öffnete ich vorsichtig die Augen. Ich saß im Rittersaal auf dem Boden, meine Jacke als notdürftige Decke über mich gelegt. Durch einen Schlitz in den Vorhängen schien helles Sonnenlicht genau auf meinen Schlafplatz.

»Du hast fast zehn Stunden geschlafen.« Nadja hockte vor mir, eine Wasserflasche in der Hand. »Nimm eine von deinen Tabletten, oder besser gleich zwei oder drei. Ich habe mir die Zeit damit vertrieben, die Unterlagen noch mal durchzugehen, und ich glaube, ich habe den Unterschlupf unserer Gegner ausfindig gemacht.«

Ich drückte die letzten zwei Tabletten aus dem Päckchen und schluckte sie. »Noch ein Versteck?«

»Erinnerst du dich an die Liste mit Baumaterialien? Den Hinweis auf eine Belüftungsanlage?«

Ich nickte. »Und?«

»Ich habe eine Karte gefunden, auf der ein Waldstück markiert ist. Das Wort Schonung steht am Rand, das Gelände scheint eingezäunt zu sein.«

»Das ist normal bei Schonungen, damit das Wild die jungen Bäume nicht wegfrisst.«

»Aber das ist keine normale Schonung.« Nadja wedelte mit der Karte. »Sie liegt einige Kilometer von Olefthal entfernt in Richtung belgische Grenze, in einem Gebiet, wo viele alte Bunker aus dem Zweiten Weltkrieg stehen.«

»Du glaubst, die haben einen dieser Bunker ausgebaut?«

»Ich bin ganz sicher. Die sind ja alle irgendwann gesprengt worden, aber dieser offenbar nicht. Soweit ich herausfinden konnte, ist das Waldstück in Privatbesitz, und der Zaun um die Schonung schützt den Eingang zum Bunker vor neugierigen Blicken.«

Die Erklärung leuchtete mir sofort ein. »Du bist ein Genie, Nadja.« Ich stand auf, obwohl mein Schädel noch immer höllisch schmerzte.

»Wie gehen wir vor?« Sie stand breitbeinig da, den gepackten Rucksack zu ihren Füßen.

»Wir schauen uns die Schonung vorsichtig aus der Nähe an, und wenn unser Verdacht sich bestätigt, informieren wir die Kavallerie.«

Ich machte mich auf der Toilette frisch, während Nadja Frühstück organisierte. Schokoriegel und Kaffee aus dem Automaten. Dann beseitigten wir unsere Spuren. Bis auf die Unterlagen aus dem Vereinsheim. Ich würde Yvonne eine Nachricht schicken, wo sie zu finden waren.

Als Nadja ihr Handy neben die Aktenordner auf den Tisch legte, überkam mich das Gefühl, etwas Wichtiges zurückzulassen.

»Hast du wirklich alles noch mal durchgesehen?«, fragte ich. »Gibt es sonst nichts, was wir wissen sollten?«

»Alles bis auf diese Mappe mit Briefen, an denen du dir gestern Abend schon die Zähne ausgebissen hast. Die Schrift ist total unleserlich. Man kann nicht mal entziffern, von wann sie sind.«

»Nicht sehr alt jedenfalls, das Papier ist kaum vergilbt.« Ich betrachtete die Mappe, in der die Briefe lagen, fragte mich, wer heutzutage überhaupt noch handschriftlich verfasste Briefe verschickte. Jemand, der damit groß geworden war, nahm ich an, jemand, der es nicht anders kannte. Oder der keine elektronischen Spuren hinterlassen wollte.

»Wir müssen los«, ermahnte Nadja mich. Sie hatte die Kaffeebecher und die Schokoriegel in eine Papiertüte gepackt, die sie an den Bauch gepresst hielt wie einen Schatz, den sie nicht herausrücken wollte.

Kurz entschlossen schnappte ich mir die Mappe und schob sie unter meine Jacke.

Als wir durch die Seitentür nach draußen schlüpften, hörte ich, wie der Haupteingang aufgeschlossen wurde. Wir zogen die Tür lautlos hinter uns zu und liefen um die Burg herum. Im Schatten war es eiskalt, doch die Sonne wärmte. Das große Tor stand offen, wir schlenderten hindurch und hofften, dass die Museumsangestellten Besseres zu tun hatten, als ausgerechnet in diesem Moment aus dem Fenster zu schauen.

Zwanzig Minuten später erreichten wir die Wohnsiedlung. Der Citroën stand noch an derselben Stelle. Unmöglich zu sagen, ob sich jemand an dem Wagen zu schaffen gemacht hatte. Ich blieb auf der anderen Straßenseite stehen, erwog die Optionen. Viele waren es nicht.

»Meinst du, da ist auch irgendwo ein Peilsender dran?«, fragte Nadja, als hätte sie meine Gedanken gelesen.

»Ich fürchte, ja.«

»Wir könnten uns Franziskas Auto ausleihen.«

»Und sie noch tiefer mit hineinziehen?«

Nadja blickte sich um. »Wir könnten uns ein anderes Fahrzeug borgen. Das Schloss kriege ich auf. Den Rest musst du erledigen.«

Ich sah sie an. »Du musst dringend dein Verhältnis zum Eigentum anderer Leute revidieren.«

»Ich glaube nicht, dass jetzt der richtige Augenblick dafür ist.«

Ich wollte etwas erwidern, doch in dem Moment blitzte am Hang oberhalb der Siedlung etwas auf. Sofort zog ich Nadja hinter einen Lieferwagen.

»Was ist los?«, fragte sie.

»Ich hab da oben was gesehen. Vielleicht nur ein zufälliger Lichtreflex. Hätte aber auch ein Fernglas sein können. Oder ein Zielfernrohr.«

»Oh, Mist.«

Langsam schlichen wir in der Deckung der parkenden Wagen zurück, bis wir in einer Seitenstraße waren.

Ich deutete auf einen blauen Volvo Kombi älteren Baujahres. »Wir nehmen den.«

»Wie war das mit dem Verhältnis zu fremdem Eigentum?«

Ich verdrehte die Augen.

»Schon gut, gib mir eine Minute.«

Sie brauchte nur eine halbe, und ich noch mal genauso lang, um den Wagen kurzzuschließen. Als wir aus der Parklücke glitten, rechnete ich damit, dass jemand schreiend aus einem der Häuser stürmte. Doch wir hatten Glück, nichts dergleichen geschah.

Ich zog die Kappe tief ins Gesicht, und Nadja duckte sich in den Sitz, sodass sie von draußen nicht zu sehen war. Erst als wir die Landstraße erreicht hatten, erlaubte ich ihr, sich aufzusetzen. Wir fuhren etwa zehn Kilometer, dann steuerte ich einen Wanderweg an und folgte ihm, bis wir einen Platz erreichten, an dem vor Kurzem Bäume gefällt worden waren. Als wir ausstiegen, schlug uns der Duft nach frischem Holz entgegen. Wir setzten uns auf einen Stapel Stämme und machten uns über unser Frühstück her. Der Kaffee war fast kalt, und die Schokoriegel schmeckten muffig, als wären sie schon seit Ewigkeiten in dem Automaten gewesen. Aber ich war so ausgehungert, dass es mir nichts ausmachte.

Als ich aufgegessen hatte, zog ich die Mappe mit den Briefen hervor.

»Warum glaubst du, dass sie so wichtig sind?«, fragte Nadja und zerquetschte ihren leeren Becher.

»Das glaube ich gar nicht. Es ärgert mich nur, dass wir hier womöglich einen weiteren wichtigen Hinweis haben, aber nichts damit anfangen können.« Ich drückte ihr einen Teil der Briefe in die Hand. »Überflieg sie nur. Vielleicht kannst du doch einzelne Wörter entziffern, einen Namen, einen Ort.«

»Wir haben doch jetzt einen Ort.«

»Aber wir wissen nicht, wer oder was uns dort erwartet.«

»Der Wolfsmann, Azzo Lupo.«

Ich öffnete den ersten Umschlag von meinem Stapel. »Er ist ihre Bulldogge, aber nicht ihr Kopf.« Ich faltete den Brief auseinander. »Es wäre mir lieber, wenn ich wüsste, mit wem ich es zu tun habe, bevor wir uns in die Höhle des Löwen wagen.«

»Aber ich dachte, wir würden nur …« Nadja starrte auf den Boden zu meinen Füßen. »Dir ist da was runtergefallen, in dem Umschlag war ein Foto.«

Ich bückte mich und hob es auf, hielt es so, dass Nadja es ebenfalls sehen konnte.

Das Bild zeigte den Saal im Vereinshaus, wenn auch kaum wiederzuerkennen. Die Tische und Stühle waren zu einer großen Tafel zusammengestellt, und an den Wänden hingen die Flaggen, die wir im Keller gesehen hatten. Männer mit weißen Hemden und Bürstenhaarschnitten standen hinter den Stühlen und hoben den rechten Arm zum Hitlergruß. Ich erkannte sogar Carl Hoffmann alias Heinrich Richter, der am Kopfende der Tafel stand, genauso herrisch und ehrfurchtgebietend, wie ich ihn in Erinnerung hatte.

Und ich sah noch etwas, ein kleines blasses Gesicht mit weit aufgerissenen Augen, das sich von außen an die Scheibe drückte: Maik Wilkens.

Doch nicht das ließ mich erstarren, es bewies nur, dass wir mit unserer Theorie richtiggelegen hatten. Was mir das Blut in den Adern gefrieren ließ, war der junge Mann neben Carl Hoffmann. Der junge Mann, den ich damals besser zu kennen glaubte als mich selbst, mit dem ich monatelang jeden Tag Seite an Seite Nahkampftraining und Schießübungen gemacht hatte, den ich Klausuren abschreiben ließ, während er mich dafür deckte, wenn ich mal wieder Mist gebaut hatte, irgendwo versackt war und mir der Rausschmiss drohte. Mein bester Freund, der wie ich Polizist werden wollte, weil er glaubte, dass es sich lohnte, für das Gute zu kämpfen.

Nadja

Die Fichten in der Schonung waren nicht mehr jung, sondern mindestens zwei Jahrzehnte alt. Darunter wucherte dichtes, undurchdringlich aussehendes Gestrüpp. Der Zaun, der das Gelände umgab, bestand aus stabilem Maschendraht, der zusätzlich oben mit drei Reihen Stacheldraht versehen war, und machte einen wesentlich jüngeren Eindruck als die Bepflanzung dahinter.

Nadjas Magen ballte sich zusammen. »Meinst du, hier gibt es versteckte Kameras?«

»Möglich.« Linus blickte am Zaun entlang. Seit er das Foto gesehen und begriffen hatte, dass Erik Hoffmann, dem er bis zuletzt vertraut hatte, ein Nazi und womöglich sogar ein Mörder war, wirkte er noch grimmiger. Die Sache war jetzt doppelt persönlich für ihn. Nicht irgendein anonymer Gegner wollte ihm zwei Morde anhängen, sondern sein bester Freund. »Aber ich halte es für unwahrscheinlich. Die Gefahr wäre zu groß, dass jemand die Kameras zufällig entdeckt. Das würde nur unnötige Aufmerksamkeit erregen.«

»Wie kommen wir da durch?«

Linus zog sein Handy aus der Tasche und öffnete die Karten-App. »Der Bunker ist ungefähr zweihundert Meter Luftlinie von hier entfernt. Allerdings wissen wir nicht, wo der Eingang ist. Irgendwie müssen Erik und seine Leute auf das Gelände kommen. Wir können am Zaun entlanggehen und so versuchen, den Zugang zu finden.«

»Aber der könnte bewacht sein. Erik weiß bestimmt längst, dass wir den geheimen Keller samt der Truhe mit den Unterlagen entdeckt haben. Also rechnet er mit unserem Besuch.«

»Stimmt. Das müssen wir riskieren. Durch das Gestrüpp kommen wir nicht ohne Machete durch. Mal abgesehen davon, dass wir erst den Zaun überwinden müssten.«

Obwohl Nadja nicht ganz überzeugt war, folgte sie Linus, der am Maschendraht entlanglief und nach einem Durchlass Ausschau hielt. Nach etwa fünf Minuten entdeckten sie eine Tür mit einem Sicherheitsschloss. Sie war nicht getarnt, allerdings lag sie mitten im Wald fernab aller Wanderwege.

Wieder suchten sie nach Kameras, konnten jedoch keine ausmachen.

»Kann sein, dass Alarm ausgelöst wird, wenn wir die Tür öffnen«, sagte Linus.

»Müssen wir da wirklich rein?« Nadjas Magen fühlte sich inzwischen an wie ein Sack Kieselsteine. »Wir haben doch genug Beweise.«

»Und wenn es den Bunker gar nicht gibt? Wenn wir uns irren und das einfach nur eine Schonung ist?«

»Hinter so einem Zaun?«

»Möglich ist alles.«

»Wir haben das Foto von Erik auf der Naziversammlung.« Nadja sah sich um, sie rechnete jeden Augenblick damit, dass Linus' ehemaliger Freund hinter einem Baum hervorsprang, eine Waffe im Anschlag. Sie dachte daran, wie er sie beim Hochstand abgefangen hatte. Er hatte sie töten wollen, da war sie nun sicher, doch Linus hatte ihm einen Strich durch die Rechnung gemacht, indem er so plötzlich aufgetaucht war. Erik hatte vor Linus die Maske noch nicht fallen lassen wollen, Linus hatte ihm weiterhin vertrauen sollen. Nur deshalb hatte Erik sie am Leben gelassen.

Linus verzog das Gesicht. »Das wird nicht genügen. Erik war damals Anfang zwanzig, ein verblendeter junger Mann unter dem Einfluss seines übermächtigen Großvaters, der kurzzeitig vom rechten Pfad abgekommen ist. Wenn er den Zerknirschten spielt, kauft ihm das jeder ab. Du weißt, wie überzeugend er sein kann. Wir sind gestern Abend beide auf ihn hereingefallen. Wir brauchen mehr, einen Beweis dafür, dass einer der Männer in diesem Saal, vielleicht sogar Erik selbst, Maik getötet hat.«

»Glaubst du wirklich, dass er es war?«

»Erinnerst du dich an das Wegkreuz an der Fundstelle der Gebeine? Wir hatten den Verdacht, dass jemand einen Grabstein für Maik wollte, weil er ihn persönlich kannte, weil ihn der Tod des Jungen nicht vollkommen kaltließ, weil er vielleicht sogar bereute, was er getan hatte.«

Nadja begriff. »Und dieser Jemand war Erik.« Sie zog ihr Werkzeugtäschchen hervor. »Dann mache ich mich mal an die Arbeit.«

Das Schloss war auf dem neuesten Stand der Technik, mehr als zehn Minuten biss Nadja sich die Zähne daran aus. Schließlich gab sie auf. »Tut mir leid, aber ich muss passen, damit ist mein kleines Einbruchset überfordert. Da bräuchte ich anderes Werkzeug, aber das liegt bei mir zu Hause. Anscheinend legt jemand sehr viel Wert darauf, keinen ungebetenen Besuch zu bekommen. Du hast nicht zufällig eine Bohrmaschine dabei?«

»Leider nicht.«

»Dann vielleicht etwas, womit wir den Maschendraht aufschneiden können?«

»Auch nicht. Ich fürchte, wir müssen drübersteigen.«

Nach einigem Suchen fanden sie einen dicken Ast, den sie schräg auf den Zaun legen konnten. Nadja versteckte ihren

Rucksack in einem Gebüsch, dann krabbelte sie an dem Ast hoch, kletterte vorsichtig über den Stacheldraht und sprang auf der anderen Seite auf das Gelände. Linus tat es ihr nach.

»Warte hier«, sagte er. »Wir müssen ja nicht beide in die Falle tappen.« Er gab ihr sein Handy. »Ich laufe bis zum Bunker und checke ab, ob es nicht doch nur noch ein Haufen gesprengter Beton ist. Wenn ich in zehn Minuten nicht zurück bin, rufst du Yvonne an.«

Als Nadja das Handy einsteckte, flatterte irgendwo auf dem Gelände ein Vogel auf. Sie schaffte es gerade noch, den Schreckensschrei zu unterdrücken.

»Kein Sorge, nur eine Krähe.« Linus fasste sie bei den Schultern. »Versteck dich im Gebüsch. Ich bin gleich zurück. Danke, dass du mich bis hier begleitet hast. Ohne dich wäre ich nicht so weit gekommen.«

Er drehte sich weg, bevor sie etwas erwidern konnte, lief über den Trampelpfad, der von der Tür ins Unterholz führte, und war wenige Sekunden später nicht mehr zu sehen.

Erst als Nadja nach einem Versteck Ausschau hielt, fiel ihr ein, dass er versprochen hatte, sie nicht mehr allein zu lassen. Ihr Nacken kribbelte. Die Kieselsteine in ihrem Magen rieben aneinander. Hastig schob sie ein paar Zweige zur Seite, um unter das schützende Nadeldach einer Fichte zu kriechen.

Doch sie kam nicht weit. Etwas kaltes Hartes bohrte sich in ihren Hinterkopf. »Schön, dich wiederzusehen, Nadja.«

Linus

Der Pfad endete nach wenigen Minuten unvermittelt vor einem undurchdringlichen Dickicht aus Dornenranken und dunkelgrün glänzenden Blättern. Irritiert sah ich mich um. Hatte ich einen Abzweig verpasst? Etwas übersehen?

Noch einmal betrachtete ich das stachelige Geäst vor mir. Und jetzt bemerkte ich, dass es nur wenige Zentimeter dick war. Das Grün dahinter war Lack, eine Metalltür, gestrichen im gleichen Ton wie die Blätter. Ich hatte den Bunker gefunden.

Hastig tastete ich die Tür und den kaum erkennbaren Beton daneben ab. Wenn das hier keine vergessene Ruine war, sondern das Versteck von Erik und seinen Komplizen, musste es eine Möglichkeit geben, die Tür zu öffnen, ohne die Ranken und Dornen wegzuschneiden.

Plötzlich klickte es metallisch, ein Zischen folgte, und schon schwang die Tür auf. Ich musste versehentlich den Mechanismus betätigt haben, der sie entriegelte. Oder, eine Möglichkeit, die mir weitaus weniger behagte, man hatte mich entdeckt, und ich wurde auf der anderen Seite bereits erwartet.

Ich blickte über die Schulter. Nadja war in Sicherheit, halbwegs zumindest, und in zehn Minuten würde sie die Polizei alarmieren. Yvonne würde Himmel und Hölle in Bewegung setzen, um mich zu retten. Und sie konnte sehr effizient sein, wenn es drauf ankam. Ich musste es also nur schaffen, zwanzig, maximal dreißig Minuten am Leben zu bleiben. Ein Kinderspiel.

Ich zögerte nicht länger und betrat den Bunker. Schummriges Licht empfing mich. Ein Gang, der abwärtsführte, etwa alle zehn Meter eine Ovalleuchte an der Wand, sonst nichts als nackter Beton.

Hinter mir rumpelte es. Ich fuhr herum. Die Tür hatte sich wieder geschlossen. Ich rüttelte an der Klinke, nichts geschah. *Verflucht!* Ich sah mich nach einem Schalter um, einem Hebel, mit dem man die Tür entriegeln konnte, doch überall waren nur kahle Wände.

Dafür entdeckte ich das kleine wachsame Auge einer Kamera unter der Decke. Spätestens jetzt wussten meine Gegner, dass ich da war. Ich straffte die Schultern. Zurück konnte ich nicht, selbst wenn ich gewollt hätte. Also gab es nur einen Weg: nach vorn. Ich zog die Walther aus dem Holster und entsicherte sie, dann lief ich los.

Der Gang endete wenig später an einer geöffneten Luke im Boden. Eine Wendeltreppe aus Metall wand sich nach unten. Was mich dort erwartete, konnte ich von oben nicht sehen. Ich packte die Waffe fester und machte mich an den Abstieg. Viel zu laut hallten meine Schritte von den Betonwänden wider. Doch davon abgesehen war nichts zu hören.

Die Wendeltreppe endete in einer Art Vorraum, von dem drei Türen abgingen. Zwei waren verschlossen, die dritte stand offen. Ich trat hindurch, fand mich in einer Halle wieder, die ein wenig wie ein Flugzeughangar aussah. Linien auf dem Boden markierten Transportwege, die Reihe großer Tore am anderen Ende erinnerte mich an die Garagen neben der Villa in Vianden.

Mitten in der Halle stand ein Rollstuhl. Wer auch immer

darin saß, hatte mir den Rücken zugekehrt. Ich sah nur einen weißen Haarschopf über die Lehne ragen.

Ich hob die Waffe, doch im gleichen Augenblick schoss von der Seite etwas Schwarzes auf mich zu. Die Pistole flog mir aus der Hand, ein brennender Schmerz jagte durch meinen Arm. Entsetzt stöhnte ich auf. Mein Blick schoss zur Seite, und ich entdeckte einen bis an die Zähne bewaffneten schwarz gekleideten Mann. Zu meiner Linken stand ebenfalls einer.

»Nehmt ihm nur die Waffe ab«, kam eine dünne Stimme aus dem Rollstuhl. Eine knochige Hand betätigte den Hebel an der Armstütze, der Stuhl drehte sich.

Ich erstarrte.

Der alte Mann musste fast hundert sein. Sein Gesicht war schmal und bleich, als hätte es seit Jahren keine Sonne gesehen, der Bart und die dünnen Haare leuchteten schneeweiß, doch er hielt sich aufrecht und seine blauen Augen blitzten klar und wachsam.

»Linus Roth.« Der Mann wiegte den Kopf. »Du bist überrascht, mich zu sehen.«

»Carl Hoffmann?« Ich bewegte mich ein paar Schritte auf den Rollstuhl zu, darauf gefasst, dass die beiden Leibwächter sich auf mich stürzten. Doch sie verharrten an ihrem Platz. »Oder doch eher Heinrich Richter?«

Der Alte lächelte dünn. »Ein kleines Verwechslungsspielchen. Ich gebe zu, es hat Spaß gemacht. Im Laufe der Jahre habe ich mich sogar ein bisschen an Carl Hoffmann gewöhnt, er ist quasi zu einem Teil von mir geworden. Ich bin beide, Carl Hoffmann und Heinrich Richter. Es war die richtige Entscheidung, auch wenn ich dafür in der Öffentlichkeit meine Ideale verraten musste.« Er betätigte den Hebel und rollte näher. »Und was für eine Ironie! Wusstest du, dass Hoffmann Pilot war, dass er Jagdflugzeuge gesteuert hat, die speziell für Angriffe im Dunkeln ausgerüstet waren, sogenannte Nachtjäger?«

»Aber ...«

»Und mich nannte man den Nachtjäger, weil ich genau wie diese Flugzeuge darauf spezialisiert war, in der Dunkelheit zuzuschlagen. Ich fand das sehr passend. Als ich auf einem Feld das Flugzeugwrack und die Leiche von Hoffmann entdeckte, wusste ich sofort, dass es kein Zufall war. Ich war dazu bestimmt, als Carl Hoffmann weiterzuleben und dafür zu sorgen, dass der Kampf nicht endete.«

Ich schluckte, noch immer fassungslos darüber, wie perfekt dieser Mann sich jahrzehntelang verstellt hatte. Genau wie sein Enkel Erik. »Sie haben Ihren Tod vorgetäuscht.«

Wieder dieses Lächeln. »Ich hielt die Zeit für gekommen, in den Untergrund zu gehen.«

»Um was zu tun?«

»Wir sind wieder viele, eine starke Bewegung.«

Mir wurde übel. »Ihr seid der letzte Dreck!«

»Aber, aber. Immer noch der alte Sturkopf. Wirklich schade, mein Junge, aus dir hätte etwas werden können. Du hattest das Potential. Es gab Zeiten, da glaubte ich, dich ebenfalls für die Sache rekrutieren zu können. Doch du hattest zu sehr deinen eigenen Kopf.«

»Dafür haben Sie Erik zu einem perfekten Abbild Ihrer selbst gemacht.«

»Es war nicht immer leicht, das kannst du mir glauben.« Hoffmanns Stirn umwölkte sich. »Er ist nicht wie du, Linus. Eine Zeit lang fürchtete ich, ich hätte ihn verloren. Doch dann starb sein Vater, mein Sohn, dieser nichtsnutzige Schwächling, und Erik kehrte zu mir zurück.«

»Hat er Maik Wilkens getötet?«

»Er musste es tun, ich habe es ihm befohlen. Es war seine Feuertaufe. Er hat geheult wie ein Baby, aber er hat es durchgezogen. Ich forderte ihn auf, die Leiche verschwinden zu lassen, sodass sie nie wiederauftaucht. Er sollte niemandem sagen, wo er sie hingebracht hatte. Auch mir nicht. Ich hätte wissen müssen, dass er mit dieser Aufgabe überfordert war. Und als Maik gefunden wurde, tauchte plötzlich dieser nutzlose Journalist auf und stellte zu viele Fragen.«

Ich sah Hoffmann in die Augen. »Warum ich? Warum haben Sie sich keinen anderen Sündenbock ausgesucht?«

Der Alte hob die Schultern. »Das musst du Erik fragen, mein Junge.«

»Er hat jemanden zu meiner Stiefmutter geschickt, um die alte Jacke mit meiner DNA zu besorgen?«

»Was für eine Jacke? Wozu hätte er zu deiner Mutter gehen sollen? Er hat dich doch jeden Tag gesehen.«

»Er hat …« Ich schüttelte ungläubig den Kopf, dann rechnete ich nach. Es war möglich, aber ich wollte es nicht glauben. »Er hat schon damals meine DNA an der Leiche angebracht?«

»Ich nehme es an. Jedenfalls sagte er, dass er sich zusätzlich abgesichert hätte, dass ein anderer in Verdacht geraten würde, sollten Maiks sterbliche Überreste jemals auftauchen.«

Ich fasste mir an den Kopf. Die Wirkung der Tabletten ließ schon wieder nach.

Hoffmann wedelte mit der Hand. »War schön, dich zu sehen, Linus. Ich konnte dich immer gut leiden, deshalb bedauere ich sehr, dass du uns in die Quere gekommen bist. Ich muss jetzt weg. In ein paar Minuten fliegt hier alles in die Luft. Eine Notmaßnahme. Sehr ärgerlich, aber wir haben andere Verstecke.«

Ich starrte ihn an.

Er tippte sich an die Stirn, ein Abschiedsgruß. Dann betätigte er den Hebel, der Rollstuhl drehte sich und setzte sich in Bewegung.

Ich rannte los, ich hatte nicht vor, ihn so davonkommen zu lassen, doch eine Stimme ließ mich mitten in der Bewegung einfrieren.

»Keine Bewegung.«

Ich fuhr herum. Keine fünf Meter entfernt stand Erik, eine abgesägte Schrotflinte im Anschlag. Mir brach der Schweiß aus. Selbst wenn ich mich schnell wegduckte oder es schaffte, in eine andere Richtung zu fliehen, als Erik erwartete, würde mich ein Teil der Streumunition auf jeden Fall erwischen. Und auf diese kurze Distanz höchstwahrscheinlich tödlich.

Nadja

»Ich habe mich wirklich sehr darauf gefreut, dich wiederzutreffen, Nadja.« Dirk Pardell alias Azzo Lupo grinste Nadja an. »Ich habe schon neulich an der Hütte auf dich gewartet, aber du bist nicht gekommen. Zu schade. Jetzt können wir es endlich zu Ende zu bringen.« Er strich ihr mit der Waffe über die Wange. »Allerdings drängt die Zeit. Also müssen wir auf die üblichen Spielchen verzichten und gleich zur Sache kommen.« Er packte sie mit der freien Hand bei den Haaren und zerrte sie auf den Pfad. »Los, beweg dich. Ich habe keine Lust, deine Leiche in den Bunker zu schleppen.«

Nadja schluckte die Tränen hinunter, die ihr vor Schmerz in die Augen schossen. Lupo hätte ihr nicht nur beinahe die Haare ausgerissen, er hatte ihr auch die Hände mit einem Kabelbinder hinter dem Rücken zusammengebunden, so eng, dass es ihr das Blut abschnürte.

»Die Polizei weiß, wo wir sind«, stieß sie keuchend hervor, während sie über den Pfad stolperte. »Sie wird jeden Augenblick da sein.«

»Netter Versuch.« Lupo hielt das Handy hoch, das er ihr abgenommen hatte. »Wenn ich in zehn Minuten nicht zurück bin, ruf Yvonne an«, äffte er Linus nach.

Nadja stöhnte. Er hatte sie belauscht!

Lupo versetzte ihr einen Stoß. »Los. Beweg dich.«

Sie erreichten eine Wand aus Gestrüpp. Hier ging es nicht weiter.

»Und jetzt?«, fragte Nadja.

»Schön stehen bleiben.« Lupo nahm ein Funkgerät vom Gürtel. »Ich habe die Kleine. Macht auf.«

Aus der grünen Wand schwang eine Metalltür auf, die Nadja zuvor nicht bemerkt hatte. Lupo zerrte sie ins Innere, die Tür schloss sich hinter ihnen. Sie liefen einen Gang entlang, bis sie eine Wendeltreppe erreichten, die in die Tiefe führte.

Nadja fragte sich, wo Linus steckte. War er auch von den Männern abgefangen worden? Wurde er dort unten gefangen gehalten?

»Los! Runter da!«

Lieber Himmel, was sollte sie tun? »Ich kann nicht.«

»Was soll der Scheiß!« Lupo knallte ihr den Lauf der Pistole gegen die Schläfe.

Nadja unterdrückte einen Schmerzensschrei. »Ich habe Höhenangst«, sagte sie in weinerlichem Ton. »Ich kann das nicht, wirklich. Mir wird schon schwindelig, wenn ich nur runterschaue.«

»Blödsinn. Zick nicht rum! Dafür haben wir keine Zeit.«

Verdammt, sie musste dicker auftragen.

Sie beugte sich über das Loch, begann zu stöhnen und zu wanken. »O Gott, ich falle!«

Lupo griff mit einer Hand nach ihr, um sie festzuhalten.

Das war ihre Chance, vielleicht die einzige. Sie zog das Knie an, fuhr herum und trat zu, so fest sie konnte.

Lupo stöhnte. »Verfluchte Dreckschlampe!«

Er streckte den Arm nach ihr aus, doch sie duckte sich weg, versetzte ihm einen Stoß, sodass er zwei Sekunden lang damit beschäftigt war, das Gleichgewicht zu behalten. Allerdings schaffte er es trotzdem, die Waffe auf sie zu richten und abzufeuern.

Das Projektil traf Nadja an der Schulter. Sie schrie, warf sich zur Seite, um dem zweiten Schuss auszuweichen, der an ihrem Ohr vorbeipfiff und ein Loch in die Betonwand schlug.

Scheiße, scheiße!

Nadja nahm Anlauf und rammte ihren Kopf in Lupos Bauch. Er taumelte zusammen mit ihr rückwärts, schlug ihr mit der Faust in den Nacken, sie landete hart auf den Knien. Ihre Schulter schien in Flammen zu stehen, ihre Knie stachen, als wären sie von Nägeln durchbohrt. Mit letzter Kraft rammte sie ihre unverletzte Schulter gegen seine Schienbeine.

Er strauchelte, ein weiterer Schuss löste sich, ein gurgelnder Laut folgte.

Nadja blickte nach oben. Offenbar hatte Lupo beim Stolpern die Waffe verrissen und das Projektil hatte seinen eigenen Hals gestreift. Eine Hand auf die Kehle gepresst, die andere noch immer um den Griff der Pistole geklammert, starrte er sie an, das Gesicht zu einer Maske aus Wut verzerrt.

»Du mieses kleines Stück Scheiße. Dafür wirst du bezahlen.«

Nadja rutschte instinktiv rückwärts, schaute nach rechts und links, doch in dem Gang gab es keinen Winkel, keinen Vorsprung, kein Versteck, wo sie vor Azzo Lupo sicher war.

»Das war's, du dumme Gans, jetzt ist Schluss mit den Spielchen.« Lupo richtete die Waffe auf sie. Die andere Hand hielt er noch immer auf die Wunde am Hals gepresst, Blut sickerte zwischen den Fingern hervor, viel Blut. Er wankte, aber den Arm mit der Waffe hielt er still. Seine stahlblauen Augen durchbohrten sie. »Addio, Miststück.«

Irgendwo in der Bunkeranlage ertönte ein Quietschen, so als würde sich ein großes Tor öffnen. In Azzo Lupos Gesicht zuckte es, er warf einen hastigen Blick über die Schulter in das Loch mit der Wendeltreppe.

Nadja reagierte sofort. Sie sprang auf, warf sich mit der ganzen Wucht ihres Körpers auf ihren Gegner, sodass er nach hinten kippte. Er stolperte, ein Schuss krachte, dann stürzten sie ineinander verkeilt in den Treppenschacht.

Nadja stieß mit dem Kopf gegen das Metallgeländer. Schmerz explodierte in ihrem Schädel wie ein Feuerwerk, dann wurde es dunkel.

Linus

Mein Blick sprang zwischen Eriks Gesicht und der Waffe in seiner Hand hin und her. Ich musste Zeit gewinnen, ihn zum Reden bringen. Bestimmt waren die zehn Minuten längst vergangen, Hilfe war unterwegs, alles, was ich brauchte, war ein wenig Aufschub.

»Warum ich, Erik? Ich dachte, wir wären Freunde.«

Er schnaubte. »Der Trick funktioniert nicht, Linus. Mir ist nicht nach Plaudern, vor allem nicht mit dir. Es ist längst alles gesagt.«

»Aber …« Ich entdeckte ein Metallrohr auf dem Boden zwischen uns, ein Stück Wasserleitung vielleicht oder ein Teil eines Baugerüstes. Ein paar Sekunden Ablenkung würden genügen, dann könnte ich Erik damit außer Gefecht setzen.

»Wie mein Großvater schon erwähnte, stehen wir ein wenig unter Zeitdruck. Du wirst verstehen, dass ich keine Lust habe, mit dir in die Luft zu fliegen.«

Ich starrte ihn an, ich hatte das mit der Bombe für einen Bluff gehalten.

Erik warf einen Blick auf die Wand hinter mir. Auch ich drehte mich um. Die zwei Bulldoggen, die mich entwaffnet hatten, waren verschwunden, die Tür, durch die ich hereingekommen war, hatte irgendwer zugemacht. Darüber hing eine Uhr. Es war elf Uhr achtundvierzig.

Erik wedelte mit der Waffe. »Noch zwölf Minuten. Zeit zu gehen, sonst fliegt der Hubschrauber ohne mich.«

Ich breitete die Arme aus. »Warum? Bitte erklär es mir, Erik.«

»Weil ich dich immer schon gehasst habe. Wusstest du, dass mein Großvater dich lieber als seinen Enkel gehabt hätte? Immer hieß es, schau dir Linus an, das ist ein richtiger Junge, so musst du sein. Selbst als du in das verdammte Museum eingebrochen bist, hat er mir was von Jungenstreichen erzählt, die einen richtigen Mann aus einem machen. Du warst der Enkel, den er sich immer gewünscht hat, und ich nur das Ebenbild seines verhassten Sohns.«

Ich schüttelte den Kopf. »Ich glaube nicht, dass dein Großvater …«

»Schnauze! Halt deine Schnauze!«

In dem Augenblick krachte hinter der Tür ein Schuss.

Ich zuckte zusammen, meine Gedanken schossen zu Nadja. Nein, sie war nicht in Gefahr, sie war gar nicht im Bunker, sie war draußen und wartete auf die Verstärkung.

Weitere Schüsse fielen, eine Pause, dann noch ein Schuss und ein Poltern.

Ich sah zu Erik, in seinem linken Augenwinkel zuckte es.

»Was war das?«, fragte ich. »Haben deine Männer die Lage nicht im Griff?«

Er schnitt eine verächtliche Grimasse. »Ich schätze mal, das war deine kleine Freundin. Pardell hat es sich nicht nehmen lassen, sie sich höchstpersönlich vorzuknöpfen. Er hat wohl Gefallen an ihr gefunden.«

Ich musste meine ganze Willenskraft aufbringen, um mich nicht auf ihn zu stürzen. Wieder nahm ich das Rohr ins Visier. Doch es war zu weit weg.

»Genug geplaudert«, sagte Erik. Sein Blick wanderte zur Uhr. »Noch sieben Minuten, das war's, Linus.«

Er legte an.

Da flog die Tür krachend auf, eine blutüberströmte Gestalt taumelte in die Halle.

Nadja!

Ich zögerte nur den Bruchteil einer Sekunde, dann hechtete ich mit einem Sprung zu dem Metallrohr, ergriff es und schwang es in Eriks Richtung.

Er feuerte, aber zu spät, ich hatte ihn bereits am Arm erwischt, und die Schrotkugeln flogen in Richtung Decke. Ich schlug noch einmal zu, traf Erik an der Schläfe. Er ging zu Boden, die Waffe fiel ihm aus der Hand und schlitterte über den Beton.

Mit zwei Schritten war ich an der Stelle, wo die Flinte liegen geblieben war, und hob sie auf. Ich richtete sie auf Erik, der reglos, aber mit weit aufgerissenen Augen am Boden lag, und sah zu Nadja.

»Alles okay mit dir?«, fragte ich.

»Es ging mir schon besser. Aber den da draußen hat es schlimmer erwischt.« Sie nickte in Richtung Tür.

Erst jetzt bemerkte ich, dass ihre Hände auf dem Rücken gefesselt waren.

Ich blickte zur Uhr. »In fünf Minuten fliegt der Laden in die Luft, wir sollten machen, dass wir rauskommen.«

»Und der?« Nadja blickte zu Erik.

»Na, mach schon, Linus.« Erik starrte mich an, sein Blick war kalt. »Bring es zu Ende. Du hast gewonnen. Also sei kein Feigling, mach keine halben Sachen. Zieh es durch.«

Ich schüttelte den Kopf und ließ die Waffe sinken. »Der kann uns nichts mehr anhaben«, sagte ich zu Nadja und bewegte mich auf die Tür zu.

Nadja war als Erste im Vorraum. Als ich ihr folgen wollte, krachte ein Schuss. Brennender Schmerz durchbohrte meinen Oberschenkel. *Verdammt!*

Ich fuhr herum, feuerte, ohne zu zögern, auf die Stelle, wo Erik lag, eine kleine Pistole im Anschlag. Wie hatte ich nur so dumm sein können, ihn nicht auf weitere Waffen zu durchsuchen?

Erik schoss noch einmal, doch diesmal traf er nicht. Dafür erwischte ihn die volle Ladung aus der Schrotflinte. Ich warf die Waffe weg und blieb stehen, sah auf meinen sterbenden Freund hinunter. In meiner Kehle saß etwas, das mir das Atmen schwer machte. Wie hatte es nur so weit kommen können? Warum hatte ich nie bemerkt, was wirklich in Erik vorging?

Nadja stellte sich zwischen Erik und mich. »Noch drei Minuten. Wir sollten uns beeilen.«

Ich rannte hinter ihr her in den Vorraum. Mein Bein schmerzte höllisch, doch ich achtete kaum darauf. Am Fuß der Wendeltreppe lag eine gekrümmte Gestalt.

»Darf ich vorstellen«, sagte Nadja. »Azzo Lupo.«

»Sportakrobatik, ja? Hatte ich mir irgendwie anders vorgestellt.«

»Das war eher Schulhof, große Pause.« Sie stieg über den Toten hinweg und rannte die Treppe hinauf, so schnell es mit auf den Rücken gefesselten Händen ging.

Ich warf noch einen kurzen Blick auf den Wolfsmann, der tatsächlich genauso aussah wie auf Nadjas Zeichnung, dann humpelte ich hinter ihr her nach oben.

»Weißt du, wie die Tür aufgeht?«, fragte Nadja über die Schulter, während wir den Gang entlangrannten.

»Keine Ahnung. Wir müssen alles absuchen. Irgendwo in der Wand muss ein Mechanismus sein.«

Doch wir mussten nach keinem Mechanismus Ausschau halten. Ein einziges Mal hatten wir Glück, die Tür stand offen. Vielleicht waren die beiden Wachmänner auf diesem Weg entkommen.

Wir stürzten ins Freie, hechteten über den Pfad auf den Zaun zu. Als wir ihn fast erreicht hatten, zerriss ein gewaltiger Donnerschlag die Stille des Waldes. Im gleichen Augenblick spürte ich die Druckwelle. Ich warf Nadja zu Boden und legte mich schützend über sie. Betonbrocken und Metallteile flogen durch die Luft, doch wie durch ein Wunder wurden wir nicht getroffen.

Eine Stunde später wimmelte es auf dem Gelände von Menschen. Sanitäter standen bereit, doch bislang waren Nadja und ich die einzigen Überlebenden, die sie hatten versorgen können. Wir hatten beide nur einen Streifschuss abgekriegt, sie an der Schulter, ich am Oberschenkel.

Zwei Leichen waren geborgen worden, die von Dirk Pardell alias Azzo Lupo und die eines vorbestraften Kriminellen, vermutlich einer der Wachleute.

Die Spurensicherung stand bereit, wartete darauf, dass die Feuerwehr und das Bombenräumkommando den Tatort freigaben. Yvonne hatte sich einfliegen lassen und stand mit grimmiger Miene bei uns.

»Das war eine Scheißaktion, Linus«, sagte sie. »Du hättest auf uns warten sollen.« Sie sah makellos aus wie immer, das blonde Haar streng aus dem Gesicht gekämmt und zu einem Pferdeschwanz gebunden.

»Bis ihr alle Beschlüsse zusammengehabt hättet, wäre es zu spät gewesen.«

»Das ist es jetzt auch.« Yvonne blickte auf die Überreste des Bunkers. Gerade trugen zwei Feuerwehrleute eine weitere Leiche nach draußen. Sie war vollkommen verkohlt, unmöglich zu sagen, um wen es sich handelte.

»Erik Hoffmann ist einer der Toten«, sagte ich. »Er hat Maik Wilkens getötet, auf Befehl seines Großvaters Carl

Hoffmann oder, besser gesagt, Heinrich Richter. Der übrigens seinen Tod nur vorgetäuscht hat und bis vor wenigen Minuten noch quicklebendig war.«

»Eine ziemlich abenteuerliche Geschichte.«

»Aber sie ist wahr.«

»Ich brauche deine Aussage, und zwar heute noch.« Yvonne sah zu Nadja, die schweigend dabeistand, den rechten Arm in einer Schlinge, das Gesicht zerkratzt. »Und Ihre auch. Sie sind Kunstexpertin?«

»Kunsthistorikerin und Journalistin.«

Yvonne hob die Brauen. Ich konnte mir vorstellen, was in ihrem Kopf vorging.

»Nadja ist eine Freundin«, sagte ich. »Ohne sie hätte ich das alles nicht überlebt.«

»Dann sollte ich Ihnen wohl dankbar sein.« Sie streckte die Hand aus. »Freut mich, Sie persönlich kennenzulernen, Nadja.«

»Mich ebenfalls.« Sie erwiderte den Händedruck mit ihrem gesunden Arm. »Ich hatte schon nicht mehr daran geglaubt, dass ich lebend aus der Sache herauskommen würde.«

Yvonne winkte einem Kollegen. »Ich lasse euch direkt von hier ins LKA bringen. Sicher ist sicher. Seid froh, dass ich vor den Kollegen von der Kripo vor Ort bin. Kalle ist noch immer stinksauer.«

Ich legte den Arm um Nadja. »Ich glaube, angesichts der Ereignisse der vergangenen Tage kann ich damit gut leben.«

DREI WOCHEN SPÄTER

Dienstag, 27. November

Linus

Ich wollte mir gerade einen Drink eingießen, um den Feierabend einzuläuten, als über mir ein dumpfer Aufprall ertönte und die *Tramp* ins Schaukeln geriet. Ich setzte die Flasche ab und horchte.

Drei Wochen waren vergangen, seit der Bunker in der Eifel in die Luft geflogen war. Insgesamt fünf Leichen wurden geborgen, Carl Hoffmann war nicht darunter. Die Flugüberwachung hatte auch keinen unangemeldeten Hubschrauberflug an dem Tag in der Gegend registriert, aber das bedeutete nicht unbedingt, dass es keinen gegeben hatte. Ich war sicher, dass Hoffmann überlebt hatte. Er und genug Komplizen, die das Netzwerk mit ihm weiterführten.

Ich selbst war von allen Vorwürfen entlastet worden, nach einigem Hin und Her hatte die Staatsanwaltschaft auch darauf verzichtet, mich wegen Unterschlagung von Beweismitteln und Widerstandes gegen die Staatsgewalt anzuklagen, ein solcher Prozess hätte lediglich die eigenen Versäumnisse ans Licht gebracht, und darauf war niemand scharf.

Offiziell galt der Fall als abgeschlossen, die beiden Mörder, Erik Hoffmann und Dirk Pardell, waren tot, einige ihrer Komplizen ebenfalls. Einige weitere hatte man anhand der Dokumente aus dem Keller des Vereinsheims und einiger anderer Unterlagen, die man im Haus von Erik gefunden hatte, identifizieren können. Die Wolfsblut-Stiftung wurde jedoch in keinem dieser Papiere erwähnt, es gab keine nachweisbare Verbindung zwischen den Mitgliedern der Stiftung und der Neonazigruppe um Erik Hoffmann. Lediglich die Markierung, die Bodo Stein vor seinem Tod auf die Landkarte gezeichnet hatte, und unsere Aussage über die Schießerei, für die jegliche Beweise fehlten.

Die Hintermänner, und ich war sicher, dass es mehr davon gab als Carl Hoffmann alias Heinrich Richter, würden also davonkommen, wie so oft.

Wie Maik Wilkens genau gestorben war, würde sich wohl nie ganz aufklären lassen. An seinen sterblichen Überresten waren keine Hinweise auf die Todesursache gefunden worden. Laut offizieller Theorie hat Erik den Jungen irgendwie vom Hof gelockt, vielleicht indem er ihm vorgaukelte, ihn dorthin zu führen, wo seine beiden Freunde sich versteckt hatten, und dann erstickt oder erwürgt, möglicherweise sogar vor den Augen seines Großvaters. Danach versteckte er die Leiche vorübergehend in einem der Unterschlupfe der Wolfsblut-Stiftung, bis sich der Rummel um das Verschwinden des Jungen gelegt hatte. Nach ein paar Tagen beerdigte er ihn dann neben dem Parkplatz, nachdem er meine DNA an den Schuhen angebracht hatte. Vermutlich dachte er, er hätte das perfekte Verbrechen begangen.

Einige andere fehlende Puzzleteile konnte die Polizei immerhin zusammentragen. So konnte der Mann, der meiner Stiefmutter meine alte Jacke abgeluchst hatte, identifiziert werden. Er hatte im Auftrag von Pardell gehandelt, vielleicht als Sicherheitsmaßnahme, falls die alten Spuren an den Turnschuhen verunreinigt wären, oder um an einem weiteren Tatort meine DNA anzubringen.

Es fand sich auch eine Erklärung dafür, warum die Gruppe ausgerechnet die Schauspielerin Ann-Katrin Harras engagiert hatte. Sie war mit einem der Handlanger liiert gewesen. Doch offenbar hatte sie nicht gewusst, um was es wirklich ging, und als ihr klar wurde, dass die Kumpel ihres Lovers über Leichen gingen, bekam sie kalte Füße.

Wer sie und Bodo Stein getötet hatte, konnte nicht ermittelt werden. Entweder war es Dirk Pardell selbst gewesen oder einer seiner Laufburschen. Fest stand nur, dass für die Ermordung der Schauspielerin dasselbe gestohlene Auto eingesetzt wurde, das die Verbrecher in Oberkassel benutzt hatten, um mich auszutricksen. Wer am Steuer gesessen hatte, würden wir wohl nie erfahren.

Es würde also keinen Prozess geben, keine öffentliche Aufarbeitung der Ereignisse, denn die einzig bekannten Täter waren tot.

Auch wenn die Geschichte damit offiziell abgehakt war, würde ich noch eine Weile daran zu knabbern haben, vor allem an meiner kolossalen Fehleinschätzung, was meinen Freund Erik anging. Wie hatte ich mich nur so täuschen können? Inzwischen war ich davon überzeugt, dass er den Peilsender in meiner Jacke deponiert hatte, als er mich im Wald umarmt hatte. Der Gipfel der Kaltschnäuzigkeit. Ich wusste noch immer nicht, was ich schlimmer fand, dass mein bester Freund mich derart niederträchtig verraten hatte oder dass ich so dämlich gewesen war, ihm blind zu vertrauen.

Immerhin hatte Joe seinen Citroën zurück. Ich hatte den Unfallschaden reparieren lassen und ihm den Wagen frisch gewaschen und vollgetankt vor die Tür gestellt. Zum Dank hatte er mir eine Rechnung von der Mietwagenfirma in die Hand gedrückt. Knapp vierhundert Euro, damit war ich glimpflich davongekommen.

Über mir knarrte es, Schritte ertönten auf der Treppe, der Duft von Knoblauch und Olivenöl wehte herunter in mein Wohnzimmer.

Nadja kam die Treppe herab. »Ich habe Abendessen mitgebracht.«

Ich stemmte in gespieltem Ärger die Hände in die Hüften. »Wann kapierst du endlich, dass man nicht einfach so in fremde Wohnungen eindringt?«

»Es war offen«, verteidigte sie sich. »Außerdem hast du mich doch erwartet.«

»Trotzdem.«

»Dann schaff dir eine Klingel an.«

Ich schüttelte den Kopf und deutete auf die Kartons in ihrer Hand. »Was ist da drin?«

»Zweimal Pizza mit allem.« Sie stellte die Kartons auf dem Tisch ab. Ihr rechter Arm war noch nicht ganz wiederhergestellt, die Bewegungen waren etwas steif, aber das würde sich im Laufe der Zeit geben. »Und zwei Bier.« Sie reichte mir die Flaschen, damit ich sie aufmachen konnte.

Ich suchte in der Küchenschublade nach dem Öffner. »Was macht die Kunst?«

Sie schnitt eine Grimasse. »Sag mir lieber, ob es Neuigkeiten über die Wolfsblut-Stiftung gibt.«

»Nicht viele.« Ich reichte ihr eine geöffnete Flasche, wir stießen an. »Die Suche nach Carl Hoffmann wurde eingestellt.«

»Na wunderbar.«

»Er wird nicht mehr lange leben.«

»Aber er wird in Freiheit sterben. Das hat er nicht verdient.«

»Vielleicht ist es eine schlimmere Strafe für ihn, mit ansehen zu müssen, wie sein Lebenswerk zerschlagen wird«, sagte ich, obwohl ich selbst nicht so recht daran glaubte. »Sein Enkel ist tot, er hat keinen Nachfolger.«

»Aber seine Ideen leben weiter.« Nadja starrte auf die Tischplatte.

»Genau wie wir.« Mir schoss durch den Kopf, wie knapp es gewesen war, und zwar nicht nur einmal. Der Anschlag auf Nadja hier auf dem Boot, der auf mich auf der verschneiten Landstraße, der Stolperdraht vor der Hütte. Das Bombenräumkommando hatte eine Sprengladung entschärft, die den halben Berghang weggerissen hätte. Und schließlich der Hinterhalt im Bunker. Es grenzte an ein Wunder, dass wir aus alldem heil herausgekommen waren. »Wir haben ihn besiegt, seine Pläne durchkreuzt. Wir leben. Ich glaube, das ist das Schlimmste für ihn.« Ich deutete auf die Kartons. »Und jetzt will ich nicht mehr darüber nachdenken. Pizza?«

»Gute Idee.«

Ich öffnete einen Karton und nahm mir ein Stück. »Und danach möchte ich, dass du mir zeigst, wie du mein Schloss in dreißig Sekunden knackst.«

»Nur wenn du mich mit deinem Auto fahren lässt.«

Ich verschluckte mich beinahe an meinem Bissen Pizza. »Warum hast du eigentlich keinen Führerschein?«

»In meiner allerersten Fahrstunde hätte ich beinahe jemanden überfahren. Es war nicht meine Schuld, aber es hat mich so erschreckt, dass ich mich nie wieder hinters Steuer setzen wollte.«

»Bis du mir das Leben retten musstest.«

Sie lächelte. »So ungefähr.«

»Okay«, sagte ich. »Dann haben wir einen Deal. Ich bringe dir das Fahren bei, du mir das Schlösserknacken.«

Ihr Lächeln wurde breiter. »Klingt nach einem perfekten Plan.«

Dichtung und Wahrheit

Wie bei jeder Geschichte sind auch bei dieser Realität und Fantasie eng miteinander verwoben. So sind alle Schauplätze real, nur das Städtchen Olefthal habe ich erfunden. Ich habe mich jedoch bemüht, es so unauffällig in die Landschaft der Nordeifel einzubetten, dass man meinen könnte, es müsste doch irgendwo existieren. Wer sich ein bisschen in der Gegend auskennt, ahnt vielleicht, welches Vorbild Modell gestanden hat.

Auch die Wolfsblut-Stiftung gibt es nicht, zumindest nicht unter diesem Namen, auch wenn ich fürchte, dass die Wirklichkeit meine Erfindung weit in den Schatten stellt.

Alle Figuren sind ebenso frei erfunden, allerdings sind sie in meiner Vorstellung so lebendig, dass ich mich nicht wundern würde, die eine oder andere auf der Straße zu treffen. Ich hoffe, meinen Lesern ist es bei der Lektüre ähnlich ergangen, das zumindest war die Absicht. Es würde mich freuen.

Sabine Klewe im Goldmann Verlag:

Die Louis-und-Salomon-Reihe
Der Seele weißes Blut. Thriller
Die weißen Schatten der Nacht. Kriminalroman
Wer nicht das Dunkel kennt. Thriller
Die Tränen der Engel. Thriller

(alle auch als E-Book erhältlich)

GOLDMANN
Lesen erleben